Verschluckt

Kommissar Helmut Jordan ermittelt in Wolfenbüttel.

Kriminalroman

Von Arne Dessaul

Bibliografische Information der Deutschen Nationalbibliothek: Die Deutsche Nationalbibliothek verzeich-
net diese Publikation in der Deutschen Nationalbiblio-
grafie; detaillierte bibliografische Daten sind im Internet
unter dnb.de abrufbar.

1. Auflage 2020
© 2020 Arne Dessaul

Lektorat: Martina Biederbeck, silbenfisch.de
Umschlaggestaltung: Monika Klein,
designbueroklein.de
Titelfoto: Jan Brackmann
Herstellung und Verlag: BoD – Books on Demand,
Norderstedt

ISBN: 9783751932424

Inhalt

Das Rezept des weltberühmten Wolfenbütteler Kräuterlikörs Hexenschluck ist ein wohlbehütetes Geheimnis. Und wertvoll. Um es zu stehlen, ist manchen Menschen jedes Mittel recht: Gift, Mord, Erpressung.

Kommissar Helmut Jordan will Schlimmeres verhindern. Ausgerechnet jetzt holt ihn die Vergangenheit ein: Der neuen Polizeipräsidentin ist sein ausgeprägtes Gerechtigkeitsempfinden ein Dorn im Auge. Sie gräbt einige von Helmuts eigenwillig abgeschlossenen Fällen aus und dreht ihm daraus einen Strick.

Der Fall Hexenschluck droht Helmut Jordans letzter zu werden …

Der Autor

Arne Dessaul wurde 1964 in Wolfenbüttel geboren. 1989 zog er nach Bochum, um an der Ruhr-Universität Publizistik und Kommunikationswissenschaft zu studieren. Seit 1992 schreibt er für Magazine und Tageszeitungen. Seit 1994 arbeitet Dessaul zudem im Dezernat Hochschulkommunikation der Ruhr-Uni; dort ist er verantwortlich für die Onlineredaktion. Er hat vier Krimis veröffentlicht: »Trittbrettmörder«, Gmeiner-Verlag 2016; »Bauernjäger«, Gmeiner-Verlag 2017; »50«, Neobooks 2018; »Tödlicher Halt«, BoD 2019.

Die Personen

Helmut Jordan, Leiter der Ermittlungsgruppe der Kripo Wolfenbüttel

David Armbruster, Ermittler

Lisa Bertram, Ermittlerin

Jonas Sager, Ermittler

Eva Lazarus, Leiterin der Polizeidirektion Braunschweig

Jutta Langner, Lebensgefährtin von Helmut Jordan

Robin Fiedler, Mitarbeiter im Fremdenverkehrsamt Wolfenbüttel

Anna Behrens, Bürokraft in einer Baufirma

Nele Kalus, Studentin

Leo Meyer, Student

Bastian Böhm, Student

Ben Vahrenbeck, Student

Paul Taler, Student

Klaus Hohmann, Rentner

Gustav Montag, Rentner

Dr. Yildiz Hansen, Ärztin im Städtischen Krankenhaus Wolfenbüttel

Corinna Sandmann, ehemalige Chemikerin bei der Wolfenbütteler Destillerie AG

Dr. Lutz Ruhmann, Herstellungsleiter bei der Wolfenbütteler Destillerie AG

Julius Braun, Destillationsmeister bei der Wolfenbütteler Destillerie AG

Viktor Klaas, Chemiker bei der Wolfenbütteler Destillerie AG

Karin Schrader, Chemikerin bei der Wolfenbütteler Destillerie AG

Dr. Arno Kröger, Vertriebsleiter der Wolfenbütteler Destillerie AG

Manuel Silva, stellvertretender Vorstandsvorsitzender der Wolfenbütteler Destillerie AG

Roger Degen, Handelsvertreter, unter anderem für Hexenschluck

Gesa Ruhmann, Ehefrau von Lutz Ruhmann

1

Die Beerdigungsgesellschaft schleppte sich den Hügel hinauf. Über hundert Uniformierte marschierten mit und ähnlich viele Zivilisten. Zusammen bildeten sie das letzte Geleit für den Braunschweiger Polizeipräsidenten a. D., Karl Breimer.

Helmut Jordan schritt an der Spitze des Zuges, knapp hinter Karls Witwe und dem Handwagen. Darauf lag der mit Kränzen, Gestecken und der niedersächsischen Landesfahne geschmückte Sarg.

Noch klang ihm das »Lobe den Herren« im Ohr, dazu spürte er die geruchlichen Nebenwirkungen des nahe gelegenen Schweinemastbetriebs deutlich in der Nase sowie stetig frische Tränen in den Augen. Helmut verabschiedete sich heute nicht nur von einem früheren Vorgesetzten, sondern vor allem von einem Freund.

Das wäre Karl auch nach der Pensionierung Ende vergangenen Jahres geblieben. Doch leider genoss Karl das Rentnerleben nur kümmerliche sechzehn Wochen lang – bis zu jenem Nachmittag Mitte April. Beim Rosengießen versagte ohne Vorwarnung sein Herz. Er hinterließ eine Ehefrau und drei erwachsene Kinder.

Und eine erhebliche Lücke in Helmuts Leben. Doch darüber mochte er jetzt nicht nachdenken. Die Prozession näherte sich in gemächlichem Schritttempo dem Friedhof dieser winzigen Gemeinde im Oldenburger Land, die Helmuts Heimatdorf Winnigstedt im Landkreis Wolfenbüttel erstaunlich ähnelte. Hier wie dort lag der Friedhof nicht unmittelbar neben der Kirche, sondern einen knappen halben Kilometer entfernt auf einer Anhöhe, Wind und Wetter ungeschützt ausgeliefert.

Zum Glück schien heute die Sonne.

Wenigstens das, dachte Helmut. Er warf Erde und Blüten in das Grab und murmelte einen letzten Gruß.

Helmut erinnerte sich hauptsächlich an Beerdigungen im Herbst oder Winter, an eisigen Nordwind, an Regen oder Schnee, an eiskalte Füße und triefend nasse Mäntel.

Er hätte jetzt gern in Ruhe auf die gemeinsamen Momente mit Karl zurückgeblickt, doch direkt neben ihm stand Eva Lazarus, Karls Nachfolgerin im Braunschweiger Polizeipräsidium. Die neue Chefin war Ende dreißig und gewiss längst nicht am Ende ihrer Karriere angelangt. Braunschweig betrachtete sie vermutlich allenfalls als Durchgangsstation.

Um zukünftig Aufmerksamkeit zu erregen, würde sie in der Polizeidirektion allerhand umkrempeln. Das hatte Lazarus gleich nach ihrem Dienstantritt mit markigen Worten angekündigt. Sicherlich nicht rein zufällig hatte ihr Blick dabei auch Kriminalhauptkommissar Helmut Jordan gestreift, der die vierköpfige Ermittlungsgruppe in Wolfenbüttel leitete. »Ökonomisch« und »modern« lauteten die Begriffe, die in diesem Moment gefallen waren.

Für beides stand die Dienststelle am Grünen Platz in Wolfenbüttel in den Augen der Lazarus offensichtlich nicht. Falls die neue Chefin die Angelegenheit ökonomisch betrachtete, befände sich die gesamte Dienststelle in akuter Gefahr.

Falls sie ihr Augenmerk zunächst aufs Modernisieren legte, wäre vor allem Helmut dran. Mit knapp dreiundsechzig wirkte er auf Lazarus bestimmt wie ein vergessenes Relikt. Beispielsweise beschäftigte sich Helmut keine

Sekunde lang mit den sozialen Medien. Lazarus hingegen liebte Twitter und Facebook. Bei jeder sich bietenden Gelegenheit zählte sie Beispiele auf, in denen diese Netzwerke der Polizei allerbeste Dienste erwiesen.

Demnächst wollte sie zudem die leitenden Beamten in ihrem Bezirk auf Herz und Nieren testen. Nicht nur, ob sie Twitter beherrschten, sondern auch, wie es um ihre Fitness, um ihre Sehkraft, ihr Hörvermögen und ihre Schießkünste bestellt war.

Helmut graute es vor diesen Tests.

»Erlebe ich überhaupt meine letzten beiden Jahre in der Dienststelle?«, fragte Helmut sich im Stillen. Mittlerweile trauerte die Gemeinde im Saal der größten Gaststätte des Ortes. Kaffee, Kuchen, Mettbrötchen, Bier und Schnaps unterstützten die Gäste.

Eva Lazarus posierte auf einer provisorischen Bühne. Sie würdigte mithilfe eines Mikrofons phrasenreich und ohne Begeisterung Karl Breimers Wirken, erinnerte die Anwesenden an dessen »Beharrlichkeit«, an seine »durchaus beachtenswerten Erfolge« und – eine perfide Spitze gegen Karls unmodernes Denken – auch an seine »rührige Verweigerung gegenüber der digitalen Welt«.

»Doofe Schnepfe«, brummte Helmut.

»Was sagst du?« Seine Kollegin, Kriminaloberkommissarin Lisa Bertram, saß neben ihm und sah ihn fragend an.

»Ach, nichts.«

»Kurz dachte ich, du hättest das ausgesprochen, was ich mich nur zu empfinden traue.« Lisa grinste ihn frech an. Aus den Lautsprechern hallten weitere Allgemeinplätze in den Saal.

Helmut zwinkerte Lisa zu. Er hob sein Schnapsglas, das randvoll mit Hexenschluck war, Karls Lieblingsgetränk, das heute in Strömen floss.

Nur Lisa verzichtete auf den legendären Kräuterschnaps aus Wolfenbüttel. Notgedrungen, denn sie kutschierte an diesem traurigen Tag die Mitglieder der Ermittlungsgruppe durch die Gegend. Neben Helmut und Lisa gehörte diesmal nur Kriminaloberkommissar Jonas Sager dazu. Kriminalhauptkommissar David Armbruster, Helmuts Stellvertreter und der vierte im Bunde, hatte sich am Vorabend krankgemeldet.

Zuletzt fiel David ohnehin regelmäßig aus. Allerdings selten wegen Krankheit, sondern weil er an Fortbildungen teilnahm. Seit dem Amtsantritt von Eva Lazarus besuchte David gern Lehrgänge wie »Tatort und Twitter« oder »Der Einsatz von Facebook bei der Fahndung«. Garantiert kein Zufall. David bastelte vehement an seiner Zukunft und legte diese scheinbar bereitwillig in die Hände von Eva Lazarus.

Müder Applaus folgte auf das Ende der spröden Rede der Polizeipräsidentin. Diese schaute suchend in die Runde. Vielleicht, um Zuhörer aufzuspüren, die gar nicht applaudierten. Zum Glück ließ Helmut sich beim (wenn auch allenfalls pflichtschuldigen) Klatschen ertappen.

Als der Kellner mit der vereisten Hexenschluckflasche am Tisch vorbeikam, hoben Helmut und Jonas wie auf Kommando gleichzeitig ihre leeren Gläser.

2

Robin starrte entgeistert auf Paul und Leo. Beide hielten je zwei 0,7-Liter-Flaschen in den Händen. Etwas viel Kräuterschnaps für sieben Personen, fand Robin, zumal mit Anna und Nele zwei Mädchen dazugehörten, die nicht unbedingt berühmt waren für ihre Trinkfestigkeit.

Okay, dann schießen wir uns halt gepflegt ab, beschloss er. Schließlich war Freitag, und bis Montagmorgen, bis Hörsaal oder Büro, würde genügend Zeit vergehen um auszunüchtern. Hauptsache, es kotzte niemand seine schicke Altbauwohnung voll.

Robin hatte einen dicken Sack Eis besorgt sowie ein paar Flaschen Cola und Tonic für diejenigen, die den Kräuterschnaps lieber verlängert tranken. Ihm genügte das Eis. Sein Rekord betrug zehn Hexenschluck auf Eis. Nur Bastian, der Zwei-Meter-Mann, lag in dieser Wertung vor ihm: mit zwölf Gläsern. Den Rekord hatte der Kollege freilich teuer bezahlt. Magen auspumpen, ein paar Tage Krankenhaus, eine entscheidende Biologieprüfung an der Uni verpasst – das volle Programm.

Bastian gehörte auch heute zur Mannschaft, genau wie Leo, Anna und Nele sowie Paul und Ben. Und natürlich Robin selbst.

Wie üblich wollte die Clique die Hexenschluckparty mit Filmen würzen, in deren Titel sich die Anzahl der Partygäste wiederfand. Deshalb lauerten in der Watchlist drei echte Klassiker: »Sieben«, »Sieben Jahre in Tibet« und »Die glorreichen Sieben«. Es bahnte sich nicht nur ein feuchtfröhlicher Abend an, sondern auch ein langer.

Bevor Robin den ersten Film lud, öffnete Leo mit deutlichen Knackgeräuschen zwei Flaschen.

»Wieso gleich zwei?«, fragte Ben.

»Dann geht's flotter«, antwortete Leo und drückte Nele eine der beiden Flaschen in die Hand. »Hier, füll mal ein paar Tassen.«

Leo, der wie üblich ein kariertes Sakko trug, schenkte Anna, Ben, Bastian, Paul und sich selbst ein; Nele füllte ihr eigenes Glas sowie das Glas von Robin.

In allen Gläsern wartete bereits zerstoßenes Eis auf die braune Flüssigkeit.

Anna, Nele und Paul verfeinerten ihre Drinks außerdem mit Tonic.

Ben, der passionierte Bodybuilder und Ringer, öffnete mit roher Gewalt die Chips- und Flipstüten und schüttete den Inhalt in die Glasschalen auf dem Tisch.

Sofort griffen alle beherzt zu oder reichten die Knabbereien an diejenigen weiter, die zu weit weg saßen.

Leo hielt Anna die Schüssel hin und lächelte sie an.

Robin ignorierte diese plumpe Geste gegenüber seiner Freundin und lehnte gleichzeitig die Chips ab, die Nele ihm hinhielt.

»In Chips steckt irgendwas, was ich nicht vertrage«, erklärte er.

»Echt?«, fragte Nele, die ihre dunkelbraunen Haare wie früher zu einem Zopf gebunden hatte.

»Ja, keine Ahnung, wie das heißt. Ich weiß es auch nur von meinem Doc. Das habe ich euch doch neulich erst erzählt.« Sogar häufiger, wunderte sich Robin. Praktisch jedes Mal, wenn ihm jemand Chips vor die Nase hielt.

»Da war ich nicht da«, verteidigte sich Nele. »Du weißt doch: Ich bin wegen des Umzugs und meiner Prüfungen in den letzten Wochen nur selten zu unseren Treffen gekommen.«

»Stimmt«, log Robin. In Wahrheit erinnerte er sich nicht daran. Nele gehörte zu diesen Menschen, die manchmal vorbeischauten und dann wieder nicht. Entweder lag es an Prüfungen oder an Umzügen oder, speziell bei Nele, an familiären Angelegenheiten. Früher hatte ihn das geärgert und eine Zeit lang sogar persönlich tief getroffen. Heute nahm er es, wie es kam.

»Ist das auch in Flips?«, fragte Ben und hielt Robin eine Schale vor die Nase.

»Soweit ich weiß nicht.« Robin lachte und schnappte sich ein paar Flips. Er war froh über die Ablenkung.

»Pass bitte vorsichtshalber auf und nimm nicht zu viele davon«, flüsterte ihm Anna ins Ohr. Sie saß natürlich neben ihm und ihr blondgelockter Schopf ruhte an seiner Schulter.

»Nein, ich passe auf.« Robin lächelte, weil Anna sich um ihn sorgte.

»Dann mal los, Freunde, hoch die Tassen«, rief Leo.

»Ja, genau.« Robin sah Leo an. »Schön, dass deine Karre wieder anspringt.« Leos Auto hatte in den Wochen zuvor in der Werkstatt gestanden. Deshalb war Leo zuletzt nicht regelmäßig aus Hannover angereist, um an den Treffen der Clique in Wolfenbüttel teilzunehmen. Mit dem Zug war ihm das zu umständlich und es kostete angeblich zu viel Geld.

Alle hoben die Gläser. Robin trank sein Glas in fünf Zügen aus. Nele schenkte ihm direkt nach.

Kurz darauf drückte Robin endlich die Play-Taste.

Anna rückte noch einen Zentimeter näher an ihn heran.

Auf dem anderen Sofa rutschte Bastian ein paar Millimeter näher an Nele. Es schien nur noch eine Frage der Zeit zu sein, bis aus den beiden ein Paar wurde. Robin wusste von Bastian, wie scharf dieser auf Nele war. Und Anna hatte aus allererster Hand erfahren, dass Nele Bastian »ganz nett« fand. Allerbeste Voraussetzungen. Innerhalb der Clique war es ohnehin normal, dass sich Pärchen bildeten. Manchmal wechselten sogar die Partner.

Die nächsten Gläser wurden geleert.

Bastian und Ben, na klar.

Leo füllte nach.

Robins zweites Glas hingegen war noch fast voll, der Schnaps schmeckte ihm heute irgendwie nicht.

»Was ist los mit dir?« Leo deutete auf Robins Glas.

»Ich lasse es langsam angehen«, log Robin. Er zog es vor, sich auf kein Geplänkel mit Leo einzulassen, der ansonsten garantiert wieder irgendwelche blöden Sprüche ablassen würde.

Die glorreichen Sieben zögerten weiterhin, den Menschen in dem winzigen mexikanischen Kaff zu helfen. Uns bleibt also reichlich Zeit bis zum großen Finale und bis zum nächsten Film, überlegte Robin und starrte auf sein halb volles Glas. Er nippte erneut daran. Es wurde nicht besser.

Erstaunlicherweise leerten sich auch die Gläser von Leo und Nele nicht. Und bei niemandem stand wie sonst üblich eine Schüssel mit Chips oder Erdnussflips auf dem Schoß. Tatsächlich aß niemand mehr. Auch Anna, Ben, Bastian und Paul nicht. Die vier tranken zwar von Zeit zu Zeit aus ihren Gläsern, aber das reiche nicht ansatzweise an das Tempo heran, das vor allem Bastian für gewöhnlich an den Tag legte.

Irgendetwas stimmte nicht. Robin konnte noch nicht einmal länger auf die Erdnussflips gucken, ohne dass ihm komisch wurde. Im Magen? Oh nein, bitte nicht. Nicht ich. Das wäre megapeinlich. Lieber schnell zum Klo. Er drückte Annas Hand und erhob sich. Sofort sackten ihm die Beine weg. Er fiel. Nicht nur auf den Teppichboden in seinem Wohnzimmer, sondern Richtung Unendlichkeit.

Immerhin blieb ihm der Anblick von Ben und Paul erspart, die sich beinahe zeitgleich übergaben. Kurz danach folgten die vier anderen.

3

»Mist.« Mit roher Gewalt zerrte David den Stecker aus dem Radio. Da verlor die Eintracht schon wieder, der Abstieg drohte und mit ihm die Bedeutungslosigkeit in der vierten Liga.

David trat gegen das Sofa, obwohl es so schuldlos war wie der Rest des Hauses im Wolfenbütteler Nordosten. Trotzdem ...

Vor einem halben Jahr hatten Rabea und er es bei einer Zwangsversteigerung gekauft; vor vier Wochen wollten sie gemeinsam einziehen. Doch nun saß David am Samstagnachmittag verlassen auf dem brandneuen Ledersofa und warf kopfschüttelnd einen Blick auf den schnuckligen Garten hinter dem Haus.

Die Grashalme reckten sich zwanzig Zentimeter in die Höhe; das Laub vom letzten Herbst breitete sich darauf aus, genau wie auf den Beeten, die den Rasen begrenzten. Es wuchs ausschließlich Unkraut; selbst der Kirschbaum blühte nicht.

Ausgeglichene Ehemänner kümmerten sich samstags um ihren Garten, mähten den Rasen, kehrten Laub, zupften Unkraut, schnitten Bäume und Sträucher zurück und fuhren dann den Grünschnitt zur Kippe.

David war nicht ausgeglichen, sondern sauer. Rabea hatte sich von ihm getrennt. Es war das erste Mal, dass *er* verlassen wurde und nicht selbst eine Beziehung beendete. Und das bloß wegen eines einmaligen Fehltritts! Rabea reichte es gleichwohl. Mit einem derart untreuen Gesellen wollte sie auf keinen Fall zusammenleben. Sagte sie und wohnte weiterhin in ihrer früheren Wohnung.

David hatte geschworen, sich zu ändern, und sich dutzendfach entschuldigt. Täglich schrieb er Rabea drei bis vier SMS, sprach ihr auf die Mobilbox und den Anrufbeantworter. Null Resonanz.

Doch diese Niederlage wollte er nicht auf sich sitzen lassen. Längst ging es ihm vor allem darum und nicht um Rabea. Das mit dem Haus war ohnehin etwas voreilig gewesen. Und Rabea war weiß Gott nicht die einzige Frau auf der Welt.

David lebte nun seit dreißig Tagen allein in diesem Haus, saß auf der Terrasse oder im Wohnzimmer, trank ab und zu ein Bier zu viel, verbrachte die Tage allein und manchmal auch die Nächte. Er grüßte die Nachbarn, fast alles junge Familien. Garantiert tuschelten sie hinter seinem Rücken. Dass er bei der Kripo arbeitete, zu viel trank und seine Freundin ihn verlassen hatte.

Junge Familien. Ha! Da dachte er automatisch an den geschätzten Kollegen Jonas. Franziska und er erwarteten Nachwuchs. Demnächst wären sie zu viert. Wie schön! David kam prima mit Jonas zurecht. Vor allem sah er in ihm keinen Konkurrenten. Jonas war vierzig und damit knapp fünf Jahre älter als David. Er war nicht ehrgeizig, besuchte keinerlei Lehrgänge und vernetzte sich nicht. Er trainierte stattdessen für Ultraläufe, las Krimis und kümmerte sich vor allem liebevoll um die schwangere Franziska und seinen Sohn.

Nein, Davids Konkurrent hieß Helmut Jordan. Dieser leitete die Wolfenbütteler Dienststelle. David spielte widerwillig die Rolle des Stellvertreters und trug zähneknirschend die Entscheidungen seines Chefs mit. Jordan war ein Kriminalbeamter, wie er im Buche stand oder im Film auftrat, beispielsweise sonntags im Tatort.

Vor allem früher: Kommissar Haferkamp aus Essen, durch und durch korrekt, aber eine Spur bieder und langweilig.

Leider litt Jordan außerdem unter einem chronischen Gerechtigkeitsfimmel. Er beugte zur Not das Gesetz, wenn es der Gerechtigkeit diente. Schlimmstenfalls verzichtete er sogar darauf, überführte Straftäter zu verhaften. Bisweilen zu Lasten seiner Kollegen, die, wie David, noch Ziele im Leben hatten, beispielsweise, die nächste Stufe auf der Karriereleiter zu erklimmen.

David war offensichtlich der Einzige im Team, den das störte. Jonas beschäftigte sich, wie gesagt, hauptsächlich mit seiner schwangeren Ehefrau. Lisa begehrte ohnehin niemals gegen den Chef auf. Im Gegenteil: Jordan und Lisa verstanden sich blendend.

Lisa war zudem frisch verliebt: In Henning Schmitt, einen, wie David fand, arroganten Kriminaloberkommissar aus Bochum. Zu dessen Gunsten hatte Lisa Davids Kumpel Björn Kirchstein, einem Drogenfahnder aus Wolfsburg, den Laufpass gegeben. Seitdem litt Björn an einem gebrochenen Herzen.

Heute Abend wollten sich die beiden Verlassenen treffen, um gemeinsam ihre Wunden zu lecken und ein paar Drinks einzuwerfen. Außerdem musste David dringend mit jemandem über Jordans Arbeitsmoral reden.

David warf einen Blick auf das Smartphone. Keine Nachricht von Rabea, dafür ein kurzer Gruß von einem Menschen, der ihm in nächster Zeit in mancherlei Hinsicht Trost spenden könnte. Im Bett spendete dieser Mensch bereits eifrig.

4

»Was ist los mit dir, Schatz? Du wirkst so niedergeschlagen. Haben deine Tests nicht wie erhofft geklappt?«

Helmuts Lebensgefährtin Jutta Langner wusste natürlich, dass die neue Polizeipräsidentin zurzeit jeden leitenden Beamten im Bezirk gründlich überprüfte.

»Es war eine Katastrophe«, antwortete Helmut wahrheitsgemäß.

»Magst du darüber sprechen?«

»Da gibt es nicht viel zu bereden. Ich sehe wie ein Maulwurf, ich höre wie ein Hundertjähriger, ich schieße wie ein Anfänger, ich bin unsportlich. Ich verstehe nichts von Facebook oder Twitter. Geschweige denn von Instagram oder YouTube.«

»Das soll auf einmal wichtig sein? Instagram?«

»Für Eva Lazarus ist es kriegsentscheidend. Und all die jüngeren Kolleginnen und Kollegen kennen sich prima damit aus. Auch die aus meinem Team.«

»Reicht es denn nicht, wenn deine Kollegen die sozialen Medien verstehen?«

Jutta war wesentlich pragmatischer veranlagt als Helmut. Anders bekäme sie ihr Leben nicht in den Griff. Sie pendelte weiterhin munter zwischen ihrer Arbeitsstelle im Wolfsburger VW-Werk und ihrem Nebenjob in der Gaststätte ihres Ex-Ehemannes Werner in Winnigstedt, wo sie am Wochenende schmackhafte Menüs zubereitete.

Jutta und Werner hatten sich vor knapp drei Jahren in aller Freundschaft getrennt; auch Werner und Helmut hegten keinerlei Groll gegeneinander. Jutta lebte seit über einem Jahr bei Helmut und Werner beinahe genauso lange bei seiner neuen Freundin. Helmut spazierte weiterhin jeden Donnerstag zum Skatabend in den Dorfkrug, um wie üblich einen »Null« nach dem anderen zu verlieren und brav die Zeche aller Skatbrüder zu zahlen.

Die Ehe von Jutta und Werner war kinderlos geblieben. Helmut hingegen hatte zwei erwachsene Söhne aus der Ehe mit seiner vor zwölf Jahren verstorbenen Ehefrau Marianne. Doch diese lebten an den anderen Enden der Welt: Nils arbeitete in einem Krankenhaus in Neuseeland und Matthias in einem VW-Werk in Mexiko.

Es sah nicht so aus, als würde sich an dieser Konstellation in absehbarer Zeit etwas ändern. Zu sehen bekam Helmut seine Söhne und deren Familien praktisch nur über Skype. Und das, aufgrund der Zeitunterschiede, nur zu sehr gewöhnungsbedürftigen Tageszeiten.

»Mir reicht es natürlich. Eva Lazarus hingegen nicht«, nahm Helmut den Faden wieder auf.

»Und jetzt?«

»Ich weiß es nicht, Jutta.«

»Wie wäre es denn, wenn wir dich auf Facebook anmelden, um guten Willen zu zeigen? Am besten sofort.«

»Weißt du denn, wie das funktioniert?«

»Ja, klar. Ich habe dort schon lange einen Account.«

»Hm?«

»Na, ein Konto.«

»Lädst du da auch Bilder hoch? Von uns?« Das hätte Helmut irritiert. Andererseits hatte er sich bis zu diesem Zeitpunkt nicht dafür interessiert, was Jutta so auf Facebook trieb.

»Das würde ich niemals tun, ohne dich zu fragen. Na los, komm zum Rechner.«

Keine halbe Stunde später war Helmut auf Facebook. Sowohl am Computer als auch, mithilfe der frisch installierten App, auf seinem Smartphone. Für das Profilbild wählte er ein Foto von Jutta und sich und für die Seite eine Landschaftsaufnahme, die den Windkraftpark außerhalb seines Heimatdorfes Winnigstedt zeigte.

»Jetzt brauchst du noch ein paar Freunde«, rief Jutta.

Zu Helmuts Überraschung entdeckten sie im sozialen Netzwerk in Windeseile Menschen, die er persönlich kannte, darunter auch solche in Helmuts Alter.

»Halb Winnigstedt ist hier unterwegs«, staunte er und verschickte Freundschaftsanfragen. Auch an Lisa, Jonas und David sowie natürlich an Lisas Freund Henning in Bochum.

»Wie geht es ihm eigentlich?«, fragte Jutta. Sie betrachteten Hennings aktuellen Post: Lisa und er vor dem Bochumer Bergbaumuseum.

»Ich weiß nicht. Ich frage morgen Lisa.«

»Typisch Kerl. Ihr denkt von allein an nichts.«

»Ihr Weiber braucht doch auch Aufgaben.«

Während sie stichelten, trudelten nach und nach bestätigte Freundschaftsanfragen ein. Die erste war natürlich von Jutta gekommen, die Helmuts Premiere in der digitalen Welt an ihrem Smartphone überwachte.

»Schon zweiundfünfzig Freunde«, staunte Helmut.

»Zeit für deinen ersten Post.«

»Ach nee, nicht mehr heute.«

»Es ist gerade mal halb neun.«

Folgsam blieb er am Schreibtisch sitzen, ließ sich von Jutta mit dem Smartphone fotografieren und postete ein

Bild von sich vor dem Computer, auf dem seine brandneue Seite auf Facebook zu sehen war.

»He, da kommt schon so ein blauer Daumen«, jubelte Helmut.

»Lisa gefällt dein Post. Sie war sogar schneller als ich.« Ein paar Sekunden später tauchte Juttas Herz unter dem Post auf. Es folgten noch ein paar weitere Daumen sowie nette Kommentare von Henning und Jonas, die Helmut unter Juttas Regie geduldig beantwortete.

»Und morgen gehst du in euren Keller und übst schießen.« Jutta streichelte sanft Helmuts Schulter. »Zur Belohnung richten wir dich morgen auf Twitter ein, und heute …« Jutta streichelte etwas intensiver.

5

Gegen zwanzig Uhr trafen David und Björn im »Zimmerhof 13« ein und bestellten Gin Tonic. Sie genossen den Aperitif an einem der Fenstertische und beweinten ihre Verflossenen.

»Weißt du zufällig, ob Lisa dieses Wochenende in Wolfenbüttel bleibt oder ob sie nach Bochum gefahren ist?«, fragte Björn.

»Ich habe keinen blassen Schimmer.« David grinste Björn an. »Wieso? Willst du hinfahren und dir den Kerl vornehmen?«

»Unsinn. Du weißt genau: Ich ticke da etwas anders als du.«

Das wusste David in der Tat. Björn war ein gutmütiger Kerl. Wahrscheinlich würde er selbst den fiesesten Crackdealer mit Samthandschuhen anfassen. »Nee, ist klar.«

»Und du? Hast du was von Rabea gehört?«

David schüttelte den Kopf. »Niente.«

»Scheiße!«

»Das kannst du laut sagen.«

»Nö, besser: Prost!« Björn hob sein Glas.

»Auf uns!«

»Was passiert sonst so bei euch auf der Wache?«, wechselte Björn das Thema.

Das fängt vielversprechend an, dachte David. »Nur so Routinesachen. Das Schlimmste ist eine Messerstecherei mit Todesfolge, die wir demnächst aufklären. Besser gesagt: Ich kläre es auf. Allein.«

»Wie meinst du das? Ihr seid zu viert.« Björn war sichtlich irritiert.

»Na ja, Jonas hat Urlaub, er bereitet sich auf einen Triathlon vor. Und Lisa besucht eine Fortbildung.«

»Und Helmut?«

David zögerte bewusst die Antwort hinaus. »Der ist doch verliebt.«

»Immer noch? Sind die beiden nicht schon seit über zwei Jahren zusammen? «

»Ungefähr. Das scheint ihn aber noch immer irgendwie von der Arbeit abzulenken.« David tastete sich behutsam vor, um nach und nach zum eigentlichen Problem vorzudringen: Helmut Jordans Auffassung von Polizeiarbeit.

Björn schüttelte den Kopf, er trank seinen Gin Tonic aus.

Davids Glas war ebenfalls leer. Er brauchte jetzt ohnehin eine Pause. Während er an der Theke auf Bier und Hexenschluck wartete, sortierte er seine Gedanken. Er würde nun tatsächlich den Chef in die Pfanne hauen. Endlich. Die Sache mit Renate Junker hatte er Jordan nie verzeihen können. David hatte maßgeblichen Anteil daran gehabt, dass sie Junker überführt hatten. Doch dann hatte Jordan mit seinem dämlichen Gerechtigkeitsfimmel sie laufenlassen, und David war leer ausgegangen. Damals hatte er noch nicht den Mut aufgebracht, sich Jordan zu widersetzen. Das wollte er nun nachholen.

Die Ausgangslage schien günstig, jetzt, wo mit Eva, also mit Frau Lazarus, eine neue Polizeipräsidentin mit modernen Vorstellungen im Amt war, die außerdem eine große Schwäche für einen gewissen Polizisten hatte. Mit ihrer Hilfe würde er Jordan vielleicht sogar komplett loswerden. Schon jetzt zeigte sich Eva alles andere als begeistert von Jordan. Sie hielt ihn für träge, aus der Zeit gefallen und reif für die Rente. Wenn David ihr nun noch von Jordans Leichen im Keller berichtete, wäre der Chef fällig. Das anstehende Gespräch mit ihr wollte David nun sozusagen simulieren.

Also erzählte er seinem Freund zunächst ausführlich von Jordans Antriebslosigkeit und schmückte die Geschichte an einigen Stellen etwas aus.

Björn wischte sich den Bierschaum vom Mund. »Puh. Ich hoffe mal, er hat keinen Fall in den Sand gesetzt.«

»Nicht seitdem er in Jutta verknallt ist.« David leerte sein Schnapsglas auf Ex. Trank er sich etwa Mut an für das, was nun folgte? Sollte ihn dieser doch im letzten Moment verlassen? Bereits bei der Generalprobe?

Björn hob die Augenbraue. »Hm? Was heißt das? Hat er früher einen Fall verbockt?«

»Puh.« David blies die Backen auf und ließ den Atem deutlich vernehmbar nach draußen strömen. Er stellte sich vor, im Gehirn ein Stellwerk zu bedienen: Ein Knopfdruck genügte, schon sauste der Zug auf einem anderen Gleis weiter und das Thema Helmut Jordan wäre vorerst beendet.

»Nun sag schon, David!«

Die Hand verharrte über dem Knopf. Sollte er die Weiche stellen? Nein. »Die Dame war schon damals fast neunzig, Björn, ich bitte dich.« Spontan entschied David sich für Renate Junker. Er hätte durchaus andere Beispiele wählen können, die hob er sich für Eva auf.

»Was, was, was? Was erzählst du da? Welche Dame war fast neunzig?«

David verdrängte das Bild von Weichen und Gleisen, legte den rechten Ellbogen auf den Tisch und stützte den Kopf darauf ab. Lässige Plauderhaltung. »Vor ein paar Jahren haben wir uns einen ungelösten Fall aus den Siebzigerjahren vorgenommen und aufgeklärt. Die Täterin legte vor Helmut sogar ein Geständnis ab. Leider ohne Zeugen, ohne Protokoll. Und das war es dann.«

»Wie? Ihr habt die Mörderin entkommen lassen?« Blankes Entsetzen spiegelte sich in Björns Gesicht wider.

»Sie war fast neunzig«, wiederholte David.

»Egal. Sie wäre wohl kaum ins Kittchen gewandert, aber vor Gericht hättet ihr sie bringen müssen.« Björns Stimme schwoll an.

»Helmut war dagegen. Genauso wie Lisa. Jonas hält sich in solchen Augenblicken fein raus. Da mutiert er zur Memme.« David gab sich Mühe, leise zu sprechen. Er sah sich in der Kneipe um. Niemand interessierte sich für ihr Gespräch.

»Und du?«

»Ich war mit Rabea in der Normandie«, seufzte David in Erinnerung an drei unbeschwerte Wochen. Dass die Chronologie nicht stimmte, dass er damals bloß zu feige gewesen war, tat hier nichts zur Sache.

»Was macht ihr da bloß? Ihr lasst eine Mörderin davonkommen. Na ja, deine Schuld ist es nicht. Das liegt einzig und allein in Helmuts Verantwortung. Und es lässt sich noch reparieren. Oder ist die Dame mittlerweile gestorben?«

»Nein. Soweit ich weiß.«

»Dann musst du handeln, David.«

»Wie meinst du das?«

»Melde das!« Björns Stimme überschlug sich fast vor Erregung.

»Hm?« David schaute nach rechts und links. Am Tisch nebenan sah ein Kerl zu ihnen herüber. David warf ihm einen warnenden Blick zu. Der Feigling drehte sein Gesicht sofort wieder weg.

»Wende dich an die interne Revision. Die nehmen sich zuerst Helmut vor, dann diesen Fall.«

»Bist du sicher?«

»Vergiss die Loyalität. Wir kämpfen hier für Recht und Ordnung.« Björns Gesicht kam näher. »Ich kenne da einen in Hannover.«

»Bei der internen Revision?« David sah wieder hinüber zum Nebentisch. Der Kerl sah demonstrativ in die andere Richtung. Glück gehabt, Junge, dachte David. Ich komme so langsam in die Stimmung, jemandem eins auf die Fresse zu hauen. Entweder mir selbst oder halt jemand anderem. Warum nicht dir?

»Genau. Ich schreibe dir nachher Adresse und Telefonnummer auf. Dann bist du am Zug.« Björn deutete mit dem Zeigefinger auf David.

Auf wen sonst?

»Das wirft doch ein ungünstiges Licht auf mich, oder? Ich habe da schließlich mitgemacht und so lange gezögert.«

»Keine Sorge. Die Kollegen kennen sich aus mit falsch verstandener Loyalität und ordnen dein Verhalten richtig ein. Besser spät als nie.« Björn hob das Glas und nickte David zu.

In den folgenden Minuten arbeiteten sie eine Strategie für Davids Vorgehen aus.

»Vielleicht weihe ich auch die neue Chefin ein«, erwähnte David beiläufig.

»Breimers Nachfolgerin? Kommst du mit ihr klar?«

David konnte sich das Grinsen nicht verkneifen.

»Nein, oder?« Björn deutete das Zeichen richtig.

»Was soll ich sagen?«

»Wie lange ist Rabea jetzt weg?«

»Viel zu lang. Vor allem für einen Kerl mit meinen Bedürfnissen.«

Björn lachte. »Na, immerhin hast du dir diesmal die Richtige ausgesucht.«

Was für Idioten! Er schüttelte angewidert den Kopf. In den vergangenen zwei Stunden war ihm nichts anderes übriggeblieben, als den beiden zuzuhören. Er saß mit seiner jüngsten Eroberung am Nebentisch, und Ricarda erwies sich als überraschend mundfaul. Gestern Abend, im Club in Braunschweig, war ihm dies nicht aufgefallen. Möglicherweise hatte die gute Ricarda da unter Alkohol- und Drogeneinfluss gestanden?

Na ja, der heißeste Feger unter der Sonne war sie ohnehin nicht. Die Figur konnte man zwar als passabel bezeichnen, vor allem, wenn man auf ausladende Brüste stand. Das Gesicht passte eher zu einer gestandenen Bauersfrau und die blondierten Locken zu einer Frisöse.

Egal, entscheidend war, dass sie um die Ecke wohnte und er nicht zurückfahren musste. Nachher im Bett wäre es sowieso egal, ob ihre Haare gefärbt waren.

Zurück zu den beiden Bullen am Nebentisch. Sie schmiedeten Pläne, wollten einen Kollegen namens Helmut abservieren. Der hatte wohl eine Verdächtige laufenlassen. Und zwei andere Bullen, Lisa und Jonas, deckten Helmut. Nicht so die Bullen am Nebentisch.

Er verstand nicht jedes Wort. Vor allem im Mittelteil nicht. Da hatte der kleinere der beiden Bullen kurz zu ihm herübergeschaut. Drohend. Natürlich hätte er es locker mit diesem Bullen aufgenommen. Zurzeit schien es freilich ratsam, möglichst nicht aufzufallen. Erst recht nicht gegenüber der Polizei.

Egal, dieser kleinere Bulle war hinter Helmuts Job her und der größere Bulle verriet ihm ein paar Tricks. Anschwärzen und so. Verpetzen nannte man es früher.

Jetzt waren die Idioten endlich weg, und Ricarda war für kleine Mädchen. Absurde Formulierung. Immerhin wackelte sie hübsch mit dem Po, als sie Richtung Toiletten stolzierte. Da kam der Minirock ausnahmsweise zur Geltung. Er freute sich auf später. Aber zunächst versuchte er, die kurze Pause sinnvoll zu nutzen.

Er holte sein iPhone aus der Hosentasche und tippte »Polizei Wolfenbüttel« und »Helmut« in die Suchmaschine.

Oha, Kriminalhauptkommissar Helmut Jordan. Der Chef der Wolfenbütteler Kripo. Hintergangen vom eigenen Mitarbeiter, der wohl David Armbruster hieß. Dadurch wäre dieser Jordan demnächst gewiss abgelenkt. Oder komplett weg vom Fenster.

Was für ein netter Zufall!

Das passte wunderbar zu seinem Vorhaben. Vor allem, wenn es hart auf hart käme, wenn zum Beispiel diese andere Dame, also nicht Ricarda, wenn die doch nicht so scharf auf Geld war oder falls sein Kumpel nicht entscheidend weiterkam und er nach Alternativen suchen musste.

Nicht alle Alternativen wären legal. Doch der Zweck heiligte nun mal die Mittel. Lächelnd steckte er das iPhone zurück in die Hosentasche.

Ricarda schaute ihn fragend an.

Ihm war gar nicht aufgefallen, dass sie zurückgekommen war.

»Kommst du mit zu mir?«

Fälschlicherweise bezog sie das Lächeln auf sich.

Umso besser. Da brauchte er sie nicht zu belügen. Obwohl ihm das Lügen für gewöhnlich keine Probleme bereitete.

»Grüß dich, Gustav. Was schleppst du denn da an?«
Klaus Hohmann traute seinen Augen nicht. Sein Freund
Gustav Montag tauchte tatsächlich mit einer Flasche
Hexenschluck bei ihm auf. Das erste Mal, seit sie mitt-
wochnachmittags die zweite Wochenhälfte mit ein paar
Schnäpsen in Hohmanns Partykeller einläuteten. Sieben
Jahre immerhin, so lange schon fristeten die beiden ihr
Rentnerdasein.

Bislang sorgte ausnahmslos Hohmann für die
Getränke. Schließlich verfügte er über ein unerschöpf-
liches Reservoir an Hexenschluck und Hexenschuss.
Die Regale im Partyraum quollen über mit Flaschen in
jeglicher Farbe und Größe sowie aus allen Ländern der
Welt. Hauptsache, die Brockenhexe prangte darauf.

Die Hexe zierte viele weitere Gegenstände in Hohmanns Allerheiligstem: Aschenbecher, Figuren, Feuer-
zeuge, Bücher, Kleidung, Poster, Gläser und so weiter.

Auf seinen liebsten Stücken grüßte jedoch statt der
Hexe der Wanderer mit dem Spazierstock. Sowohl der
grüne Trainingsanzug als auch das gelbe Trikot stammten aus den Siebzigerjahren, als die Wolfenbütteler
Destillerie ihren Kräuterschnaps noch Waldläufer
genannt und als Logo jener Wanderer gedient hatte.

»Ich revanchiere mich endlich mal. Außerdem gab es
Hexenschluck im Trinkgut als Sonderangebot«, erklärte
Montag.

»Hm. Na gut. Dann köpf mal die Pulle. Ich hol eben
die Gläser.« Hohmann verschwand hinter der Theke.

In diesem Moment, Montag schraubte gerade den
Verschluss auf, erschütterte eine Art Erdbeben den

Partykeller, inklusive eines nicht einzuordnenden Lärms, der aus der Etage über dem Keller zu ihnen drang.

»Großer Gott, was war das?« Montag fiel vor Schreck beinahe die gerade geöffnete Flasche aus der Hand.

»Keine Sorge, Helga treibt im Wohnzimmer Sport.«

»Deine Gemahlin betreibt Sport?«

»Ja, ja, ich weiß, worauf du hinauswillst, Gustav. Ihre Figur sieht nicht unbedingt nach Sport aus. Trotzdem: Sie hantiert hin und wieder mit so Gewichten herum. Manchmal fällt eines runter, manchmal plumpst Helga hinterher. So wie eben, schätze ich.«

»Die Ärmste! Möchtest du nicht nachsehen?«

Hohmann winkte ab. »Ach, die kann das ab. Schütt lieber was rein.«

»Mach ich glatt.« Montag schüttete.

» Prost, Gustav.«

»Prost, Klaus!« Montag knallte sein Glas auf den Tresen und sah seinen Freund flehend an. »Zeig doch bitte noch mal das Trikot.«

»Du meinst DAS Trikot?« Schön, dass der Kerl sofort wieder mein liebstes Thema anschneidet, jubilierte Hohmann innerlich und marschierte schnurstracks zum anderen Ende der Theke, wo er das verblichene Unikat in einem Rahmen ausstellte. Vorsichtig löste er den wertvollen Stoff aus der Verankerung und taperte zurück zu seinem Gast.

»Ich liebe dieses Trikot«, hauchte Montag. Er hielt das Hemd so vorsichtig wie ein Neugeborenes. »Wer außer dir besitzt schon ein Eintracht-Trikot mit der Originalunterschrift von Paul Breitner?«

»Keine Ahnung. Niemand, schätze ich. Das Trikot hat mich eine hübsche Stange Geld gekostet bei dieser

Versteigerung, und der Breitner kam gar nicht. Der hat seinen Friedrich-Wilhelm schon vorher draufgemalt.«

»Na ja, für den anderen Kram hier hast du auch Geld ausgegeben. Ist halt dein Hobby. Und das lässt du dir was kosten. Ist doch gut so.«

Hohmann nickte. »Stimmt. Ein teures Hobby. Den Trainingsanzug habe ich mir Gott sei Dank auch schon damals gekauft. Heutzutage wäre der unerschwinglich. Ich habe neulich bei Amazon gesehen, wie viel so ein Scheißding kostet. Und sicherlich hat es längst nicht die Qualität von dem Teil hier. Das ist spitze, das könnte ich sonst nicht jeden Tag anziehen.«

»Echt? Jeden Tag? Aber mal was anderes, Klaus: Der Schnaps schmeckt irgendwie komisch, oder?« Montag verzog angewidert das Gesicht.

»Man sollte halt nicht jedes Schnäppchen mitnehmen. Nein, Scherz beiseite. Ich merke nichts. Soll ich trotzdem lieber eine von meinen Flaschen holen?«

Montag winkte ab. »Nein, lass mal. Eine Chance gebe ich dem Schnäppchen noch.«

»Mach voll die Tassen!«

Montag füllte nach. »Prost, Klaus!«

»Lass dir schmecken, mein Lieber.« Hohmann trank und schüttelte sich augenblicklich. »So langsam verstehe ich doch, was du meinst.«

»Hm?«

»Na, das mit dem Geschmack.«

»Ja, ist bei meinem zweiten Glas auch wieder so.«

»Irgendwas schmeckt durch, was sonst nicht durchschmeckt.«

»Anis, oder?«, schlug Montag vor.

»Nee, nicht ganz so auffällig. Eher Zimt.«

»Mensch, du hast recht. Ich denke die ganze Zeit irgendwie an Weihnachten. Gehört Zimt überhaupt da rein? Du kennst doch die Zutaten.«

»Alle nicht«, wiegelte Hohmann ab. »Ein paar Kräuter sind geheim. Zimt ist auf jeden Fall drin. Nur schmeckt man ihn normalerweise nicht.«

»Puh.«

»Was ist?«

»Jetzt denke ich nicht nur an Weihnachten, jetzt fühle ich mich, als hätte ich ein Kilo Zimtsterne im Magen.« Montag drückte auf seinen Bauch, der sich bedrohlich in den Raum wölbte. »Ein Arbeitsloser braucht doch wenigstens ein Dach über dem Kopf«, scherzte Montag bei jeder sich bietenden Gelegenheit.

Auch Hohmann strich über seinen Bauch: »Ich spüre es nicht. Höchstens ein leichtes Sodbrennen.«

»Wie ärgerlich! Hätte ich bloß nicht diesen Sonderposten gekauft. Vielleicht stimmt irgendwas nicht mit der Charge?«

»Das kann ich mir nicht vorstellen. Ich war bei fünf Führungen im Werk, da passiert so was nicht. Komm, wir schütten einen Hexenschuss drauf. Das hilft.«

»Für mich lieber nicht, Klaus. Ist mir zu scharf, dieser Hexenschuss. Ich glaube, ich geh mal eben wohin.«

»Hm?«

»Na, du weißt schon. Dorthin, wohin auch der Papst zu Fuß geht.« Montag rannte los.

»Beeil dich. Ich glaub, ich gehe lieber auch dorthin.«

Doch dafür war es bereits zu spät. Keine fünf Sekunden später übergab sich Klaus Hohmann in das Spülbecken hinter der Bar. Zum Glück blieb der heiß geliebte Trainingsanzug verschont.

8

»Hier, Helmut.« Lisa stellte ihrem Vorgesetzten eine Tasse frisch aufgebrühten Kaffee auf den Schreibtisch.

»Danke, Lisa. Setz dich doch.«

Lisa setzte sich. Sie war das jüngste Mitglied in der Wolfenbütteler Ermittlungsgruppe. So und so. Vom Alter her, mit vierunddreißig, und von der Zugehörigkeit. Lisa gehörte erst seit zehn Jahren zum Team; David war dort seit vierzehn Jahren und Jonas seit dreizehn.

Dennoch verband Helmut mit Lisa wesentlich mehr als mit Jonas oder David. Sie war ihm regelrecht ans Herz gewachsen. Sozusagen ein Ersatz für die Tochter, die Marianne und ihm verwehrt geblieben war.

Und nun beschäftigte sich seine Ersatztochter offensichtlich mit düsteren Gedanken. Das sah Helmut ihr an.

»Ich bin jetzt auf Facebook.« Helmut versuchte, dem anstehenden Gespräch eine heitere Note zu verleihen. Natürlich wusste es Lisa längst, sie waren seit gestern Abend dort befreundet.

Lisa lächelte. »Ein süßer erster Post, Helmut. Trotzdem: Warum mutest du dir das zu?«

»Warum nicht? Heute Abend melden Jutta und ich mich außerdem auf Twitter an.« Die versprochenen Schießübungen hatte Helmut schon absolviert, noch vor Dienstbeginn. Hoffentlich würde Jutta nicht im Detail hören wollen, wie das private Manöver verlaufen war. Obwohl, so gnadenlos schlecht hatte Helmut gar nicht geschossen, vor allem nicht, nachdem er von Pappkameraden auf Zielscheiben umgeschwenkt war.

»Eigentlich müsste ich deswegen stolz auf dich sein, Helmut. Du lässt dir von dieser schrecklichen Eva Lazarus nicht auf der Nase herumtanzen. Andererseits steckt ein Akt der Verzweiflung dahinter, befürchte ich. Und ich hasse es, wenn du verzweifelt bist. Und schon gar nicht wegen so eines Menschen wie Eva Lazarus. Das hast du einfach nicht verdient. Vor allem aber hast du es kein bisschen nötig. Die zwei Jahre, die dir hier noch bleiben bis zur Rente, schaffst du locker ohne Facebook und diesen ganzen Mist. Zumal du junge Kolleginnen und Kollegen im Team hast, die sich damit auskennen.«

»Das behauptet Jutta auch.«

»Siehst du.«

»Wie lange wirst du denn noch zum Team gehören?«

Lisa seufzte. »Nicht mehr lange.«

»Hast du dich also für Bochum entschieden?«

»Ja, vor allem natürlich für Henning.«

»Wie geht es ihm?« Gerade rechtzeitig fiel ihm Juttas Schelte ein.

»Er schlägt sich wacker. Ständig kann er es natürlich nicht ausblenden.«

»Wer schafft es schon, so etwas komplett auszublenden?« Helmut meinte es bitterernst. Schließlich hatte Hennings Mutter ihren Ehemann umgebracht. Keine Minute später hatte die Polizei Hennings Mutter erschossen.

»Ich begreife es noch immer nicht, Helmut. Und wir standen praktisch in Sichtweite, als es passierte. Du, Jutta, Henning und ich.«

»Das mit Hennings Mutter war meiner Meinung nach unnötig. Ein gezielter Schuss in den Oberarm hätte ausgereicht. Da waren Scharfschützen vor Ort.« Noch beim

Sprechen bereute Helmut seine schlauen Worte. Wer im Glashaus sitzt! Er saß seit über fünfundzwanzig Jahren darin.

Ohne jegliche Vorwarnung hebt Abdullah den linken Arm mit dem Schläger – und stürmt auf ihn zu.

»Halt.« Noch während er ruft, drückt Helmut ab.

Er zielt zunächst auf den linken Arm, befürchtet aber praktisch im selben Moment, dass es möglicherweise nicht ausreicht, den Türsteher am Arm zu treffen. Abdullah könnte den Schmerz ignorieren und noch wütender und entschlossener weiterkämpfen.

Helmut schließt, um dieses Problem zu umgehen, beim Abdrücken die Augen und denkt fest an seine Familie.

Jetzt öffnet er die Augen wieder. Er sieht Abdullah drei, vier Meter von sich entfernt vor- und zurücktaumeln, den Baseballschläger schlagbereit in der Hand, das weiße Muskelshirt unter der linken Brust rotgefärbt, die Augen weit aufgerissen.

Gerade will Helmut ein zweites Mal abdrücken, da sackt der Libanese zusammen und fällt auf die Seite. Beim Fallen lässt er den Schläger los. Er rollt ein paar Zentimeter in Helmuts Richtung, bevor er liegen bleibt.

Helmut steht wie paralysiert über dem blutenden Körper. Abwechselnd starrt er auf die Pistole in seinen noch immer zitternden Händen und auf das Einschussloch in Abdullahs Brust.

Mitten ins Herz.

»Ich weiß. Aber ob das so viel geändert hätte?« Lisa war viel zu nett, um Helmut an dessen eigenen tödlichen Schuss zu erinnern, den sie ohnehin nur aus Erzählungen kannte.

»Und wann?«

»Hm?« Lisa sah ihn fragend an.

»Wann wirst du uns verlassen?«

»Noch in diesem Jahr. Wenn die Bürokratie hier und in NRW es zulässt.«

»Puh.« Diese Ansage musste Helmut zunächst verarbeiten. Obwohl es seit Langem abzusehen war, dass Lisa eines Tages zu Henning ziehen würde.

»Ein paar Monate bin ich auf jeden Fall noch hier. Und dann dauert es nicht mehr lange, bis auch du weg bist.«

»Lieb, dass du mich tröstest.« Helmut lächelte Lisa an, so gut er das in diesem Moment zustande brachte. Eher war ihm nach Heulen zumute. Er wechselte vorsichtshalber das Thema. »Hat Henning denn dieses Pärchen mittlerweile geschnappt?«

»Du meinst Lydia Assmann und ihren blonden Partner?«

»Ja.« Die beiden Menschen, die vor zwei Jahren verantwortlich waren für eine bundesweite Mordserie und damit indirekt auch für die tödlichen Schüsse von Hennings Mutter.

»Nein, leider nicht. Sie sind wie vom Erdboden verschluckt. Das Problem ist: Die Bochumer Kollegen kennen den Namen des Blonden nicht. In Assmanns Haus existiert kein einziger Hinweis auf ihn. Nichts. Assmanns Foto und Personalien sowie ein Phantombild des Blonden haben die Bochumer europaweit an Polizei und Grenzbehörden verschickt. Ich glaube, mittlerweile sogar weltweit.«

»Das kenne ich: sowohl seit Ewigkeiten laufende Fahndungen als auch offene Fälle.« Helmut dachte unter anderem an Fritz Tiedemann, einen Kindheitsfreund, der ebenfalls ein Mörder war und den man weltweit suchte. Bislang vergeblich.

Ausgerechnet gegen Ende der Dienstzeit verrotteten derart viele nicht abgeschlossene Fälle in seinem Schreibtisch. Na gut, ein Teil davon war selbstverschuldet, so ehrlich blieb Helmut zumindest sich selbst gegenüber.

»Da hat sich vermutlich allerhand angesammelt im Laufe der Jahre.« Lisa trank einen Schluck Kaffee.

»Mehr als mir lieb ist.« Helmut schielte auf sein Smartphone. Am blauen Facebook-Symbol strahlte ein orangefarbener Kreis mit einer weißen »4« darin. Helmut drückte auf das Symbol.

Lisa beobachtete ihn amüsiert. »Du hast ja schnell Blut geleckt. Nicht zu fassen. Aber wer weiß, wozu es eines Tages gut ist? Auf jeden Fall bleiben wir beide auch über Facebook in Kontakt.«

»Davon gehe ich aus«, bestätigte Helmut.

»Hast du gestern diese Meldung gelesen? Sieben junge Leute mit Lebensmittelvergiftung?« Lisa deutete auf die Wolfenbütteler Zeitung, die auf Helmut Tisch lag.

»Ja. Einer von denen ist sogar gestorben. Schrecklich. Wer weiß, was die gegessen haben?«

»Ist das nicht ein Fall für die Staatsanwaltschaft oder sogar für uns?«, fragte Lisa.

Helmut nickte. »Ich gehe davon, dass sie zumindest den Leichnam gerichtsmedizinisch untersuchen. Vielleicht hören wir demnächst wieder davon.«

9

Die Angelegenheit entwickelte sich viel besser, als David noch vor ein paar Tagen befürchtet hatte. Mittlerweile ruhte Ex-Polizeipräsident Karl Breimer tief unter der Erde, die Eintracht spielte auch in der kommenden Saison in der dritten Liga und David verbrachte immer seltener die Nächte allein. Und das lag keineswegs an Rabea. Sie war nicht zu ihm zurückgekommen. Er kam jedoch ohne sie zurecht.

Dank Eva.

Und, das gab er liebend gern zu, es knisterte heftig, zumal die beiden ihr Techtelmechtel auf das Verborgene und damit sündhaft Verbotene beschränkten. Ob ihre Affäre je einen offiziellen Anstrich bekäme, stand in den Sternen, denn sie war verheiratet und Mutter eines Jungen. Doch ihre Familie lebte weiterhin in Wilhelms-haven, während Eva eine Wohnung in Braunschweig besaß. Ihr Liebesnest.

Darauf musste David in den nächsten Wochen ebenso verzichten wie auf das Liebesnest in seinem Haus. Denn David würde ab übermorgen bei Interpol hospitieren. Für mindestens acht Wochen. Eva wollte ihn nicht in der Schusslinie stehen haben, die sich schon für morgen anbahnte. Das hing nicht zuletzt davon ab, was David gleich finden würde.

Diese Maßnahme hier gehörte zu ihrem Vorhaben, Jordan das Handwerk zu legen. Ein paar handfeste Belege wie Dateien, Akten oder Aufzeichnungen bei-spielsweise zum Fall Junker wären hilfreich, hatte sie ihm ins Ohr gehaucht, während sie mit ihren flinken Fingern nach etwas anderem Handfesten fahndete.

Eva hatte sich ohne Umschweife dazu bereit erklärt, David dabei zu helfen, Jordan loszuwerden.

»Das trifft sich hervorragend«, hatte sie gesagt, nachdem David ihr Jordans Kellerleichen präsentiert hatte. »Dann wird eine Planstelle für einen Kriminalhauptkommissar in Wolfenbüttel frei und ich könnte dem Referenten des Innenministers einen Gefallen tun. Der sucht eine angemessene Stelle für seinen Neffen, der als Kriminaloberkommissar in Hameln arbeitet. Das wäre ein schöner Karrieresprung für den jungen Mann – und sein Onkel wäre mir einen Gefallen schuldig.«

David vermochte nicht recht einzuschätzen, ob Eva darüber hinaus weitere Ziele verfolgte. Vielleicht versuchte sie auf diese Art zusätzlich, David von sich abhängig zu machen. Klar, das sollte sie ruhig versuchen. Diesen Gefallen würde er ihr nur leider nicht erweisen. Weder sexuell noch beruflich. Sexuelle Abhängigkeit existierte für ihn ohnehin nicht, und gegen eine denkbare berufliche Abhängigkeit schützte er sich mit ein paar technischen Spielereien.

Falls sie einfach nur verknallt war in ihn, wäre es ihm auch recht. Auf »verknallt« folgte für die Damen bei ihm allerdings zwangsläufig ein lauter Knall, und der beendete dann alles. Für bleibende Schäden zeichnete David Armbruster nicht verantwortlich. Er selbst trug nie welche davon, auch nicht durch Rabea.

Er ließ die Stiefel auf den Schreibtisch krachen, verschränkte die Arme hinter dem Kopf und schaute sich lächelnd in der verwaisten Dienststelle um. Alle hatten sich längst in den Feierabend verabschiedet und ihm den Weg bereitet. Er stand schwungvoll auf und spazierte pfeifend in Jordans Büro.

In der Tür blieb er kurz stehen, kratzte sich am Kinn und überlegte: zuerst Jordans Rechner oder der Schreibtisch? Der Computer könnte mit einem Passwort gesichert und der Schreibtisch abgeschlossen sein. Letzteres ließ sich leichter und schneller feststellen.

Und siehe da, der gute Herr Jordan hatte den Schlüssel in der obersten Schublade steckenlassen, womöglich unbedacht, und damit ließen sich dank des wenig sicheren Schließmechanismus gleich alle vier Schubladen öffnen. Sie waren randvoll mit Papieren und irgendwelchem Kram, wie ihm ein erster, oberflächlicher Blick zeigte.

David sah auf die Uhr. Ewig durfte er sich hier natürlich nicht aufhalten. Wenn er etwas fand, dessen Inhalt ihm auf den ersten Blick zu komplex erschien, würde er das Material heimlich mitnehmen und es zuhause in Ruhe sichten. Er musste es dann morgen nur wieder zurück in Jordans Schreibtisch schmuggeln. Das würde keine Minute dauern.

Frisch ans Werk und nun in Ruhe Fach für Fach. In der obersten Schublade entdeckte David vor allem: Papiertaschentücher. Sieben angefangene Pakete. Klar, Jordan kämpfte häufig mit Erkältungen oder besser gesagt: laut wie ein Elefant gegen sie. Und dafür hatte Jordan sich bestens gewappnet.

Zwischen den Paketen versteckten sich einige Relikte aus dem finsteren Mittelalter der Computertechnik: CDs, Disketten und sogar Floppy Disks, die Jordan garantiert grundlos aufbewahrte oder schlichtweg vergessen hatte. Es fehlten nur noch Lochkarten und Schreibmaschinenbänder. David schmunzelte über seinen eigenen Scherz.

Kein Wunder, dass Jordan sich nicht an die sozialen Medien herantraute. Oh, das traf mittlerweile gar nicht mehr zu, fiel David ein, denn seit ein paar Tagen tobte sich Jordan bei Facebook aus. Schon drei Posts, alle von David geliked, um Interesse vorzutäuschen und nicht als Einziger aus dem Team wegen Ignoranz aufzufallen. Aus dem gleichen Grund hatte David Jordans Freundschaftsanfrage angenommen. Die pure Heuchelei, leider notwendig.

Welche Informationen sich wohl auf diesen altertümlichen Speichermedien verbargen? Das würde ihn allerdings kaum weiterbringen. Wenn es überhaupt digitale Informationen gab, die Jordan konkret belasteten, dann befänden sie sich auf der Festplatte oder auf einem USB-Stick. Denn grundsätzlich, da war sich David sicher, war sein Chef auch schon vor dem Ausflug in die Welt von Facebook & Co. im Hier und Jetzt des Computerzeitalters angekommen.

Aber in der obersten Schublade lag kein USB-Stick und den Rechner wollte David sich sowieso erst später vornehmen. Zunächst zog er Schublade Nummer zwei auf. Die steckte im wahrsten Sinne des Wortes randvoll – mit Magazinen. Leider sahen sie keineswegs aus wie Magazine, die einen Kripobeamten kompromittieren. Es handelte sich – zumindest auf den ersten Blick – ausnahmslos um die Zeitschrift der Polizeigewerkschaft, »Die Kriminalpolizei«, die viermal im Jahr erschien. Obenauf thronte die aktuelle Ausgabe, darunter führte der Weg chronologisch in die Vergangenheit und endete mit der Ausgabe 3/2003.

Kurz dachte David darüber nach, jedes Exemplar einzeln herauszuholen und durchzublättern – für den

Fall, dass Jordan irgendetwas zwischen den Heften oder den Seiten versteckt hielt. Doch das erschien ihm als zu zeitraubend. Vielleicht würde er es später nachholen.

David schloss die zweite Schublade und öffnete praktisch gleichzeitig Nummer drei. Und stöhnte. »Die Kriminalpolizei«, Ausgabe 2/2003, glotzte ihn frech an. Darunter, das verriet ein sehr kurzer Blick, setzte sich die Reise in die Vergangenheit unbeirrt fort.

Das Komische daran war: David erkannte anhand des Zustandes der Magazine nicht, ob Jordan jemals einen Blick in eines der Hefte warf oder ob er sie bloß archivierte.

David gehörte nicht der Gewerkschaft an und erhielt das Blatt folglich nicht. Im Gegensatz zu Jonas. Der bezog das Magazin und blätterte eine halbe Stunde, mindestens, in der jeweils aktuellen Nummer.

Vorsichtshalber holte David diesmal den kompletten, bis ins Jahr 1992 (Ausgabe 2) zurückreichenden Stapel hervor und kontrollierte, ob irgendwo ein Zettel in einem der Magazine steckte, um einen bestimmten Artikel zu markieren.

Und tatsächlich, in Ausgabe 4/1993 klebte ein gelber Merkzettel im Heft. David legte den restlichen Stapel beiseite und schlug die markierte Seite auf.

Verschwommene Schwarz-Weiß-Fotos und langweilige Tortendiagramme attackierten ihn. Das Thema des Beitrags hingegen erschien spannend. Der Autor widmete sich der zunehmenden Fremdenfeindlichkeit in Deutschland nach der Wiedervereinigung. Er schrieb über Rechtsradikale, brennende Unterkünfte von Asylbewerbern und Übergriffe auf offener Straße. Er berichtete von den Bränden und Ausschreitungen in Solingen,

Hoyerswerda, Mölln und natürlich in Rostock-Lichtenhagen. Die ganze Palette.

Mittendrin tauchte ohne Vorwarnung der Landkreis Wolfenbüttel auf. Frühjahr 1992.

1992? David sah sich prompt über Wiesen und Bäche hüpfen, Schmetterlinge und Frösche jagen. Was er zunächst nicht sah, waren rechtsradikale Gewaltorgien in Wolfenbüttel. Doch die beiden Absätze halfen ihm auf die Sprünge. Eine Gruppe von Skinheads, deren Mitglieder von diesseits und jenseits der damals gerade erst gefallenen Grenze stammten, trieb in den Dörfern der Landkreise Wolfenbüttel, Helmstedt und Halberstadt ihr Unwesen. Sie schlugen Linke zusammen, randalierten auf Dorffesten und bedrohten die verschwindend wenigen Ausländer, die in dieser Gegend lebten. Als absoluter Tiefpunkt in allen Belangen erwies sich der Überfall auf ein von einem türkischen Gastwirt geführtes Restaurant in einem Nest namens Wittmar: das »Ephesus« an der Bundesstraße 79.

Dieser Überfall geriet vollständig aus dem Ruder: Zwei andere Gäste halfen dem Wirt, wobei man das Wort »helfen« zweifelsohne in Anführungszeichen setzen musste. Die beiden Gäste, zwei Studenten, trugen Pistolen bei sich und richteten ein Blutbad unter den Angreifern an. Sieben tote Skins. Anschließend machten sich die beiden Schützen aus dem Staub.

Der Schreiber des Artikels erklärte ausführlich, warum es sich beim Vorgehen der beiden Studenten vom Grundsatz her um Zivilcourage handelte. Gleichwohl waren der Zivilcourage Grenzen gesetzt. Und sieben Tote lagen nach Meinung des Verfassers *außerhalb* dieser Grenzen.

Leider verschwieg der Schreiber, was später mit den beiden Tätern geschehen war und ob man jemals etwas über ihre Motive erfahren hatte. David erinnerte sich rudimentär daran, dass den Studenten etwas später bei einem Gefangenentransport die Flucht geglückt war. Was danach passiert war, wusste er nicht.

David ahnte, warum Jordan ausgerechnet diesen Artikel markiert hatte. Er gehörte 1992 zweifellos zu den Polizisten, die diese beiden Studenten suchten. Jordan arbeitete seit Mitte der Achtzigerjahre bei der Kripo Wolfenbüttel und die war für diesen Fall verantwortlich. Angesichts der Schwere des Verbrechens mutmaßlich gemeinsam mit dem LKA? Oder dem BKA?

Komisch, dass Jordan nie über diesen spektakulären Fall sprach, wunderte David sich. Verbarg sich hier etwa eine unangenehme Erinnerung? Verschwieg Jordan ein düsteres Geheimnis?

Egal, was immer es war, Davids Anliegen dürfte dieser uralte Fall kaum nützen. Dennoch rannte er in den Nebenraum und kopierte rasch den Artikel.

Dann untersuchte er erneut den kompletten Stapel aus Schublade Nummer drei, diesmal etwas genauer. Außer dem Merkzettel entdeckte er jedoch nichts.

Er legte die Magazine zurück und öffnete nochmals Schublade Nummer zwei. Er holte alle Hefte hervor und untersuchte sie gewissenhaft. Fehlanzeige. Er stopfte den Stapel zurück und öffnete die letzte Schublade. Die letzte Hoffnung?

Irgendetwas musste David jedenfalls endlich entdecken. Außer diesem alten Artikel.

Dann der Schock: »Die Kriminalpolizei«, Ausgabe 4/1991.

Schnell erkannte David allerdings: Dieser Stapel war wesentlich dünner als die beiden zuvor. Er endete bei der Ausgabe 4/1988. Anscheinend war Jordan 1988 der Gewerkschaft beigetreten.

Zuvor hatte Jordan sich gezwungenermaßen sehr langsam hochgedient. Er hatte Ende der Sechzigerjahre bloß die Hauptschule abgeschlossen und als Anstreicher gearbeitet. Erst 1974, mit zwanzig, hatte Jordan beschlossen, zur Polizei zu wechseln.

Davids Karriere verlief da wesentlich gradliniger.

Und erfolgreicher?

Egal. Wichtiger war, was sich unter dem dünnen Stapel verbarg: eine Mappe.

10

Julius Braun klatschte erfreut in die Hände. Endlich fand er mal wieder eine Kleinigkeit heraus – durch bloßes Zusehen.

Er hielt sich scheinbar zufällig im Labor der Destillerie auf, verwickelte den Kollegen in ein belangloses Gespräch und beobachtete ihn unauffällig bei der Arbeit. Dessen Tätigkeit stellte zwar keine große Überraschung dar, aber den Haken hinter diesen Punkt setzte Julius trotzdem gedanklich. Die Zahl der offenen Fragen schrumpfte zusehends.

Seitdem diese eine bestimmte Kollegin ausgeschieden war, lief es wie am Schnürchen. Sie hatte ihm scheinbar stets misstraut oder war allgemein sehr vorsichtig. Jedenfalls erfuhr er in ihrer Gegenwart nie etwas. Jetzt, in der neuen Konstellation, funktionierte es. Die anderen Kollegen schienen weniger misstrauisch zu sein.

Wenn er bloß wüsste, wie viele Zutaten und Verfahrensfeinheiten ihm noch fehlten. Der Chef machte ausgerechnet daraus das größte aller Geheimnisse. Verständlich und ärgerlich zugleich.

Prinzipiell stand die Zahl der Zutaten offiziell fest und der Konzern warb öffentlich damit. Ob diese Zahl stimmte, blieb letztendlich offen, sofern man nicht zum Kreis der Auserwählten gehörte.

Noch fataler sah es bei den Verfahren aus, selbst bei den Mazerationen und Analysen. Einige kannte er natürlich längst, eine der Analysen erst seit fünf Minuten. Andere Schritte spielten sich im wahrsten Sinne des Wortes hinter verschlossenen Türen ab. Genau wie die Beigabe der angeblich sieben geheimen Zutaten.

Dennoch war es nur eine Frage der Zeit, bis er das komplette Rezept besaß. Und bis sie es verwenden konnten, er und sein Kompagnon. Darauf freute Julius sich wie der berühmte Schneekönig. Wenngleich Mai war und Schnee weiß Gott nicht in Sicht war.

Sein Kompagnon sondierte bereits den Markt, sprach mit Vertretern der großen Discounter, die sich wahrscheinlich gegenseitig überbieten würden, um das Rezept zu kaufen und ein eigenes, hochwertiges Konkurrenzprodukt ins Regal zu stellen.

Sie würden Millionen kassieren.

Und dann nichts wie weg.

Australien oder so.

Na ja, noch handelte es sich um reine Hirngespinste. Noch gab es allerhand zu erledigen. Wenigstens fuhren sie zweigleisig. Julius' Mitstreiter wollte eine andere Quelle anzapfen.

Leider ließ sich diese Quelle sehr viel Zeit für ihre Entscheidung, ob sie sich nun anzapfen ließ oder nicht. Für Julius schwer zu akzeptieren. Für den Kompagnon gar nicht. Der war für seine Ungeduld berüchtigt, die sich bisweilen in nackter Gewalt entlud. Wie damals an der Uni. Da hatte er mit einem Bein im Knast gesessen wegen schwerer Körperverletzung. Nur dank der Aussage von Julius war es ihm erspart geblieben.

Dank seiner Lüge, besser gesagt.

Das war lange her. Und doch kam Julius der Freund auch heute noch wie eine tickende Zeitbombe vor.

11

David schlug die Mappe auf. Handbeschriebene DIN-A4-Blätter, offizielle Dokumente sowie Briefe und Postkarten steckten darin; eine Systematik ließ sich auf Anhieb nicht erkennen, alles lag bunt durcheinander.

Fanden sich hier etwa Beweise für Jordans Schlampigkeit? Für die Dienstvergehen? Dann bräuchte er bestenfalls den Rechner nicht mehr hochzufahren.

David überlegte, womit er am besten anfangen sollte. Er schüttete den Inhalt der Mappe auf den Schreibtisch, ließ die rechte Hand darüber kreisen und entschied sich für einen der Briefe.

Dieser Brief war allein schon deshalb interessant, weil kein Absender vermerkt war und weil auf dem Umschlag eine französische Briefmarke klebte.

David öffnete den Umschlag und holte drei eng mit der Hand beschriebene Blätter hervor. Die Schrift war gut lesbar. Am oberen linken Rand auf der ersten Seite stand »Corps, 18. Juli 2014«.

Demnach war der Brief in der Woche nach dem WM-Finale in Brasilien verfasst worden, an das David als Fußballfan automatisch dachte.

Er seufzte. Damals war die Welt noch vollkommen in Ordnung gewesen. Er, Jonas, Lisa und Helmut hatten sich in diesem wunderbaren Sommer alle Spiele der deutschen Mannschaft gemeinsam angesehen, meist bei Helmut. Zum Finale war für alle (Helmut eingeschlossen) überraschend ein Jugendfreund von Helmut aufgetaucht: Fritz Soundso. Höchstwahrscheinlich genau der Kerl, der diesen Brief geschrieben hatte. Jedenfalls hatte ihn ein »Fritz« unterzeichnet.

Endlich beendete David die Vorüberlegungen und las. Er war entsetzt: Dieser Fritz, genau, Tiedemann hieß er mit Nachnamen, beschrieb darin, dass er für das Verschwinden des Winnigstedter Bürgermeisters Jochen Wettenstedt in jenem Sommer 2014 verantwortlich war. Ja, Tiedemann gab sogar unverblümt zu, Wettenstedt ermordet und sich dann nach Frankreich abgesetzt zu haben.

Noch schlimmer: Helmut Jordan wusste davon. Er besaß den Beweis schwarz auf weiß und hatte bislang weder die Leiche von Jochen Wettenstedt gefunden noch, obwohl er genau wusste, wo er zu suchen hatte, Fritz Tiedemann – ob nun lebendig oder tot, wie der Schluss des Briefes vermuten ließ:

»Mein Auto bin ich erfolgreich losgeworden. Auch mein Gepäck werde ich irgendwo entsorgen. Steine liegen unten am See. In allen Größen. Seile und Säcke packe ich ein, wenn ich zum See hinuntersteige. Irgendwie wird es funktionieren.

Ich verschwinde im See und niemand in Corps vermisst mich und deshalb sucht mich auch niemand.

Mein letzter Wunsch an dich lautet: Lass auch du es sein!

Leb wohl und verzeih mir – du weißt, was ich damit meine.

Dein Fritz«

12

Sie fuhren die Leipziger Straße stadtauswärts. Martin erzählte irgendetwas von seinen Eltern. Corinna hörte nicht richtig zu. Sie versuchte in diesem Moment mit aller Kraft, nicht nach links zu schauen und zugleich ihre Gedanken weit weg vom Schauplatz ihrer größten Niederlage, ihrem persönlichen Waterloo, zu lenken.

Mit beiden Händen presste Corinna ihren Kopf nach rechts. Allein, es half nichts, ihre Gedanken machten Corinna einen dicken Strich durch die Rechnung.

Rausgeschmissen. Gefeuert. Entlassen.

Angeblich hatte sie nicht aufgepasst beim Mischen.

So ein Unsinn.

Sie beherrschte ihren Job im Labor der Destillerie, sechzehn Jahre lang tat sie tagein, tagaus nichts anderes, als zu wiegen, zu messen, zu mischen und zu analysieren – und nie lief irgendetwas schief. Nie. Auch diesmal nicht. Sie war fest überzeugt davon.

Ihre Tätigkeit klang unter Umständen für Außenstehende wie eine Routine, bei der es zwangsläufig zu Fehlern kam, da man sich seiner Sache zu sicher wähnte. Doch genau darauf achtete Corinna peinlich: Sie unternahm alles, damit sich diese Überheblichkeit nicht einschlich und sie stattdessen immer aufmerksam und sorgfältig arbeitete wie an ihrem ersten Tag. Es stand schließlich allerhand auf dem Spiel.

Irgendjemand hatte sie an jenem Tag reingelegt und das, was sie den Urschleim nannte, verunreinigt. Möglicherweise sogar gezielt, um sie schlechtzumachen. Immerhin verrichtete Corinna einen verantwortungsvollen Job, um den viele sie beneideten. Sie war

Geheimnisträgerin. Auch wenn sie natürlich nicht das ganze Geheimnis kannte.

Gleichwohl fühlte sie sich, auch jetzt noch, wie eine Schatzhüterin. Nur eine Handvoll anderer Menschen teilte ihr Wissen. Logischerweise gab es da Neider. Vielleicht der Kerl, der später ihre Aufgabe übernahm? Nachdem sie entlassen worden war.

Na ja, dafür zahlte man ihr nun eine nette Abfindung. Zugleich ein Schweigegeld. Denn das kleine Geheimnis musste sie natürlich weiterhin bewahren.

»Wenn wir je erfahren, dass Sie etwas ausgeplaudert haben, dann sind Sie dran«, hatte der oberste Chef zum Abschied gedroht und dabei offengelassen, ob man sie zur Strafe töten oder mit Klagen überziehen würde.

Bis vor Kurzem wäre Corinna auch niemals auf die Idee gekommen, etwas auszuplaudern, doch nun lagen die Dinge anders.

»Was meinst du, Schatz?«

Martin riss sie aus ihren Überlegungen.

Sie wusste partout nicht, wozu sie etwas meinen sollte.

»Hm?«

»Na, zu meiner Frage.«

Das half ihr kein bisschen weiter.

»Sorry, Martin. Ich war gerade woanders.« Mit Ehrlichkeit kam sie bei ihrem Gatten immer am weitesten. Es sei denn, es ging um sehr komplizierte Fragen, beispielsweise ob sie demnächst gegen Bargeld Firmengeheimnisse verraten sollte oder nicht. Davon wusste Martin bisher nichts. Sehr wahrscheinlich würde es auch dabei bleiben.

»Ob wir vielleicht Pfingsten an die Nordsee fahren?«

Zum Glück handelte es sich um ein absolut harmloses Thema.

»Warum nicht?«

»Euphorie klingt anders.«

»Ich freue mich drauf. Wirklich.«

Das stimmte sogar. Ein paar Tage an der Nordsee. Lange Spaziergänge am Strand. Da konnte sie in Ruhe nachdenken. Abwägen. Das Angebot erschien reizvoll, doch war es verlockend genug, um die Drohung des obersten Chefs zu ignorieren?

Sie fuhren mittlerweile durch Wendessen. In Groß Denkte, dem nächsten Dorf an der Bundesstraße 79, hätten sie ihr Ziel erreicht: den Bauernhof von Martins Eltern. Dort verbrachten ihre Kinder das Wochenende.

Cheyenne und Dean liebten ihre Großeltern. Das erwies sich so manches Mal als hilfreich, wenn sie ein paar Tage für sich benötigten. Vor allem Martin brauchte diese Tage ohne Verpflichtungen, da ihn der Job als IT-Berater manchmal nahezu auffraß. Er leitete überall in Deutschland Projekte mit zum Teil widerlichen Kunden, die nichts und niemand zufriedenstellte, schon gar nicht Martin und dessen Team.

»Die sind absolut beratungsresistent«, pflegte ihr Ehemann über diese Art von Kundschaft zu sagen, mit der er sich häufig wochenlang herumplagte, wenn die Kunden in ihren Unternehmen Software, Datenbanken, Produktionsprogramme oder alles auf einen Schlag umstellten.

Jetzt war das kinderfreie Wochenende leider vorüber.

Martin bog in die Hofeinfahrt. Cheyenne und Dean fuhren mit ihren Rollern kreuz und quer über das Kopfsteinpflaster zwischen dem Wohnhaus und den Scheunen. Martins Eltern saßen auf der Holzbank vor dem kleinen Schuppen und sahen ihnen glückselig zu.

Na, das gibt wieder Theater, dachte Corinna. Die Kinder wollen nicht weg und die Großeltern sie nicht gehenlassen.

13

David legte die Blätter beiseite. Führte Fritz Tiedemann Jordan mit dem Brief ein allerletztes Mal an der Nase herum? Warum beschrieb Tiedemann diesen Ort und den See in aller Ausführlichkeit, um Jordan dann zu bitten, ihn dort nicht zu suchen? Bestimmt bloß ein plumpes Ablenkungsmanöver.

Jordan hatte sich von dieser Bitte ohnehin nicht beirren lassen. Das deuteten die offiziellen Dokumente an, die David nun studierte. Sie waren auf Französisch, Englisch und Deutsch verfasst worden.

David musste glücklicherweise nicht alle Dokumente lesen. Denn Jordan fasste ihren Inhalt in knappen Sätzen zusammen und schilderte sein weiteres Vorgehen. All das las sich sogar recht spannend:

Mithilfe eines BKA-Beamten und über den Umweg Interpol wendet Jordan sich an die französische Polizei in Gap und bittet die dortigen Kollegen, in Corps nach Spuren von Fritz Tiedemann zu suchen.

Die französischen Beamten finden jedoch keinerlei Spuren, weder im von Tiedemann erwähnten »Hotel de la Poste« noch in einer anderen Unterkunft in Corps oder in der Umgebung noch in einer der Autowerkstätten in Corps und den umliegenden Ortschaften.

Die französische Polizei weitet die Suche nicht aus und schickt auch keine Taucher in den von Tiedemann beschriebenen See unterhalb von Corps.

Stattdessen lässt Jordan in Berlin nachforschen. Doch auch dort findet man keine Spur von Tiedemann. Das gilt für dessen Schule, das John-Lennon-Gymnasium, für die Wohnung, die

Verwandten, die Freunde, Nachbarn und Bekannten, für Tiedemanns Bank, die Krankenversicherung, den Hausarzt, den Zahnarzt und sogar für das Lieblingsrestaurant. Seit Anfang Juli 2014 hat niemand mehr Fritz Tiedemann gesehen oder etwas von ihm gehört oder gelesen.

Zu Recht vermerkt Jordan an dieser Stelle, dass es keinen Sinn ergibt, an Flughäfen und bei Fluggesellschaften anzufragen. Tiedemann ist mit dem Auto unterwegs und so nach Frankreich gelangt; weitgehend bewiesen durch Briefmarke und Poststempel.

Auf welche Weise er in Frankreich verschwunden ist, spekuliert Jordan weiter, könne man wohl nur erfahren, wenn eines Tages Tiedemanns Leiche an der Oberfläche eines Sees auftaucht – falls sich die Geschichte mit dem See nicht als komplette Ablenkung herausstellt? »Vielleicht hat Fritz sich stattdessen von einem Felsvorsprung in die Tiefe gestürzt?«, schreibt Jordan wörtlich. Alternativ würde man es dann herausfinden, wenn Tiedemann doch noch lebt und eines Tages neue Spuren hinterlässt. Mit der Kreditkarte zum Beispiel. Tiedemanns Name jedenfalls, so notiert es Jordan am Ende seiner Überlegungen, »bleibt in der Datenbank von Interpol gespeichert.«

Jordan versah all seine Notizen akribisch mit Daten. Demnach hatte er zuletzt vor einem knappen halben Jahr bei Interpol, beim BKA und beim Polizeipräsidenten in Berlin um Auskunft gebeten.

Das wiederum bedeutete: Jordan war in dieser Angelegenheit keineswegs untätig geblieben. Ganz im Gegenteil. Wahrscheinlich, so las David es aus den Notizen heraus, hätte Jordan auch ohne Tiedemanns ominösen Abschiedsbrief nach ihm gesucht.

Man konnte Jordan natürlich vorwerfen, dass er den Fall weiterverfolgte, ohne die unmittelbaren Kollegen

einzuweihen und die Unterlagen nun in der Schreibtischschublade aufbewahrte, vergraben unter Bergen
von Zeitschriften. Doch genau dieses Vorgehen spielte
David unerwartet in die Karten. Deshalb kein Vorwurf
meinerseits, lieber Helmut, dachte David.

Auch zum Fall des seit 2014 vermissten Jochen Wettenstedt fand David in der Mappe Notizen und Kopien
offizieller Dokumente. Demnach war den ganzen
Sommer 2014 über fieberhaft nach Wettenstedt gesucht
worden, zunächst vorrangig im Landkreis Wolfenbüttel
und in Oldenburg, wohin Wettenstedt angeblich hatte
fahren wollen, bevor er spurlos verschwunden war.

Später war die Suche auf ganz Niedersachsen und am
Ende auf das gesamte Bundesgebiet ausgeweitet
worden. Vergeblich. Vor rund acht Monaten hatte
Jordan diesbezüglich zuletzt beim BKA angefragt – und
eine Woche später eine negative Antwort erhalten.

Also unternahm Jordan in dieser Angelegenheit ebenfalls allerhand, ohne es an die große Glocke zu hängen.
David bekam davon praktisch gar nichts mit, schon gar
nicht vom Beginn der Aktion. Denn während die Polizei
im Sommer 2014 intensiv nach Wettenstedt suchte, verbrachte David die meiste Zeit auf Fortbildungen oder
im Urlaub.

David legte die bislang letzte Antwort des BKA zur
Seite und kratzte sich am Kopf. »Tja, Helmut, so kann
man sich täuschen«, flüsterte er. Das spielte nun freilich
keine Rolle mehr.

David widmete sich den Postkarten. Drei waren es
insgesamt. Bei der ersten Karte schloss er kurz die
Augen und seufzte. Das Motiv auf der Vorderseite
zeigte die berühmten Felsen von Etretat. Einer von

ihnen ähnelte einem gigantischen Elefanten, der im Meer badete.

David zwang sich regelrecht dazu, die Karte umzudrehen und zu lesen. Er hatte sie selbst geschrieben. In jenem Sommer 2014. Zur Hälfte, die andere stammte von Rabea.

»Hallo Helmut! Herzliche Urlaubsgrüße aus der Normandie senden David und Rabea.«

Und dann in einer anderen Handschrift, wesentlich kleiner, dennoch um Längen besser zu lesen:

»Wobei Rabea gern etwas mehr schreibt. Grüße? Das ist doch viel zu mickrig, finde ich. Wie du unschwer erkennst, sind wir zurzeit in Etretat. Wir bewundern heute zwar die berühmten Felsen, aber zum Baden im Meer ist es leider etwas zu kühl, Luft UND Wasser. Morgen düsen wir weiter nach Deauville. Zwei Tage bleiben wir auf jeden Fall dort, denn ich brauche mindestens einen kompletten Tag für die Läden. Es soll wärmer werden. Wie schön! Bis bald!«

Die zweite Postkarte zeigte auf der Vorderseite eine Collage aus Motiven der Stadt Bochum: »Bergbaumuseum«, »Kuhhirten-Denkmal«, »Ruhr-Universität«, »Rathaus«, »Kemnader See«, »Schauspielhaus« und »Starlight Express«. Diese Karte hatte Lisa geschrieben, vor knapp einem Jahr. Sie grüßte Helmut, »auch von Henning«, und schrieb: »Wir sehen uns nachher endlich das Musical ›Starlight Express‹ an, obwohl Henning eigentlich keinen Bock darauf hat. Er hat es schon viermal gesehen.«

Jetzt fehlte nur noch, dass die dritte Karte von Jonas kam, fluchte David innerlich. Das wäre der schlechteste Film aller Zeiten.

Die Karte stammte nicht von Jonas. Gleichwohl lief der schlechteste Film aller Zeiten weiter.

Vorn auf der Karte sah man einen Kunstdruck mit den betenden Händen von Albrecht Dürer. Der Text auf der Rückseite war kurz, der Poststempel ließ erahnen, dass die Karte im Februar, also vor drei Monaten, abgeschickt worden war.

»Liebes Helmutchen, hab Dank für deine Karte zu meinem dreiundneunzigsten Geburtstag. Wie es aussieht, war es mein letzter Geburtstag. Die Ärzte haben, übrigens genau an diesem Tag, Krebs festgestellt. Im Magen. Zu viel Schnaps im Kaffee? Und das auf meine alten Tage. Herzliche Grüße. Deine Renate Junker.«

David schluckte und schloss erneut die Augen. Er versuchte, sich vorzustellen, einem internen Ermittler gegenüberzusitzen und diesem zu schildern, wie sein Vorgesetzter es versäumt, eine unter dringendem Mordverdacht stehende Rentnerin festzunehmen, die an ihrem dreiundneunzigsten Geburtstag von ihrem Magenkrebs erfährt.

David schüttelte sich kräftig, um dieses Bild von sich wegzuradieren. Da saß jemand anders. Ein Ungeheuer. So gemein war doch kein Mensch.

Andererseits lagen zwischen dem unbrauchbaren Geständnis und der Krebsdiagnose vier Jahre. Außerdem beabsichtigte niemand, Renate Junker ins Gefängnis zu stecken. Stattdessen wollte jemand einfach nur einen Fall aufklären und endlich abschließen – und zwar David Armbruster, Kriminalhauptkommissar und ein ausgezeichneter Polizist, einer, der sich für Recht und Gesetz einsetzte.

Und der Weg dorthin führte nur über Eva und die internen Ermittler.

Er sah Rabea vor sich. Wenn sie jemals erfuhr, wie und vor allem warum David Jordan wegen einer Dreiundneunzigjährigen, an Magenkrebs erkrankten Seniorin ans Messer lieferte, dann würde Rabea ihn erst recht verachten.

Andererseits war es bereits jetzt aus und vorbei. Halb so wild, fand David. Es gab Schlimmeres. Zum Beispiel, Mörder frei herumlaufen zu lassen.

Wie diese Dreiundneunzigjährige mit Magenkrebs.

Nein, Mitleid gehört hier nicht hin, sinnierte David. Renate Junker stirbt ohnehin bald. Jetzt geht es verdammt noch mal um mich, um den rechtschaffenen Polizisten David Armbruster. Und natürlich um Helmut Jordan, einen Kripobeamten, der das Recht missdeutet oder gar missachtet, der es, ja, so muss es man bezeichnen: der das Recht bricht. Anschließend schaue ich mal, wie es weitergeht.

David stoppte den Gedankenstrom. Er steckte die kompletten Papiere zu den Fällen Fritz Tiedemann und Jochen Wettenstedt sowie die Postkarte von Renate Junker in eine Klarsichtfolie, in der bereits die Kopie des Artikels zum Überfall auf das Restaurant Ephesus im Jahre 1992 wartete.

Einen Teil der Dokumente würde er weitergeben. Den anderen Teil eher nicht.

14

Da saß also das Tribunal, nur zwei Meter von ihm entfernt: Eva Lazarus in der Mitte, links neben sich einen hochrangigen Vertreter der Staatsanwaltschaft, dessen Namen Helmut vergessen hatte. Verdrängt, besser gesagt. Genau wie den Namen der Ministerialdirektorin aus dem niedersächsischen Innenministerium, die rechts von Eva Lazarus thronte.

Vor ihr lagen stapelweise Papiere. Helmut staunte nicht schlecht, als er entdeckte, dass sich darunter Dokumente befanden, die er normalerweise in einer abgeschlossenen Schreibtischschublade aufbewahrte. Er hatte sie doch abgeschlossen, oder? Nachdem er kürzlich mal wieder ein Paket Taschentücher daraus hervorgeholt hatte.

Offenbar bemerkte Lazarus Helmuts Blick. »Der Zweck heiligt die Mittel, Herr Jordan. Außerdem steckte der Schlüssel im Schloss.«

»Welcher Zweck?« Natürlich ahnte Helmut es; schon von dem Moment an, als er vor knapp einer Stunde telefonisch zu diesem Gespräch ins Braunschweiger Präsidium einbestellt worden war. Helmut war gerade erst in der Wolfenbütteler Dienststelle eingetroffen und dann stehenden Fußes nach Braunschweig aufgebrochen. Er hatte Lisa und Jonas nur eine kurze Notiz hinterlassen: »Bin in BS bei EL.«

»Zu überprüfen, auf wen ich mich im Zweifelsfall verlassen kann.« Lazarus klopfte mit dem Zeigefinger auf die Papiere. »Auf Sie jedenfalls nicht. Ich brauche hier keine Beamtinnen und Beamten, die Recht und Gesetz in die eigene Hand nehmen und hinter dem

Rücken der Vorgesetzten sowie der Kolleginnen und Kollegen Fälle weiterverfolgen oder, was noch viel schlimmer ist, einschlafen lassen. Mit der unsäglichen Konsequenz, dass sich überführte Täterinnen und Täter nicht vor Gericht verantworten müssen. Wir haben eine Liste zusammengestellt und wissen noch nicht einmal, ob sie vollständig ist. Ich fange mal mit dem Tod von Hanno Ackermann an. Hier sprechen Sie, wie ich erfuhr, unter vier Augen mit einem der Tatbeteiligten, Karl-Heinz Ahrens, und erwähnen das nur beiläufig gegenüber ihren Kolleginnen und Kollegen. Kurz darauf erhängt sich Ahrens und nimmt in einem Abschiedsbrief die Alleinschuld an Ackermanns Tod auf sich. In Wahrheit gibt es zwei Komplizen, deren Namen Sie angeblich kennen. Was sagen Sie dazu, Herr Jordan?«

»In meinen Augen ist das Verbrechen durch das Geständnis von Karl-Heinz Ahrens aufgeklärt und der Fall abgeschlossen.« Natürlich konnte Lazarus diese Details nur von Helmuts engsten Kollegen erfahren haben: von Lisa, David oder Jonas. Lisa hätte mit Aasgeiern wie Lazarus nie im Leben darüber gesprochen. Jonas traute Helmut allenfalls eine unbedachte Bemerkung zu. Übrig blieb nur David, für den Recht und Ordnung über allem standen und der leider ein ähnlicher Karrieretyp war wie Lazarus. Die beiden ergänzten sich perfekt. Womöglich nicht nur beruflich, wenn man dem Flurfunk Glauben schenkte. Das würde jedenfalls zu David passen, zumal sich kürzlich Rabea von ihm getrennt hatte.

»Leugnen Sie etwa, dass es drei Täter waren?«

»Nach eigenem Bekunden hat Karl-Heinz Ahrens den Anschlag allein verübt.« Zum Glück existierten für diesen Fall, der ohnehin nur einen kleinen Teil eines wesentlich komplexeren Falles darstellte, keinerlei Akten oder sonstigen Aufzeichnungen. Hier stünde im Ernstfall Helmuts Wort gegen, na ja, wahrscheinlich gegen Davids Wort,

Eva Lazarus schnaubte. »So billig kommen Sie bei den anderen Verfehlungen zum Glück nicht davon. Bei dem Versuch, einen ungelösten Mordfall aus dem Jahr 1974 aufzuklären, versagen Sie nämlich auf ganzer Linie. Nach meinem Kenntnisstand gesteht Ihnen die frühere Winnigstedter Gemeindesekretärin Renate Junker bei einem Vier-Augen-Gespräch den Mord. Und was unternehmen Sie, Herr Jordan? Sie lassen Junker unbehelligt.«

»Renate Junker ist mittlerweile dreiundneunzig und sterbenskrank.« Innerlich seufzte Helmut. Diesmal existierten jede Menge Unterlagen, die er unvorsichtigerweise in seinem Schreibtisch aufbewahrte, den er zu allem Überfluss noch nicht einmal abgeschlossen hatte. Warum um alles in der Welt hatte er diesen, ebenfalls sehr komplexen Fall hinter dem Rücken seiner Kollegen weiterverfolgt? Sollte ihm diese Heimlichtuerei nun zum Verhängnis werden? Eigentlich undenkbar, da er sein Vorgehen schließlich dokumentiert und mit Schreiben anderer Behörden belegt hatte.

»Renate Junker ist eine Mörderin. Sie hat kaltblütig einen Menschen erschlagen.«

»Das bezweifle ich. Es geschah vielmehr im Affekt.« Und außerdem war das Opfer ein mieser Rassist und Sexist. Mit solchen Einschätzungen wollte Helmut die Polizeipräsidentin aber lieber nicht belästigen.

»Das mag Ihre Deutung des Sachverhalts sein, Herr Jordan. Oder Ihre Entschuldigung. Gegenüber der

Mörderin und sich selbst, um zu rechtfertigen, dass Sie die Verbrecherin laufenlassen. Diese Fehlhandlung bildet allerdings nur die Spitze des Eisbergs. Denn während Sie versuchen, den Altfall aufzuklären, geschieht praktisch vor Ihren Augen ein weiterer Mord. Soweit ich weiß, kennen Sie sowohl den Täter, einen gewissen Fritz Tiedemann, als auch das Opfer, Jochen Wettenstedt, persönlich. Genau wie Sie die Mörderin Renate Junker kannten. Das macht Sie zu allem Überfluss befangen. Sie hätten deshalb von vornherein die Hände von diesen Fällen lassen und sie Ihrem Stellvertreter übergeben müssen. Aber nein, in Ihrer Arroganz und mit Ihrem ganz eigenen Verständnis von Recht und vor allem Gerechtigkeit lassen Sie eine überführte Täterin davonlaufen und ignorieren einen anderen Mord. Schlimmer noch.« Eva Lazarus pickte eines der Papiere aus dem Stapel heraus und hielt es hoch. »Sie lassen sich mit diesem Brief vom Täter regelrecht verhöhnen. Fritz Tiedemann schreibt Ihnen sogar, wo er sich aufhält: ob nun tatsächlich tot, wie er andeutet, oder lebendig. Und was unternehmen Sie? Nichts.«

Das war schlichtweg gelogen. Jemand, vermutlich David, hatte Helmuts Schreibtisch durchwühlt und nur einen Teil der dort gefundenen Akten weitergeleitet. Und zwar bloß jene Unterlagen, die ihm in den Kram passten. Den Rest hatte er wahrscheinlich versteckt oder vernichtet, um Helmut zu vernichten.

Anhand der Schwere und der Anzahl der Vorwürfe, der bereits genannten und der – angesichts der Höhe des Papierstapels vor Lazarus – wohl noch folgenden, erschien es Helmut zwecklos, hier zu intervenieren und auf die Schreiben von BKA oder Interpol hinzuweisen.

Es war außerdem derart deutlich: Eva Lazarus unternahm alles, um ihn loszuwerden, und sie würde ihn bedenkenlos feuern. Offen blieb zunächst nur: wann und wohin.

»Nichts.« Lazarus winkte noch immer mit dem Brief. »Jochen Wettenstedts Leiche haben Sie auch niemals suchen lassen. Und das geht so weiter. Ein Jahr später leisten Sie ohne vorherige Absprache mit Ihrem Vorgesetzten oder mit Ihren Kolleginnen und Kollegen Amtshilfe in Bochum. Doch statt zu helfen, häufen sich dort in Ihrer Anwesenheit lauter neue Leichen an. Dazu zählen sogar die Eltern des Bochumer Kollegen, dem Sie ursprünglich helfen wollten. Hinzukommt, praktisch zeitgleich, eine Wasserleiche in Wolfenbüttel, die Sie zwar brav aus der Oker fischen, um die Sie sich jedoch nur halbherzig kümmern. Sie finden noch nicht einmal heraus, ob es sich um einen Unfall, einen Suizid oder ein Kapitalverbrechen handelt. Um es auf den Punkt zu bringen: Sie klären den Wolfenbütteler Fall nicht auf, weil Sie in Bochum unbedingt alles durcheinanderbringen und immensen Schaden anrichten müssen.«

Eva Lazarus machte ihn nun sogar indirekt für den Tod von Hennings Eltern verantwortlich, das war ein starkes Stück – und vor allem blanker Unfug. Der Fall mit der Wasserleiche war in Helmuts Augen aufgeklärt: Es war eindeutig ein Unfall.

Dennoch schluckte Helmut auch diese Anschuldigungen relativ gelassen hinunter. Eva Lazarus hatte ihr Urteil längst gefällt. Es schien vollkommenen unerheblich zu sein, wie viele sogenannte Dienstvergehen sie ihm schlussendlich nachwies. Eines würde ihr sowieso ausreichen. Zum Beispiel Renate Junker. Hier brauchte er erst gar nicht zu versuchen, sich herauszuwinden. Menschlichkeit hätte gegen Paragrafen ohnehin keine Chance.

Eva Lazarus war immer noch nicht fertig. Sie wedelte aufgeregt mit einem weiteren Schriftstück. »Nun sollte man hoffen, Ihnen seien diese Fehler erst in letzter Zeit passiert und durch Ihr Alter zu entschuldigen. Weit gefehlt. Schon Anfang der Neunzigerjahre sabotieren Sie formvollendet eine LKA-Aktion. Dadurch entkommen schlussendlich zwei Mehrfachmörder ungestraft. Ich wiederhole: ungestraft.«

Das war nicht nur hochgradig ungerecht, sondern eine Verdrehung der Tatsachen. Doch bevor Helmut auch nur Luft holen konnte, um zu antworten, redete Lazarus einfach weiter.

»Ihre ganze Karriere besteht aus solchen Fehlleistungen. Wenn ich dann noch auf Ihre Fitness, Ihre Schießkünste und Ihr Alter sehe, wird mir, ehrlich gesagt, schlecht. Hätte nicht all die Jahre mein Vorgänger die Hände schützend über Sie gehalten, hätte man Sie längst rausgeschmissen oder zumindest in die tiefste Provinz versetzt. Das hole ich nun nach. Ich hoffe, dass Sie als Frühpensionär keinen weiteren Schaden anrichten. In acht Wochen ist Schluss für Sie, Herr Jordan. Früher funktioniert es leider nicht, sonst brocke ich mir Ärger mit der Gewerkschaft ein. Um Ihre unverdienten Pensionsansprüche einzustreichen, müssen Sie Ihren dreiundsechzigsten Geburtstag als Beamter feiern. Sobald Sie weg sind, übernimmt Kriminalhauptkommissar Armbruster die Leitung des Teams.«

Eva Lazarus lächelte Helmut an. Sie freute sich offensichtlich diebisch darüber, ihn derart heruntergeputzt zu haben. Vielleicht glaubte sie sogar, richtig zu handeln. Und die Infos des Verräters spielten ihr einfach nur in die ohnehin gemischten Karten. Bei Facebook hatte sich Helmut jedenfalls umsonst angemeldet. Gleiches galt für die Übungen im Schießkeller.

Das stellte aber das geringste Problem dar. Die weitreichenden Folgen dieser Abfuhr würde er ohnehin erst nach und nach begreifen und verarbeiten. Jetzt ging es nur noch darum, einen würdevollen Abgang hinzubekommen.

»Darf ich dann abtreten?«

»Haben Sie nichts zu Ihrer Verteidigung vorzutragen, Herr Jordan? Wir würden Sie sonst, wie von Frau Lazarus angedeutet, gemäß Landesbeamtengesetz in den vorzeitigen Ruhestand versetzen. Wegen Dienstunfähigkeit laut Paragraf 55. Diesen Grund habe im Übrigen ich vorgeschlagen, um Ihnen und uns allen einen unwürdigen, zudem öffentlichen Prozess wegen möglicher Dienstvergehen zu ersparen«, sagte der unscheinbare Kerl links von Lazarus, der Vertreter der Staatsanwaltschaft. Es war zugleich sein erster Wortbeitrag bei dieser seltsamen Sitzung. Die Dame rechts von Eva Lazarus schwieg noch beharrlicher.

»Ich befürchte, das ergibt in dieser Runde keinen Sinn.« Helmut erhob sich und verließ den Raum.

15

Seit Tagen studierte er alle Lokalzeitungen des Umkreises und las selbst die kürzesten Nachrichten. Nirgends fand er eine Notiz zu einem Polizeiskandal in Wolfenbüttel. Wahrscheinlich hätte es sogar einen längeren Beitrag gegeben, sowohl im Lokalteil als auch auf den überregionalen Seiten. Aber er fand nichts.

Eventuell hatte dieser unsympathische Kerl namens Armbruster am Ende doch kalte Füße oder Gewissensbisse bekommen und auf eine Anzeige gegen den Kollegen verzichtet? Vielleicht war auch Armbrusters Versuch gescheitert oder man kehrte den Skandal still und heimlich unter den Teppich?

Am liebsten wäre er zur Kripo Wolfenbüttel gefahren, um sich selbst davon zu überzeugen, ob dort weiterhin dieser Helmut Jordan den Betrieb leitete. Doch freiwillig begab er sich lieber nicht in die Höhle der Löwen.

Schlussendlich spielte es auch keine Rolle, ob der Wolfenbütteler Chefermittler Jordan oder Armbruster hieß, während sie ihren genialen Plan in die Tat umsetzten. Auf die Schliche käme ihnen keiner der beiden und auch sonst niemand.

Ihr Vorhaben verzögerte sich zwar hier und da, doch im Wesentlichen kamen sie voran. Übermorgen würde er sich endlich mit dieser Dame treffen, die mittlerweile bereit schien, aus dem Nähkästchen zu plaudern.

Sie verlangte Geld dafür. Natürlich.

Noch steckte genug Bargeld in der Kriegskasse. Ein Großteil davon würde für die Informationen der Dame draufgehen.

Er hätte das Geld lieber gespart und die Informationen auf einem anderen Weg erhalten. Sein Partner war strikt dagegen. »Keine Gewalt«, predigte Julius, das alte Weichei. Er kannte ihn nicht anders. Schon zu Studienzeiten hatte der feine Herr sich aus allen handfesten Streitereien herausgehalten. Im Gegensatz zu ihm, der sich damals wie heute lustvoll in jede Schlägerei stürzte.

Auch Julius erzielte Fortschritte in dieser Angelegenheit, er sammelte eifrig Puzzleteile. Mit dem Wissen von beiden hätten sie ihr Ziel bald erreicht.

Doch noch saß er hier und drehte an einem kleinen Rad nach dem anderen, wickelte nur selten lukrative Geschäfte ab, verdiente hier ein paar Hundert Euro, dort einen Tausender. Wie ihn all das ankotzte!

Sein Telefon klingelte. Es war Julius. Hoffentlich mit guten Nachrichten.

»Ja?«, bellte er in den Hörer.

»Schlechte Laune?« Julius klang nach übertrieben guter Stimmung.

»Falls ja, wirst du sie hoffentlich verbessern.«

»Ich habe dem Kollegen heute bei der Analyse der reinen Kräutermasse zugesehen. Kein Hexenwerk, aber gut zu wissen.«

»Wartest du auf ein Lob, Julius?«

»Von dir? Gott bewahre! Mir reicht es schon, wenn du mir nicht an die Gurgel springst.« Julius wieherte über den eigenen faden Scherz.

Gegen seinen Willen fiel er in das alberne Lachen des Freundes ein. Gleich darauf beendete er das Gespräch.

Immerhin keine schlechten Nachrichten, dachte er.

Am Abend landete er dann wieder in Ricardas Bett, wie in jeder Nacht seit dem Rendezvous im »Zimmerhof 13«. Er fand sie zwar weiterhin mäßig attraktiv, aber im Bett teilte sie seine Vorliebe für gewisse Experimente. Vor allem standen die Rollen dabei fest und Ricarda schien keine von denen zu sein, die hinterher zur Polizei rennen und ihn der Vergewaltigung bezichtigen würde, wie es ihm bisweilen widerfuhr.

Jetzt lag Ricarda vollkommen bekleidet auf dem Bett, alle viere von sich gestreckt und mit Bändern ans Bettgestell gefesselt. In ihrem Mund steckte ein Tuch, das wiederum mit einem Schal fixiert war. Unter dem weißen T-Shirt warteten die schweren Brüste auf seine Lippen.

Er lauerte in der Schlafzimmertür, die rechte Hand hinter dem Rücken und ebenfalls komplett angezogen. Sein Gesicht versteckte er unter einer Clownsmaske, wie sie der monströse Clown Pennywise in den Verfilmungen des Stephan-King-Romans »Es« trug.

Er kannte allerdings weder das Buch noch die Filme und wusste deshalb nicht, wie Pennywise sich verhielt oder sprach. Also improvisierte er.

»Na, du Schlampe, wartest du schon auf mich? Schau mal, ich habe dir was mitgebracht.« Pennywise ließ die rechte Hand nach vorn schnellen, ein Messer blitzte auf. »Mal sehen, ob dir mein kleines Geschenk gefällt.«

Ricardas Augen weiteten sich, sie gab seltsame Geräusche von sich, gedämpft durch das Tuch in ihrem Mund. Sie zerrte und ruckelte vergeblich an ihren Fesseln. Ihre Brüste bebten.

Pennywise schlich sich an sein Opfer heran, spielte dabei mit dem Messer. Am Bett angekommen, bohrte er sich die Messerspitze in den linken Daumen und ließ das Blut auf Ricardas Gesicht tropfen.

»Na, wie gefällt dir das, du perverse Schlampe?«

Ricarda warf den Kopf hin und her, doch die Blutstropfen trafen sie immer wieder im Gesicht.

»Sollen wir mal schauen, ob dein Blut genauso aussieht wie meins?«

Pennywise sprang auf das Bett, kniete sich zwischen Ricardas gespreizte Beine und setzte das Messer an ihrem linken Hosenbein an, ganz unten an der inneren Naht. Die scharfe Klinge zischte durch den Jeansstoff wie durch Butter und erreichte nach zwei Sekunden Ricardas Schritt. Pennywise klappte das Hosenbein auf und bewunderte die strammen Oberschenkel. Mit der stumpfen Seite des Messers strich er sanft über Ricardas Höschen.

Ricarda stöhnte.

»Das geilt dich wirklich auf, oder? Du Sau! Mal sehen, ob dir auch das gefällt.«

Pennywise drehte das Messer, steckte es unter das Höschen und zog es so lange in die Höhe, bis der Stoff nachgab und riss. Pennywise schnappte sich den Slip mit der linken Hand und zerrte ihn unter Ricardas Körper weg.

Dann durchtrennte er die innen liegende Naht des rechten Hosenbeins. Ein weiterer Schnitt zerstörte die restliche Jeans. Pennywise zerrte die Hose unter Ricarda weg. Sie war untenherum vollkommen nackt.

Zeit für das T-Shirt! Pennywise schnappte sich den blütenweißen Stoff mit der linken Hand. Da sein Daumen noch immer blutete, besudelte er das T-Shirt. Doch das spielte keine Rolle, denn nach dem folgenden

Schnitt mit dem Messer war es auch um dieses Kleidungsstück geschehen.

Unter dem hauchdünnen Spitzen-BH zuckten Ricardas Brüste. Pennywise war hin- und hergerissen. Sollte er auch den BH zerfetzen? Er liebte Spitzen-BHs, sie törnten ihn sogar noch mehr an als nackte Brüste. Doch um Ricarda komplett zu erniedrigen, musste er auch den BH zerstören und mit seinem blutenden Daumen über ihre Nippel reiben.

Das steigerte nicht nur seine Lust, sondern vor allem ihre. So viel wusste Pennywise nach den vergangenen Nächten.

Aus genau diesem Grund verschonte er den BH.

Er legte das Messer beiseite, fummelte sich die Maske vom Kopf, zog seine eigene Hose herunter und drang in Ricarda ein.

16

Die Dame, die sich suchend in der Dienststelle umblickte, kam Helmut bekannt vor. Er schätzte sie auf Anfang, Mitte vierzig, wahrscheinlich mit türkischen Wurzeln. Sehr attraktiv. Das schwarze Haar war zu einem jugendlichen Pferdeschwanz gebunden. Genau dieses Detail erinnerte Helmut an etwas. Woran bloß?

Er war allein im Büro, keine zehn Minuten nach der Rückkehr aus Braunschweig mitsamt dem Gespräch mit Lazarus und den beiden anderen Witzfiguren.

Davids Anblick hätte er ohnehin nicht ertragen. Zum Glück hospitierte sein Stellvertreter in den kommenden Wochen bei Interpol – bevor er nach Wolfenbüttel zurückkehren würde, um Helmut abzulösen.

In nur acht Wochen! Daran musste er sich noch gewöhnen. Falls das überhaupt möglich war. Dienstunfähig laut Paragraf 55. War das wirklich besser als ein Disziplinarverfahren, bei dem er alle Karten auf den Tisch legen konnte?

Im Augenblick fehlte ihm die Kraft, darüber nachzudenken. Ob er sie jemals aufbringen würde?

David war also für längere Zeit weg. Wo sich Lisa und Jonas herumtrieben, wusste Helmut nicht; selbst der kleine Zettel mit der Kurznachricht lag scheinbar unberührt an seinem Platz.

Die Besucherin stand jetzt direkt vor Helmuts Schreibtisch und schien ihn zu mustern.

»Kommissar Jordan?«

»Ja.« Dass er sich schon länger Kriminalhauptkommissar schimpfte, erwähnte Helmut nicht. Es spielte keine Rolle, jetzt erst recht nicht mehr.

»Erkennen Sie mich wieder?«, fragte die Dame schüchtern.

»Ich überlege schon die ganze Zeit.«

»Es liegt auch über fünfundzwanzig Jahre zurück, Herr Kommissar. Städtisches Krankenhaus Wolfenbüttel.«

»Schwester Yildiz!« Mit einem Mal fiel es Helmut ein. Natürlich! Der Pferdeschwanz, den trug sie schon damals. Er hatte mithilfe von Schwester Yildiz einen Patienten befragt, der nur türkisch sprach.

»Sie besitzen ein gutes Gedächtnis, Herr Jordan.«

»Schwester Yildiz«, rief Helmut erneut, wie ein kleines Kind, das nach langer Suche endlich das Lieblingsspielzeug wiedergefunden hat. »Arbeiten Sie denn noch im Krankenhaus?«

»Ja. Allerdings nicht mehr als Krankenschwester. Diese Ausbildung habe ich nur absolviert, weil ich Medizin studieren und schon vorher die Arbeit im Krankenhaus kennenlernen wollte. Ich bin jetzt Ärztin.«

»Dann sage ich wohl besser Frau Doktor?«

»Nein, das klingt irgendwie komisch. Sagen Sie einfach Frau Hansen.«

»Hm?«

» Hansen. Seit meiner Hochzeit heiße ich so.«

»Also, Frau Hansen, wie kann ich Ihnen helfen?«

»Ich überlege, wie ich das am besten erkläre, Herr Kommissar.«

»Erzählen Sie einfach von Anfang an. Vor allem nehmen Sie bitte Platz.« Der unverhoffte Besuch vertrieb die düsteren Gedanken an Eva Lazarus und deren Machenschaften wie ein kräftiger Wind, der die Wolken vom Himmel pustet.

Yildiz Hansen setzte sich an Helmuts Schreibtisch. »Es fing vor einer Woche an. Da lieferte man bei uns auf einen Schlag sieben Personen mit Vergiftungserscheinungen ein. Sie landeten in der Abteilung für innere Medizin, wo ich arbeite. Das heißt, einer von ihnen starb auf dem Transport ins Krankenhaus. Die anderen sechs litten unter Kopfweh, Übelkeit und Schwindelgefühl. Fünf von ihnen konnten wir zum Glück am nächsten Tag wieder entlassen. Einer liegt noch bei uns, hauptsächlich zur Beobachtung. Wir haben von Anfang an eine Lebensmittelvergiftung vermutet. Alle sieben haben den Abend zusammen verbracht, Kartoffelchips und Erdnussflips gegessen sowie Kräuterlikör getrunken. Hexenschluck. Auf Eis oder mit Tonic oder Coca-Cola verlängert. Es dauerte eine Weile und benötigte verschiedene Untersuchungen, bis wir die Ursache fanden. Die Lebensmittelvergiftung wurde von Cumarin verursacht.«

»Dieses Gift kenne ich nicht«, unterbrach Helmut. »Allerdings habe ich kürzlich in der Zeitung von den Vergiftungen gelesen.«

»Es ist an sich kein Gift, Herr Kommissar. Zu hohe Mengen wirken dennoch toxisch. Dann führt es aber in der Regel nur zu den Symptomen, die wir an den fünf schnell wieder genesenen Patienten festgestellt haben. Kompliziert wird es erst, wenn bestimmte Vorerkrankungen vorliegen, wie bei den beiden anderen. Der Verstorbene litt unter einer Vorform der Leberentzündung und der Patient, den wir noch beobachten, unter Zystennieren. Diesen beiden Personen setzte das Cumarin erheblich zu. In einem Fall wirkte es tödlich, was wir uns allerdings bis jetzt nicht vollkommen erklären können. Bislang sind mir jedenfalls keine Todesfälle in Zusammenhang mit Cumarin bekannt. Ausgerechnet bei dem Patienten mit der drohenden Leberentzündung war zudem die gemessene Menge an Cumarin am höchsten.«

Yildiz Hansen schaute Helmut erwartungsvoll an. Also stellte er eine Zwischenfrage. »Sie nannten gerade die Lebensmittel, die diese Personen gegessen und getrunken haben. Ich schätze, Sie vermuten, die sieben haben sich mit einem davon die Vergiftungen zugezogen. Kommen denn alle infrage?«

»Die Geschichte geht noch weiter. Drei Tage nach diesem Vorfall liefert man zwei Rentner aus Wolfenbüttel mit vergleichbaren Symptomen ein und am folgenden Tag noch eine einzelne Person. Als ich dann zufällig von einer Freundin, die in der Harzklinik in Goslar arbeitet, erfuhr, dass dort ebenfalls kurzzeitig zwei Patienten mit ähnlichen Symptomen behandelt worden waren, habe ich recherchiert und befreundete Mediziner angeschrieben und dabei drei weitere Fälle identifiziert: je einen in Braunschweig, Hannover und Salzgitter. Und nun zu Ihrer Frage, Herr Kommissar: Nur in zwei Fällen waren Chips und Coca-Cola im Spiel, bloß in einem Tonic und kein Mal Erdnussflips. Hexenschluck hingegen wurde jedes Mal getrunken.«

»Das heißt, dieses Cumarin versteckte sich höchstwahrscheinlich im Hexenschluck?«, folgerte Helmut.

»Darin ist es ohnehin, denn Cumarin kommt in Zimt vor. Zimt wiederum gehört zu den Zutaten von Hexenschluck. Das gilt vermutlich für alle Kräuterliköre.«

Helmut schüttelte sich. »Irgendein Puzzleteil fehlt noch, Frau Hansen. Dank des Zimts ist dieses Cumarin also automatisch im Hexenschluck. Auf der anderen Seite verkauft das Unternehmen Millionen Flaschen jährlich, schätze ich mal, und wir kennen, in Anführungszeichen, nur diese wenigen Fälle mit den Vergiftungen, die zum Glück glimpflich verlaufen. Mit zwei Ausnahmen. Was geschieht hier also? Warum verwandelt sich ein harmloser Stoff plötzlich in Gift?«

»Zunächst zu diesen Ausnahmen, Herr Kommissar. Nur hier lagen Vorerkrankungen vor, wie ich schon erwähnte. Ich denke, es gibt möglicherweise eine recht einfache Erklärung, weshalb wir beim verstorbenen Patienten mehr Cumarin nachgewiesen haben: Er hat wohl mehr Hexenschluck getrunken als alle anderen betroffenen Personen – auch wenn das der Alkoholgehalt in seinem Blut nicht unbedingt hergibt. Und das fehlende Puzzleteil ist der Grund, warum ich jetzt hier sitze. Wenn die Wolfenbütteler Destillerie jährlich Millionen Flaschen Hexenschluck verkauft und praktisch niemand erkrankt und dann auf einmal vereinzelt Flaschen auftauchen, nach deren Genuss Menschen erkranken …«.

»Dann stimmt mit speziell diesen Flaschen etwas nicht«, vervollständigte Helmut. »Als Privatperson würde ich zunächst darüber spekulieren, ob bei der Herstellung des Getränks kurzfristig etwas schiefgelaufen ist und so eine geringe Menge an verunreinigtem Kräuterlikör in den Handel gekommen ist. Als Polizist ziehe ich natürlich ebenfalls in Erwägung, dass jemand gezielt Flaschen manipuliert. Wie sieht denn dieses Cumarin aus? Ist das fest oder flüssig?«

»Es ist fest, lässt sich allerdings gut lösen, zum Beispiel in Alkohol.«

»Demzufolge könnte es jemand sozusagen als Krümel direkt in die Flaschen bröseln und kräftig schütteln, oder er löst das Cumarin zunächst in Alkohol auf, um es dann dem Hexenschluck in flüssiger Form beizumischen. Soweit richtig?«

»Das wäre beides denkbar. Man muss nur die Flasche hinterher wieder so verschließen, dass es keinem auffällt, schätze ich. Aber ich möchte hier jetzt nicht die Detektivin spielen«, sagte Yildiz Hansen lachend.

»Immerhin klebt keine Banderole über dem Deckel«, überlegte Helmut laut. Gleichzeitig fragte er sich, wie realistisch all das war. »Vielleicht manipuliert doch schon jemand beim Herstellungsprozess?«

»Ich habe vor drei Jahren eine Werksführung mitgemacht, Herr Jordan. Wenn die da nicht das Blaue vom Himmel lügen mit ihren Kontrollen, erscheint mir das sehr unrealistisch.«

»Verstehe. Ich gehe direkt morgen zur Wolfenbütteler Destillerie und spreche mit den Verantwortlichen.«

»Sie ermitteln also?« Dr. Hansen klang begeistert.

»Wir haben es immerhin mit einem Toten zu tun«, antwortete Helmut. Das stimmte zwar. Dennoch müsste er sich zunächst bei der Staatsanwaltschaft oder zumindest bei Eva Lazarus grünes Licht holen. Von beiden Parteien hatte Helmut allerdings vorerst die Nase gestrichen voll. Vielleicht ließe sich das Einbeziehen dieser Stellen ein paar Tage hinauszögern? Das bedeutete zugleich, dass vor allem Eva Lazarus vorerst nichts von dieser Ermittlung erfahren durfte. »Hat sich die Staatsanwaltschaft bei Ihnen gemeldet wegen des Toten, Frau Hansen?«

»Nein. Aber wir haben uns bei denen gemeldet, bislang jedoch keine Antwort bekommen.«

»Und die Gerichtsmedizin?«

»Die Kollegen wissen Bescheid und warten sowohl auf unsere Resultate als auch auf den Leichnam.«

»Dr. Rösner?«

»Genau. Kennen Sie ihn?«

»Sehr gut sogar.« Bei Herbert wäre der Tote so und so in guten Händen, und der Gerichtsmediziner würde, sofern Helmut es sich explizit wünschte, nicht unbedingt offensiv oder proaktiv auf die Staatsanwaltschaft oder die Polizeipräsidentin zugehen. Damit blieben Helmut zumindest vier, fünf Tage Zeit, um zunächst einmal herauszufinden, ob überhaupt ein Verbrechen vorlag. »Ich bräuchte eine Liste mit den Krankenhäusern, in denen die Patienten behandelt wurden.«

Dr. Hansen holte ein DIN-A4-Blatt aus ihrer Handtasche und reichte es Helmut. »Hier ist die Liste. Die Namen der Patienten stehen auch schon drauf. Auch die Übersicht aller jeweils konsumierten Lebensmittel.«

»Danke, Sie sind großartig, Schwester Yildiz!« Zu spät bemerkte Helmut den Fauxpas mit dem Namen seiner Besucherin, der Dr. Hansen offenbar gar nicht aufgefallen war. Helmut überflog die Liste und entdeckte den Namen, hinter den ein Kreuz gemalt worden war: Robin Fiedler. »Womit kann ich das bloß wiedergutmachen, Frau Hansen?«

Sie lächelte ihn an. »Indem Sie mir verraten, wie die Geschichte damals ausgegangen ist. Mit den beiden guten Männern. Sie erinnern sich doch, oder?«

Und ob Helmut sich erinnerte, sogar so gut, als wenn es in diesem Augenblick passieren würde. Kaum ein

Ereignis seiner Laufbahn bei der Kripo prägte ihn so sehr wie die Jagd nach diesen beiden sogenannten guten Männern vor über fünfundzwanzig Jahren.

An diesem Montagnachmittag im Mai 1992 umstellt ein Sondereinsatzkommando des LKA eine Scheune am Rand der Asse, einem Waldgebiet bei Wolfenbüttel. Darin verstecken sich zwei bewaffnete Studenten (zugleich die sogenannten guten Männer), deren Versuch, einem anderen Menschen zu helfen, in ein Blutbad mündete. Und die man nun deswegen jagt.

In dem Moment, als Helmut den Schauplatz erreicht, will der Einsatzleiter die Scheune stürmen lassen. Der Streifenpolizist Karger, kurz vor Helmut eingetroffen, versucht, den LKA-Beamten umzustimmen, da es brandneue Informationen zu den Gejagten gibt: Sie haben entgegen der bisherigen Annahme in Notwehr gehandelt. Das LKA hingegen geht noch von einem, schlimmstenfalls terroristischen, Anschlag aus.

Als der Einsatzleiter den Polizisten Karger wegstößt, wehrt dieser sich erfolgreich mit einem Kinnhaken. Der Einsatzleiter sinkt zu Boden. SEK-Beamte stürzen sich daraufhin auf Karger. Helmut nutzt das allgemeine Chaos und greift zum Megafon. Er findet irgendwie die richtigen Worte und bringt die beiden Studenten zur Aufgabe.

Zumindest ein Teil davon hatte damals in der Zeitung gestanden; womöglich hatte Schwester Yildiz, wie sie damals noch hieß, es nicht mitbekommen. Das galt erst recht für den Rest der Geschichte, der zum größten Teil zu den polizeiinternen Verschlusssachen gehörte.

Den Einsatzleiter suspendiert man noch im selben Monat, da man ihm mithilfe eines V-Mannes engste Kontakte, bis hin zu

Waffenlieferungen, in die rechtsradikale Szene nachweist. Streifen-
polizist Karger entgeht nicht zuletzt dadurch einem Disziplinar-
verfahren.

Die beiden Studenten verbringen keine zwei Tage in Untersu-
chungshaft. Mithilfe von Komplizen gelingt ihnen bei ihrem ersten
Gefangentransport spektakulär und zum Glück vollkommen
unblutig die Flucht.

Zunächst vermutet Helmut, man hätte die beiden Studenten
vor allem deshalb befreit, um sie zum Schweigen zu bringen;
immerhin haben sie als Waffenkuriere für eine kriminelle Organi-
sation gearbeitet (und deshalb die Pistolen bei sich getragen).

Diese Sorge zerstreut sich sieben oder acht Wochen später, als
Helmut eine Postkarte von den Bahamas erhält. Darauf steht:
»Danke, dass Sie Daniel das Leben gerettet haben. Ihre
Marina!«

Einzig Helmut versteht diese geheimnisvolle Botschaft. Die
Studenten sind am Leben, und zumindest einer von ihnen weilt
auf den Bahamas, zusammen mit einer jungen Frau, die Helmut
unter dem Namen Marina kennt.

Helmut erzählte Dr. Hansen nicht all diese Einzelheiten,
er beschränkte sich stattdessen auf die wesentlichen
Fakten und Vermutungen.

»Und Sie haben ihn in der Karibik nicht suchen
lassen?«, erkundigte sich Dr. Hansen.

»Wen?«

Dr. Hansen lächelte, sie verstand offensichtlich Helmuts Gegenfrage richtig.

Anschließend plauderten die beiden noch eine Weile.
Yildiz Hansen erklärte Helmut, wie man aus bestimmten
Pflanzen reines Cumarin gewinnt, wie man dessen
Konzentration im Blut oder im Urin ermittelt und

warum sich selbst Zimtsterne als gefährlich entpuppen können.

Zum Abschied nahm Helmut die frühere Schwester Yildiz spontan in den Arm. Zum Glück reagierte sie zwar durchaus überrascht, aber eindeutig erfreut und nicht etwa abweisend. Helmut versprach, sich bei ihr zu melden, sobald erste Ermittlungsergebnisse vorlagen.

17

Jonas zeigte sich begeistert über den neuen Fall. Er ärgerte sich zurzeit hauptsächlich mit dem Papierkram zu einer frisch aufgeklärten Messerstecherei herum, einer Hinterlassenschaft von David.

Auch Lisa ärgerte sich, jedoch hauptsächlich über Eva Lazarus und David. »Ich bringe beide um«, rief sie etwa alle zwei Minuten, egal, ob sie hektisch im Büro herumrannte oder sich hinter ihrem Schreibtisch verschanzte. »Ich fahre erst nach Braunschweig und von dort direkt nach Brüssel. Ich bin derart geladen, ihr ahnt nicht wie.«

Nur mit Mühe gelang es Helmut und Jonas, sie im Zaum zu halten und ihren Zorn zu besänftigen. Schließlich fand Jonas die richtigen Worte: »Die beste Art, sich an denen zu rächen, wäre doch, hinter deren Rücken eine Ermittlung aufzunehmen und erfolgreich abzuschließen und dabei unser Wolfenbütteler Vorzeigeunternehmen vor größerem Schaden zu bewahren. Stell dir vor, wie blöd die beiden aus der Wäsche gucken, wenn der Vorstandsvorsitzende der Wolfenbütteler Destillerie AG Helmut aus Dankbarkeit den Ehrenorden des Unternehmens ans Revers heftet und die Presse ausführlich darüber berichtet.«

Lisa lächelte boshaft. »Das stelle ich mir gern vor. Wobei ich mich noch immer nicht daran gewöhnt habe, dass der Kräuterlikör nicht mehr ›Waldläufer‹ heißt.«

»Wenn der Schnaps wie ein Schuh heißt, stimmt doch irgendwas nicht, oder?« Jonas spielte auf den Markenrechtsstreit der Wolfenbütteler Firma mit einem Hersteller für Laufschuhe an. Die Destillerie AG hatte diesen Streit zwar nicht verloren, dennoch vor ein paar Jahren auf den Namen »Waldläufer« verzichtet; wahrscheinlich nach Zahlung einer hohen Kompensation des Laufschuhfabrikanten. Seitdem zierte nicht mehr der stilisierte Waldspaziergänger mit Hut und Wanderstock das Etikett, sondern eine grüne Hexe auf einem gelben Besen, die der Firmenlegende nach zum Brocken flog.

Sie teilten sich die Recherche auf. Jonas befragte mithilfe verschiedener Dienststellen in der Umgebung noch am selben Tag die Giftopfer in Hannover, Goslar, Salzgitter und Braunschweig. Lisa und Helmut kümmerten sich um die Wolfenbütteler Opfer. Insgesamt gab es dort drei Fälle und jeweils einen in den anderen Städten.

Sie besuchten zunächst Klaus Hohmann im Wolfenbütteler Stadtteil Groß Stöckheim. Hohmann, der trotz seines fortgeschrittenen Alters einen leuchtend grünen Trainingsanzug trug, empfing die beiden in einem Partykeller, der ganz im Zeichen der Wolfenbütteler Destillerie stand. Überall sah man neuere Flaschen mit Hexenschluck oder der scharfen Variante Hexenschuss sowie ältere Waldläuferflaschen in allen Größen.

Direkt über der Bar hing, in einem Rahmen, ein signiertes gelbes Trikot, das Helmut auf die späten Siebzigerjahre datierte, sprich auf die goldenen Jahre von Eintracht Braunschweig.

»Von Paul Breitner höchstpersönlich signiert«, verkündete Hohmann stolz und bot Lisa und Helmut natürlich einen Schnaps an.

Die beiden Beamten lehnten dankend ab, doch der rüstige Rentner widerstand der Versuchung nicht.

»Haben Sie denn keine Angst, sich wieder zu vergiften?«, fragte Lisa entsetzt.

»Mein liebes Fräulein, wenn diese verdorbene Flasche mein erster Hexenschluck gewesen wäre, hätte ich vielleicht gezögert. Ich möchte damit nicht angeben, aber es waren bislang viele Tausende. Und alle waren in Ordnung. Wenn ausnahmsweise eine dazwischengerät, die nicht gut ist, was soll's? Und so schlimm war die Vergiftung nun auch wieder nicht.«

»Wir haben da noch ein paar Fragen an Sie«, unterbrach Helmut den Redeschwall des Rentners. »Wissen Sie, woher die Flasche mit dem Gift stammt? Und welche Größe sie hatte?«

»0,7 Liter natürlich. Darunter fangen wir nicht an. Mein Freund Gustav hat sie mitgebracht. Ein Sonderangebot bei Trinkgut. Sonst trinken wir immer von meinem Hexenschluck. Hier steht genug rum, wie Sie sehen. Bei einem Schnäppchen kann der gute Gustav leider schlecht Nein sagen. Wir kennen uns schon eine Weile, waren früher beide Hausmeister, Gustav am Schlossgymnasium und ich an der Großen Schule …«.

»Trinkgut im Kalten Tale?« Diesmal unterbrach Lisa.

Hohmann schnappte beleidigt nach Luft. »Ich nehme es an. Dort wohnt Gustav. Und damit eigentlich deutlich näher am Theodor-Heuss-Gymnasium als am Schloss.«

»War die Flasche angebrochen?« Helmut fiel es einerseits schwer, den Rentner ständig zu unterbrechen. Andererseits stand ihnen noch ein strammes Programm bevor, da konnten sie sich nicht jede von Hohmanns Geschichten in aller Ausführlichkeit anhören.

»Was denken Sie denn? Dass Gustav hier mit angebrochenen Pullen auftaucht? Ich bitte Sie. Die Flasche war natürlich verschlossen.«

»Wer hat sie geöffnet?«

»Gustav. Ich weiß nicht, worauf Sie hinauswollen.«

»Hat es geknackt?«

»Bitte?«

»Ob der Verschluss beim Öffnen geknackt hat?«

»Ach so. Darauf achte ich in der Tat immer. Diesmal dummerweise nicht, denn im selben Moment, als Gustav den Deckel aufschraubt, fällt Helga, meine Gattin, über uns im Wohnzimmer um und plumpst auf den Boden. Beim Sport. Ein Höllenlärm.«

»Hat sie sich verletzt?« Typisch Lisa, die Fürsorge in Person.

»Nein, sie fällt immer weich. Sie verstehen?«

»Nein.« Lisa sah in diesem Moment so aus, als wollte sie Klaus Hohmann am liebsten an die Gurgel springen.

»Sie erinnern sich also nicht, ob es geknackt hat?«, hakte Helmut ein letztes Mal nach.

»Nein.«

»Haben Sie die Flasche aufgehoben?«, fragte Lisa.

»Nein, natürlich nicht. Die habe ich sofort in den Ausguss geschüttet. Damit nicht noch mal jemand aus Versehen daraus trinkt.«

Vom Rentner Klaus Hohmann aus fuhren Lisa und Helmut in die Auguststadt, um eine knapp sechzigjährige Dame zu befragen. Doch Elsa Brandt wusste auch nicht mehr, ob es beim Öffnen ihrer vergifteten Flasche – 0,7 Liter, im Getränkemarkt um die Ecke gekauft, Rest weggeschüttet – geknackt hatte. Was möglicherweise damit zusammenhing, dass Elsa Brandt häufig die eine oder andere Flasche Schnaps zu viel öffnete. Darüber waren sich Helmut und Lisa jedenfalls einig.

Jetzt parkte Lisa vor dem städtischen Krankenhaus im Wolfenbütteler Norden, wo sich Paul Taler auskurierte. Er gehörte zu dieser siebenköpfigen Clique, die es am schlimmsten getroffen hatte; einen von ihnen, Robin Fiedler, sogar tödlich.

Die Theorie von Dr. Hansen zu Fiedlers Tod überprüften zurzeit die Ärzte um Dr. Herbert Rösner in der Pathologie der Universitätsklinik Hannover. Falls die Mediziner gravierende Ungereimtheiten entdecken würden, müsste Helmut natürlich noch intensiver ermitteln als bisher und sich wohl oder übel mit der Staatsanwaltschaft abstimmen. Und schlimmstenfalls mit Eva Lazarus. Hoffentlich nicht, betete Helmut, der seine Vorgesetzte niemals wiedersehen wollte.

Immerhin lenkte die augenblickliche Untersuchung ihn ab und lieferte ihm den perfekten Grund, sich um eine Entscheidung zu drücken, ob und wie er gegen seine Ausbootung vorgehen konnte.

Paul Taler fühlte sich mittlerweile besser. Dennoch ließen die Ärzte ihn auch neun Tage nach der Vergiftung noch immer beobachten. Zum Glück musste Taler nicht das Bett hüten. Lisa und Helmut besuchten ihn in einem Aufenthaltsraum.

»Was will denn die Kripo von mir?« Taler, sehr leger in T-Shirt und Jogginghose gekleidet, sah sie überrascht an. Die blauen Augen weiteten sich bedenklich hinter der auffälligen Hornbrille.

»Es geht um Ihre Vergiftung, Herr Taler«, antwortete Lisa.

»Huch, warum interessiert das denn auf einmal die Polizei? Das ist doch über eine Woche her.«

»Es gab mittlerweile einige dieser Fälle«, schaltete sich Helmut ein, der Talers indirekten Vorwurf gut nachvollziehen konnte. Aber wahrscheinlich war die Staatsanwaltschaft zuletzt zu sehr damit beschäftigt gewesen, Eva Lazarus bei ihrem Vorhaben zu unterstützen, Helmut abzuschießen. »Und sogar einen Todesfall.«

»Scheiße, ja. Robin.«

»Deswegen verfolgen wir die Sache«, entgegnete Lisa. »Wir wissen mittlerweile mit ziemlicher Sicherheit, dass die Vergiftungen durch Cumarin hervorgerufen wurden.«

»Cumarin? Kenne ich irgendwoher«, unterbrach Taler.

»Das kommt zum Beispiel in Zimt vor«, erklärte Lisa.

»Genau.« Taler nickte.

Auch Helmut nickte. »Zimt wiederum ist ein wichtiger Bestandteil von Kräuterschnäpsen. Sie und Ihre Freunde haben Hexenschluck getrunken. Das gilt auch für alle weiteren Opfer, die wir bislang kennen. Wir versuchen nun, herauszufinden, was mit diesem Hexenschluck los war.«

»Er schmeckte schon irgendwie besonders. Ich kann es nicht besser erklären. Ich kann noch nicht einmal sagen, ob er bitterer oder süßer oder schärfer war. Irgendwie anders. Niemand von uns trank wirklich viel davon. Manche nuckelten noch an ihrem ersten Glas, als die Kotzerei losging und als Robin stürzte. Das war schon seltsam.«

»Woher stammten die Flaschen?«

»Zwei davon habe ich mitgebracht.«

»Und wo haben Sie die Flaschen besorgt?«

»Beim Rewe in der Breiten Herzogstraße.«

»Gab es denn noch mehr Flaschen bei der Party? Ihre Antwort klang so.«

»Ja, Leo hat auch zwei mitgebracht.«

Helmut konsultierte Dr. Hansens Liste. »Leo Meyer?«

»Klar.«

»Wie groß waren die Flaschen?«, fragte Lisa.

»Meine oder Leos?«

»Sowohl als auch.«

»Spielt eigentlich auch keine Rolle, ob meine oder Leos. Es war alles die gleiche Größe: 0,7 Liter.«

»Wissen Sie, wo Herr Meyer die Flaschen besorgt hat?«

»Nein. Leo studiert in Hannover. Vielleicht dort? Oder irgendwo in Linden. Dort wohnen seine Eltern. Da gibt es zufällig auch einen Rewe.«

Helmut überlegte. »Wir fragen ihn. Genau wie die anderen aus der Gruppe. Woher kennen Sie sich eigentlich?«

»Wir haben zusammen Abi gemacht. Außer Ben, der kommt aus Gütersloh.«

»Studieren Sie alle? Sie erwähnten eben Leo Meyer«, fragte Helmut.

»Nein, Anna arbeitet bei einer Baufirma und Robin beim Fremdenverkehrsamt in Wolfenbüttel. Wir anderen studieren. Ben und ich hier an der Ostfalia, Nele und Bastian in Braunschweig und Leo studiert in Hannover.« Nach einer kleinen Pause fügte Taler hinzu: »Und Sie meinen, da war Gift im Hexenschluck?«

Helmut winkte ab. »Nicht regelrecht Gift. Aber eine erhöhte Menge an Cumarin. Und nun versuchen wir, herauszufinden, wie es in manche Flaschen hineinkommt. Und durch wen. Und natürlich ziehen wir diese

Flaschen aus dem Verkehr. Damit es nicht noch jemanden so heftig erwischt wie Herrn Fiedler. Oder wie Sie.«

»Das liegt bei mir an so einer Nierengeschichte,
haben die hier im Krankenhaus festgestellt.«

»Und Sie wussten nichts davon?«, fragte Lisa.

»Nein. Woher auch? Sehe ich aus wie so ein alter
Sack, der alle paar Monate zum Arzt rennt und sich
durchchecken lässt?«

Ich bin so ein alter Sack und lasse mich nicht alle paar
Monate durchchecken, dachte Helmut.

Da er sich in Hannover aufhielt, war Leo Meyer auf die
Schnelle nur telefonisch zu erreichen. Paul Taler hatte
ihnen die Mobilnummer gegeben.

Zum fraglichen Abend bestätigte Meyer die Angaben
von Paul Taler. Dann schnitt Lisa, die das Gespräch
führte, die Fragen an, die nur Meyer beantworten
konnte.

Lisa: Wo haben Sie denn Ihre beiden Flaschen gekauft?

Meyer: Beim Rewe in Linden.

Lisa: Haben Sie an dem Abend alle vier Flaschen
geöffnet?

Meyer: So weit kam es nicht. Ich habe zu Beginn zwei
Flaschen aufgemacht. Die anderen blieben zu.

Lisa: Wissen Sie, wo die Flaschen jetzt sind, sowohl
die beiden geschlossenen als auch die geöffneten?

Meyer: Nein, leider nicht. Es war Robins Wohnung.
Keine Ahnung, ob da jemand aufgeräumt hat. Robins
Eltern zum Beispiel?

Lisa: Erinnern Sie sich zufällig, ob Sie Ihre Flaschen
oder die von Herrn Taler geöffnet haben?

Meyer: Nein. Die sehen doch alle gleich aus.

Lisa: Das stimmt. Ist Ihnen sonst irgendetwas an den Flaschen aufgefallen? Hat beispielsweise beim Öffnen der Verschluss geknackt?

Meyer: Puh, gute Frage. Ich kann es nicht beschwören. Es wäre mir bestimmt seltsam vorgekommen, wenn es nicht geknackt hätte. Also gehe ich einfach mal davon aus, dass es geknackt hat.

Lisa: Das klingt plausibel. Sie selbst sind mit dem Schrecken davongekommen, oder?

Meyer: Zum Glück. Ich habe nur eine Nacht zur Beobachtung im Krankenhaus verbracht.

Lisa: Wenn Ihnen noch was einfällt, das uns eventuell weiterhilft, melden Sie sich bitte bei mir.

Meyer: Auf jeden Fall.

»Zweimal Rewe in Wolfenbüttel? Aber wir wissen noch nicht einmal, aus welchem der beiden Läden die Flaschen stammen, aus denen die Clique letztendlich getrunken hat.« Helmut kratzte sich am Kopf. Gerade hatte Lisa ihr Telefonat mit Leo Meyer zusammengefasst.

»Außerdem stammen die anderen verdorbenen Flaschen aus Getränkemarkten«, ergänzte Lisa.

Mittlerweile lagen die Resultate der von Jonas koordinierten Recherche vor. Demnach ergab sich folgendes Schema: Nach dem Genuss von Hexenschluck übergaben sich die Menschen oder sie litten unter Kopfschmerzen, Schwindel oder plötzlicher Müdigkeit. Darüber hinaus hatten alle Opfer aus 0,7-Liter-Flaschen getrunken. Diese waren in unterschiedlichen Getränkemärkten gekauft worden.

Immerhin konnten die Beamten im Laufe des Tages zwei der manipulierten Flaschen sicherstellen und in ein Labor bringen. Alle anderen Flaschen waren, wie im Fall von Klaus Hohmann und Elsa Brandt, von den Opfern weggeschüttet worden oder verschwunden; darunter ausgerechnet die Flaschen aus Robin Fiedlers Wohnung.

Eine gute Nachricht gab es aber auch: Eine bundesweite Abfrage in Krankenhäusern und bei Landeskriminalämtern förderte keine weiteren Vergiftungsfälle zutage.

»Es muss einen Zusammenhang geben zwischen diesen Geschäften«, vermutete Helmut.

»Vielleicht beim Vertrieb?«, schlug Lisa vor. »Wie funktioniert der eigentlich bei der Wolfenbütteler Destillerie?«

»Das erfahren wir morgen.«

Für den kommenden Tag waren Lisa und Helmut mit dem Verkaufsleiter sowie dem Herstellungsleiter der Firma verabredet.

18

Die Büros der Firmenzentrale der berühmten Kräuter-
likörfabrik sahen innen genauso aus, wie sie von außen
wirkten: hell, modern und einladend. Vertriebsleiter Dr.
Arno Kröger saß in einem besonders schönen Büro, mit
Blick auf die herrschaftlichen Häuser in der Ernst-
August-Münch-Straße.

Kröger war knapp zwei Meter groß und gerten-
schlank. Er begrüßte Lisa und Helmut mit festem
Händedruck und einem gewinnenden Lächeln. Die drei
nahmen in einer Sitzecke Platz. Eine Sekretärin brachte
Wasser, Kaffee, Tee und Gebäck.

»Was kann ich für Sie tun?« Kröger reichte den Teller
mit den Keksen herum.

Abwechselnd schilderten Lisa und Helmut die
Geschehnisse der letzten Tage.

»Mein Gott, ein Toter! Das ist eine Katastrophe!«
Kröger war die Bestürzung anzusehen, das Lächeln war
verschwunden. »Und es gibt keinen Zweifel daran, dass
das Cumarin im Hexenschluck war?«

Helmut schüttelte den Kopf. »Leider nein. Wir haben
zwei der Flaschen untersuchen lassen und mittlerweile
den erhöhten Cumarin-Wert darin bestätigt gefunden.
Nun versuchen wir herauszufinden, wer das Cumarin
wann und wie in die Flaschen gefüllt hat. Dabei hoffen
wir auf Ihre Hilfe, Herr Dr. Kröger.«

»Für mich bleibt es unvorstellbar. Natürlich versuche
ich, Ihnen zu helfen. Sie sind ja nachher noch mit unserem Herstellungsleiter Herrn Dr. Ruhmann verabredet,
soweit ich weiß. Er erklärt Ihnen aus erster Hand den
Herstellungsprozess von Hexenschluck. Ich vermute,

von mir erwarten Sie hauptsächlich Informationen zum Vertrieb und das, wenn ich es recht verstehe, ausschließlich innerhalb von Niedersachsen?«

Lisa nickte. »Genau. Uns interessieren vor allem die 0,7-Liter-Flaschen, da nur diese Größe betroffen zu sein scheint. Falls es da überhaupt unterschiedliche Vertriebswege gibt?«

»Die gibt es nicht. Sobald die Flasche gefüllt ist, steht sie dem Handel zur Verfügung, egal, in welcher Größe, häufig natürlich über den Umweg Lager. Wir beliefern diverse Großkunden, Handelsketten wie Rewe, Edeka, Aldi oder die Metro, zum Teil direkt. Ebenso den Spirituosengroßhandel. Den Rest wickeln freie Handelsvertreter oder unsere Vertriebsbüros ab. Das Vertriebsbüro für Niedersachsen liegt in Celle. Ich glaube nicht, dass sich ein Getränkemarkt in Goslar oder Wolfenbüttel dorthin wendet. Die kaufen im Großhandel oder in der Metro.«

»Gibt es hier in der Gegend keinen dieser freien Handelsvertreter? Und was bedeutet ›frei‹?«, fragte Helmut.

Kröger zögerte kurz. »Doch, natürlich. Der Herr heißt Roger Degen und sitzt in Vienenburg. Traditionell orientiert er sich Richtung Harz. Aber es gab einen Fall in Goslar, wie Sie gerade erwähnten. Von daher lassen wir ihn besser nicht außer acht. Ich gebe Ihnen nachher die Adresse von Herrn Degen. ›Frei‹ heißt in erster Linie: Die Handelsvertreter sind nicht an uns gebunden. Sie verkaufen nicht nur Hexenschluck und Hexenschuss, sondern auch andere Spirituosen, zum Teil sogar Konkurrenzprodukte. Die Vertriebsbüros hingegen gehören zum Konzern und verkaufen ausnahmslos unsere Produkte.«

»Das heißt, die manipulierten Flaschen gelangten sehr wahrscheinlich auf unterschiedlichen Vertriebswegen in die Läden?«, vergewisserte sich Lisa.

»Stimmt, wenn man sie einerseits bei Rewe und andererseits in Getränkemärkten gekauft hat. Das macht die Sache auch für uns weitaus komplizierter. Wir müssen die Bevölkerung warnen und über Rückrufaktionen nachdenken. Es wäre einfacher, wenn wir uns dabei auf einen Vertriebsweg konzentrieren könnten.«

»Sie denken ernsthaft über Rückrufaktionen nach?« Helmut war beeindruckt.

»Selbstverständlich. Wir gefährden unseren exzellenten Ruf durch nichts. Wir ziehen eine Rückrufaktion in Betracht und entwerfen ein entsprechendes Szenario. Bis jetzt deutet alles darauf hin, dass nur einzelne Flaschen manipuliert sind. Ich kenne die durchschnittlichen Verkaufszahlen für den Großraum Hannover. Wenn es bei den von Ihnen geschilderten sieben Fällen bleibt, betrifft es noch nicht einmal ein Promille der dort verkauften 0,7-Liter-Flaschen. Wir warnen unsere Kunden natürlich trotzdem und sensibilisieren sie dafür, beim ersten Öffnen der Flasche auf das charakteristische Knacken zu achten. Wenn es knackt, kann die Flasche nicht zuvor geöffnet worden sein. Diese Warnung machen wir mit Hinweisschildern an den Regalen sichtbar. Zusätzlich benachrichtigen wir die Medien. Das erledigt unsere Marketingabteilung. Es handelt sich um ein sehr sensibles Thema, und nichts wäre schlimmer als eine Panik, die nach dem Stand der Dinge ohnehin übertrieben wäre.«

»Sie schließen folglich eine Manipulation bei der Herstellung aus?« Helmut hielt zwar das Knackgeräusch nicht für hundertprozentig zuverlässig, aber mit dieser Einschätzung wollte er den Vertriebschef nicht verunsichern.

»Definitiv. Aus mindestens zwei Gründen. Den einen schildert Ihnen nachher Dr. Ruhmann. Der andere Grund klingt banal: Wir haben es laut Ihren Beobachtungen nur mit verunreinigten 0,7-Liter-Flaschen zu tun. Der Hexenschluck, den wir produzieren, bleibt natürlich immer derselbe – egal, wie groß die Flasche ist, in die wir ihn später abfüllen.«

»Das leuchtet ein«, gab Lisa zu. »Lassen Sie uns vorerst davon ausgehen, dass jemand bereits abgefüllte Flaschen nachträglich manipuliert. Wann und wie und wo auch immer. Fragen wir uns lieber nach dem Warum. Mir fällt spontan Erpressung ein.«

Kröger nickte nachdenklich. »Es gibt genug derartige Fälle. Leider. Bisher erreichte uns kein Erpresserbrief, mit ausgeschnittenen Wörtern und einzelnen Buchstaben aus der Zeitung. Falls das heute noch üblich ist?«

»Durchaus«, bestätigte Helmut. »Damit hinterlässt man nur minimale Spuren. Was über E-Mail oder allgemein übers Internet oft nicht funktioniert. Fällt Ihnen noch ein anderes Motiv ein, warum jemand der Wolfenbütteler Destillerie Schaden zufügen möchte? Der Racheakt eines entlassenen Mitarbeiters zum Beispiel?«

»Auch nicht auszuschließen. Lassen Sie mich kurz überlegen. Ich spreche da selbstverständlich vorerst nur für meine Abteilung. Da gab es in den letzten zwölf Jahren, so lange leite ich die Abteilung, tatsächlich keine einzige Entlassung. Es ist noch nicht einmal jemand in Rente gegangen. Mein Team besteht ohnehin hauptsächlich aus jungen Mitarbeitern. Der große Generationenwechsel im Vertrieb fand vor meiner Zeit statt. Insgesamt arbeiten die Beschäftigten gern bei uns. Egal, ob Produktion oder Verwaltung. Regelmäßig feiern wir zwanzig, fünfundzwanzig, dreißig, sogar vierzig Jahre Betriebszugehörigkeit.«

»Wie sieht es mit Entlassungen in den anderen Abteilungen aus?«, fragte Lisa.

»Das entzieht sich meiner Kenntnis. Ich frage gerne bei den Personalern nach, während Sie mit dem Kollegen Ruhmann sprechen.«

»Danke«, sagte Helmut. »Herrn Ruhmann fragen wir dann persönlich nach möglichen Entlassungen in seinem Team.«

19

Das Büro von Dr. Lutz Ruhmann erwies sich als zwei Nummern kleiner als das von Dr. Kröger. Das lag daran, dass Ruhmann sie nicht in der Verwaltung empfing, sondern in der Produktion, wo es vor allem moderne Labore sowie Lagerräume für Kräuter und Eichenfässer gab.

Dennoch besaß auch der Herstellungsleiter ein nettes Büro mit einem wuchtigen Schreibtisch, auf dem eine etwa dreißig Zentimeter hohe und am Fuß zirka zwanzig Zentimeter breite Figur thronte, die Helmut irgendwie indianisch vorkam.

»Leider muss ich Sie in dieses Kabuff locken. Nebenan produzieren wir gerade den Urstoff, und ich muss zwischendurch rübergehen, um meinen Part zu erledigen. Das ist von hier wesentlich kürzer als von meinem Büro in der Verwaltung.«

»Direkt nebenan rühren Sie gerade Hexenschluck an?« Lisa wirkte aufgeregt.

»In der Tat. Leider darf ich Sie nicht mitnehmen und es Ihnen zeigen.«

»Geheim?«

»Sehr geheim. Nur vier Menschen auf der Welt kennen das ganze Rezept mit den neunundfünfzig Kräutern, Blüten, Früchten und Wurzeln.«

»Vier nur? Gehören Sie etwa zu diesem illustren Kreis?«

»Glücklicherweise.« Dr. Ruhmann strahlte über das ganze Gesicht.

»Was ist denn alles geheim?« Auch Helmuts Neugier war geweckt.

»Es sind sieben Zutaten. Dazu verschiedene Details der Zubereitung, vor allem beim Mazerieren, das heißt beim Einweichen der Zutaten, um daraus die Aromen zu gewinnen. Dabei nutzen wir sehr ungewöhnliche Verfahren. Aber ich möchte Sie nicht mit diesen Details langweilen, zumal ich sie ohnehin nur andeuten darf.«

»Und wer kennt es noch?«, fragte Lisa.

Dr. Ruhmann setzte demonstrativ einen Blick auf, der einem Pokerface sehr nahekam. Er ließ sich definitiv nicht in die Karten schauen.

»Verstehe«, sagte Lisa. »Deswegen sind wir ohnehin nicht gekommen.«

»Sondern?«, fragte Ruhmann.

In den folgenden Minuten berichteten Lisa und Helmut nicht nur von den Fällen, sondern auch von ihrem Gespräch mit dem Vertriebsleiter.

»Das hat Dr. Kröger auf den Punkt gebracht«, lobte Ruhmann. »Der Hexenschluck, den wir abfüllen, bleibt natürlich immer derselbe – unabhängig von der Flaschengröße. Damit hätte sich theoretisch Ihr Besuch bei mir erledigt. Oder gibt es noch etwas, wobei ich Ihnen helfen kann? Abgesehen natürlich von den Dingen, die wirklich topsecret sind.«

Alle drei lachten.

Helmut fing sich als Erster. »Ich hoffe mal, Zimt gehört nicht zu den geheimen Zutaten.« Da Ruhmann den Kopf schüttelte, fuhr Helmut fort. »Vielleicht sprechen wir dann über Zimt?«

»Gerne«, nickte Ruhmann. »Schließlich enthält Zimt Cumarin, also den Stoff, der zu den Erkrankungen führte, wie Sie gerade erläuterten. Wenn Sie im Supermarkt Zimt kaufen, geraten Sie im Normalfall an Cassia-

Zimt aus China. Der ist handelsüblich und preiswert, enthält dafür einen vergleichsweise hohen Anteil an Cumarin. Cassia-Zimt ist dadurch nicht nur ein ganz klein wenig ungesünder, aber natürlich nicht giftig, sondern schmeckt auch etwas bitterer. Wenn Sie in einem gut bestückten Supermarkt einkaufen und dort im Regal stöbern, stoßen Sie auch auf Ceylon-Zimt. Der stammt hauptsächlich aus Sri Lanka und kostet deutlich mehr als der Cassia-Zimt, beinhaltet dafür nur sehr geringe Mengen Cumarin, maximal 0,8 Gramm pro Kilogramm. Bei Cassia-Zimt sind es bis zu neun Gramm. Wir verwenden natürlich Ceylon-Zimt für unsere Produkte, den ich regelmäßig vor Ort begutachte und kaufe.«

»Sie fliegen wegen des Zimts extra nach Sri Lanka?« Helmut war verblüfft.

»Ja, und das sehr gern. Genau, wie ich gern nach Mexiko, Costa Rica, Brasilien, Marokko und in viele weitere Länder auf allen Kontinenten reise, um die Zutaten für Hexenschluck auszuwählen. Aus Mexiko stammt übrigens dieses hübsche Teil hier.« Ruhmann zeigte auf die Figur, die Helmut bereits beim Eintreten aufgefallen war. »Angeblich aztekisch. Zumindest nachempfunden. Denn ich glaube nicht, dass die Azteken früher solche Figuren aus Metall fertigten. Hier.« Ruhmann drückte Helmut die Figur in die Hand.

»Oh, ganz schön schwer.«

»Über zwei Kilo.«

Lisa schnappte sich die Figur. »Oh ja! Und wofür brauchen Sie das Teil?«

»Ursprünglich war es als Briefbeschwerer gedacht. Briefe gibt es heutzutage kaum noch. Darum ziert die Figur einfach nur meinen Schreibtisch. Sie bewacht ihn sozusagen.« Dr. Ruhmann grinste spitzbübisch. »Wir kehren besser zum Thema zurück: Schauen Sie, wir stellen ein Qualitätsprodukt her. Um das zu gewährleisten, wählen wir bereits die Zutaten sorgfältig aus. Darunter darf kein faules Stück vorkommen.«

Lisa stellte die Figur zurück auf den Tisch. »Gerät denn im gesamten Produktionsprozess niemals ein faules Stück dazwischen? Mal losgelöst von unserem Fall.«

»Nein, nie. Das versichere ich Ihnen. Schauen Sie, ich sage es mal etwas despektierlich, auf dem Weg vom Busch in Mittelamerika bis zum Verkaufsregal bei Edeka in Braunschweig, so viele geschulte Augen auf jeden einzelnen Herstellungsschritt, da kann das gar nicht passieren. Und wenn mal beispielsweise ein menschliches Glied in der Kette versagt, helfen die kommenden Glieder aus.«

»So etwas kommt aber schon vor?«

»Menschliches Versagen? Natürlich. Alles andere wäre ein Wunder. Nein, wir sind alle nur Menschen.«

»Sie entlassen also niemanden, bloß, weil er ein Gramm Nelke zu viel in die Masse mischt?«, folgerte Lisa.

Erstaunlicherweise lachte Ruhmann. »Tut mir leid, dass ich lache, aber wir mussten uns tatsächlich vor ein paar Monaten mit einem ähnlichen Fall befassen. Dabei spielte allerdings nicht Nelke die Hauptrolle, sondern Ingwer. Eine Mitarbeiterin verwechselte offensichtlich unsere Produkte Hexenschluck und Hexenschuss. Letzteres enthält wesentlich mehr Ingwer, daher rührt auch die Schärfe des Getränks.«

»Und wie endete die Geschichte?«, fragte Helmut.

»Ein Kollege der Mitarbeiterin bemerkte den Fehler und informierte mich. Ich bestätigte den Verdacht und sprach mit der Mitarbeiterin. Sie zeigte sich leider sehr uneinsichtig, behauptete vielmehr steif und fest, sich nicht vertan zu haben. Sie beschuldigte stattdessen ihre Kollegen. Das zog sich über Tage und Wochen hin. Am Ende litt darunter das gesamte Betriebsklima. Wir versuchten es sogar mit einer externen Mentorin. Vergeblich. Wir trennten uns schlussendlich von der Kollegin. Der Fall kommt nun vors Arbeitsgericht. Eine sehr unerfreuliche Geschichte.«

Helmut und Lisa sahen sich an, und Helmut ergriff das Wort. »Vielleicht ist es nur Zufall, dass nun diese verunreinigten Flaschen mit Hexenschluck auftauchen. Wir sprechen dennoch mal mit der Dame. Wie lautet die genaue Berufsbezeichnung dieser Mitarbeiterin?«

»Chemisch-technische Angestellte, CTA, wie wir sagen. Sie arbeitet eng mit unserem Destillateur zusammen, der den Urstoff zur Reife bringt und zum guten Schluss in die Eichenfässer füllt, wo er dann ein ganzes Jahr lang lagert.«

»Chemiekenntnisse dürften hilfreich sein, um das Cumarin zunächst aus der entsprechenden Pflanze zu isolieren und es dann, keine Ahnung wie, in die Flaschen zu füllen.« Helmut gab ein wenig mit seinem frisch erworbenen Praxiswissen an.

Ruhmann sah ihn nachdenklich an. »Solch eine kriminelle Energie traue ich Frau Sandmann nicht zu.«

»Bisweilen täuscht man sich«, gab Lisa zu bedenken. »Wie heißt denn die Dame mit Vornamen?«

»Corinna. Die genauen Daten zu ihr erhalten Sie sicherlich in der Personalabteilung.«

»Ich vermute, dass Corinna Sandmann ohnehin auf der Liste steht, die uns Dr. Kröger besorgt«, erwiderte Lisa.

In diesem Moment öffnete sich die Tür zum Kabuff und ein dunkler Lockenkopf schielte hinein. Helmut schätzte den Besucher auf Mitte, Ende dreißig und damit auf etwas jünger als Dr. Ruhmann.

Der Fremde warf eine knappe Begrüßung in die Runde und wandte sich dann an Dr. Ruhmann. »Lutz, in fünf Minuten legen wir los.«

»Danke, Julius, das schaffe ich.«

Der Lockenkopf verschwand wieder, die Tür schloss sich.

»Das war übrigens der eben angesprochene Destillateur, Julius Braun«, erklärte Ruhmann. »Wie Sie hören, braucht er mich gleich.«

»Kennt er auch das Geheimnis?« Lisa flüsterte beinahe.

»Nicht ganz. Er kennt natürlich die wichtigsten Schritte im Herstellungsprozess. Aber an bestimmten Punkten braucht er mich. So wie jetzt.«

»Und wenn Sie nicht da sind?«, hakte Helmut nach.

»Ich stimme natürlich meine Urlaube und Dienstreisen auf den Rhythmus ab, in dem wir den Urstoff produzieren. Nur falls ich kurzfristig, beispielsweise wegen einer Erkrankung, ausfalle, müsste man mich ersetzen. Zur Not gibt es drei weitere Geheimnisträger. Bislang trat dieser Notfall jedoch noch nicht ein.«

Kurz darauf verabschiedeten sich Lisa und Helmut von Dr. Ruhmann. Sie marschierten ein weiteres Mal zum Büro von Dr. Kröger. Der Vertriebschef drückte ihnen

eine Visitenkarte des Handelsvertreters Roger Degen
sowie ein Blatt Papier in die Hand.

»Hier ist die versprochene Liste mit den Entlassungen der letzten fünf Jahre, wobei ich das Wort Liste
wohl besser in Anführungszeichen setze.«

In der Tat stand ein einziger Name auf dem Zettel:
Corinna Sandmann. Sie beschlossen, sofort zu ihr zu
fahren.

20

Dieser spezielle Moment erinnerte Julius an einen italienischen Spielfilm aus den Siebzigerjahren. Adriano Celentano spielt darin einen Ingenieur, der ein neuartiges Panzerglas erfunden hat. Nur er allein kennt die Wunderformel. Wenn der schlaue Ingenieur die Grundmasse finalisiert, verlassen alle anderen Mitarbeiter fluchtartig die Produktionsstätte. Celentano öffnet sodann die Luke eines Kessels und spricht die magischen Worte: »So, und jetzt noch der geheime Zusatz.« Dann spuckt er in den Kessel und fertig ist die Masse. Celentano dreht sich um und grinst frech in die Kamera.

Natürlich spuckte Lutz nicht in den Kessel, wenn er, wie jetzt, den Urstoff für Hexenschluck fertigstellte. Gleichwohl benahm Lutz sich gern ähnlich wichtigtuerisch wie Adriano Celentano in diesem Film, der, das fiel Julius unerwartet ein, »Hände wie Samt« hieß.

Gerade hatte Lutz Besuch von der Polizei gehabt. Julius war fast das Herz in die Hose gerutscht, als er davon erfuhr. War man ihnen etwa schon auf die Schliche gekommen?

Lutz war allerdings nichts anzumerken. Er behandelte Julius wie immer, das heißt wie einen Kollegen, mit dem er fast auf Augenhöhe verkehrte. Fast. Denn im Gegensatz zu Julius kannte Lutz das geheime Rezept. Er war einer der vier Auserwählten. Und dieser Nimbus umgab ihn immer. Schließlich stand er dadurch auf einer Stufe mit dem Vorstandsvorsitzenden der Wolfenbütteler Destillerie AG sowie mit den Mitgliedern der hochheiligen Inhaberfamilie, sprich den Nachfahren des legendären Firmengründers Ernst-August Münch.

Nachdem sich Julius vergewissert hatte, dass der Besuch der Polizei nicht ihm gegolten hatte, stellte er Lutz ein paar belanglose Fragen. Er versuchte, nicht allzu neugierig zu klingen. Offenbar war ihm dies gelungen, denn Lutz vertraute ihm unter dem Siegel absoluter Verschwiegenheit an, dass Hexenschluckflaschen mit überhöhter Cumarin-Dosis im Umlauf waren.

Das war zugleich der nächste Schreckensmoment für Julius. Vergifteter Hexenschluck! Agierte sein Kompagnon hinter seinem Rücken auf eigene Faust? Das wäre gegen jede Absprache. Julius musste so schnell wie möglich mit ihm reden. Zuzutrauen war dem Kerl erfahrungsgemäß alles. Dummerweise versuchte Julius seit gestern Abend vergeblich, ihn zu erreichen.

Ein schlechtes Zeichen? Hoffentlich nicht.

In diesem Moment kehrte Lutz aus dem Allerheiligsten zurück. Er lächelte Julius an. Das Lächeln pendelte wie üblich zwischen freundlich und überheblich hin und her, fand Julius.

»Alles klar hier?«, fragte Lutz.

»Ja, sicher.« Was sollte auch in den vergangenen drei Minuten großartig geschehen sein? Außer, dass Karin Schrader sich gerade in den Feierabend verabschiedet hatte und Julius allein am Schreibtisch saß. »Und bei dir? Steht die Masse?«

»Wie eine Eins. Also wie immer. Ab in die Fässer damit! Ach so, es wäre lieb, wenn du gleich mal im Keller vorbeischaust und denen Bescheid gibst.«

Mit diesen Worten rauschte Lutz aus dem Raum, und Julius begab sich zähneknirschend auf den Weg zum Fasskeller, den letzten Ort auf dieser gottverdammten Welt, den man nicht per Telefon erreichte.

21

Zum Glück trafen Lisa und Helmut die ehemalige Mitarbeiterin der Destillerie AG zuhause in der Juliusstadt an. Corinna Sandmann, Helmut nahm zumindest an, dass es sich um die Dame des Hauses handelte, stand breitbeinig wie ein Revolverheld in der Haustür. Buchstäblich an ihren Rockzipfeln hing ein etwa achtjähriges Mädchen.

»Ja?« Corinna Sandmanns Ton schwankte zwischen vorsichtig und aggressiv. Sie wäre nicht der erste Mensch, der Helmut und Lisa für Zeugen Jehovas oder Versicherungsvertreter hielt.

Lisa und Helmut zückten ihre Ausweise, augenblicklich weiteten sich die Augen der Frau vor Bestürzung.

»Corinna Sandmann?« Helmut ging auf Nummer sicher.

»Ja.«

»Dürfen wir reinkommen?«, bat Lisa.

»Mama, wer ist das?«, fragte das Mädchen.

»Polizei, Schatz.«

»Hast du wen umgebracht, Mama?«

»Nein, Schatz, natürlich nicht.«

»Und Papa?«

»Ganz bestimmt auch nicht. Und jetzt geh bitte kurz auf dein Zimmer, Cheyenne!«

Das Mädchen trollte sich und sprintete die Treppe hinauf, die schätzungsweise zu Schlaf- und Kinderzimmern führte.

»Ich koche gerade.«

»Wir können uns gern in der Küche unterhalten.« Lisa erwies sich einmal mehr als schlagfertig.

Endlich trat Sandmann zur Seite und geleitete sie in die Küche, wo es nach Schmorgemüse duftete. Die Hausherrin rührte in den beiden Töpfen auf dem Herd, dann drehte sie sich zu Lisa und Helmut. »Ist etwas mit Martin? Meinem Ehemann?«

»Nein, wir sind Ihretwegen gekommen, Frau Sandmann.« Helmut wunderte sich, dass sie diese Frage so lapidar stellte. Als wenn sie sich nicht um das Wohlergehen ihres Gatten sorgte, sondern sich fragte, ob er etwas ausgefressen hatte. »Es geht um Ihre frühere Arbeitsstelle bei der Wolfenbütteler Destillerie AG.«.

»Mit dieser Firma habe ich nichts mehr zu schaffen.«

»Wir dachten, da sei noch ein Verfahren vor dem Arbeitsgericht anhängig«, sagte Lisa.

»Wer behauptet das denn?«

»Ihr früherer Chef.«

»Dr. Ruhmann? Der kennt scheinbar nicht den aktuellen Stand. Ich habe mich für die Abfindung entschieden und gegen die Klage. Leider muss ich diese Abfindung noch versteuern. Es bleibt bloß die Hälfte des Geldes übrig, und ich darf zusehen, wie ich über die Runden komme. Ach, egal. Sind Sie wirklich deswegen hier?«

Helmut hätte sich gern gesetzt, ihn quälte wieder dieses Stechen in der Beckengegend, das ihn zuletzt häufiger heimsuchte, wenn er länger stillstand. »Nein, die Kriminalpolizei befasst sich nicht mit arbeitsrechtlichen Vorgängen. Eher interessiert uns die Geschichte, die das alles auslöste, die mit dem Ingwer.« Auch das war selbstverständlich keine Angelegenheit für die Kripo, aber mit irgendetwas mussten sie die Befragung in Schwung bringen.

»Diese Geschichte? Da hat mich jemand reingelegt. Ich habe definitiv die exakte Menge Ingwer beigemischt. Wie immer. Ich weiß doch wohl, was ich mache.« Demonstrativ verschränkte Sandmann die Arme vor der Brust.

»Wer könnte denn sonst den Schaden verursacht haben? Und warum?«, frage Lisa.

»Warum? Neid natürlich. Ich habe die Zutaten für ein sehr angesagtes Getränk vorbereitet. Mazeration nennt man das. Den Job hätten viele gerne. Und auf diese Weise versuchte jemand, mich unmöglich zu machen.«

»Alle Zutaten?«, unterbrach Lisa.

»Nein, natürlich nicht.«

»Bis auf die sieben Geheimzutaten?«

»Sieben? Diese Zahl hat Ihnen Herr Dr. Ruhmann genannt, oder? Nein, ganz so viele geheime Zutaten verwenden wir nicht. Auch wenn die Wolfenbütteler Destillerie das nach außen gern so kommuniziert. Das spielt jedoch keine Rolle. Diesen Neid gibt es trotzdem. Glauben Sie mir.«

»Dürfen wir uns vielleicht setzen?« Helmut hielt es nicht länger aus und setzte sich an den Küchentisch. »Verdächtigen Sie denn eine bestimmte Person? Oder anders: Wer kommt denn rein technisch infrage, Sie reingelegt zu haben, wie Sie es ausdrücken?«

»Alle, die beim Kochen der Ursuppe beteiligt sind.«

»Ursuppe?«, fragte Lisa verwundert.

»So nenne ich den Grundstoff beziehungsweise Urstoff, wie ihn die Unternehmensleitung bezeichnet.«

»Okay. Und welche Personen zählen dazu?«

»Neben Herrn Dr. Ruhmann noch Karin Schrader, Julius Braun und Viktor Klaas.«

»Und mit wem arbeiteten Sie am fraglichen Tag zusammen?« Innerlich schüttelte Helmut den Kopf über seine Frage. Jetzt ermittelten sie also sozusagen in diesem Fall, der sie rein gar nichts anging. Immerhin redeten sie miteinander und Helmut und Lisa konnten sich ein erstes Bild von Corinna Sandmann machen.

»Mit Viktor. Das hat aber nichts zu bedeuten. Die anderen haben theoretisch auch immer Zugang zur Herstellung.«

»Hat denn jemand von diesen drei Personen Ihren Platz im Labor eingenommen?«

»Offiziell weiß ich darüber natürlich nichts, sondern nur aus dritter Hand. Herr Braun übernimmt wohl ein paar meiner Aufgaben. Beim Mazerieren besaß ich ein paar Rechte mehr, obwohl er als Destillateur-Meister mein Vorgesetzter war. Das erledigt er jetzt mit, schätze ich. Meinen eigentlichen CTA-Arbeitsplatz teilen sich Karin und Viktor. Ich denke, dass die Firma bald jemanden einstellt. Als Ersatz für Viktor, der bestimmt dauerhaft meinen Platz einnimmt. Bei der Destillerie lassen sie sich gern Zeit bei der Suche und der Auswahl. Es handelt sich ja nicht um irgendeinen x-beliebigen Job.« Erneut rührte Sandmann in ihren Töpfen. »Sind Sie denn nur wegen dieser alten Geschichte da?«

»Zum Teil.« Helmut beschloss, endlich die Karten auf den Tisch zu legen. »Wir suchen nach Wegen, Getränke zu manipulieren. Bei der Herstellung oder nachträglich.«

»Und da benötigen Sie meinen reichen Erfahrungsschatz: als Expertin?«

»Sozusagen.« Ach du je, dachte Helmut. Wo landen wir denn jetzt? »Nach allem, was wir gerade von Herrn Dr. Ruhmann erfahren haben, scheint es ausgeschlossen zu sein, ein Getränk wie Hexenschluck beim Herstellen zu manipulieren.«

»Das sehe ich genauso. Sie erwähnten eben den Begriff ›nachträglich‹? Was bedeutet das?« Sandmann setzte sich nun auch an den Tisch.

Nur Lisa stand noch. »Na ja, die Flaschen sind abgefüllt und verschlossen. Und bevor sie beim Endverbraucher landen, mogelt jemand etwas hinein. Zum Beispiel eine gefährliche Dosis Cumarin.«

»Cumarin?« Corinna Sandmann wirkte auf einmal sehr interessiert. »Das lässt sich verhältnismäßig leicht aus verschiedenen Pflanzen und Kräutern isolieren. Es löst sich gut in Alkohol, dann hätten Sie es auch flüssig. Nur: Wie gelangt es in die verschlossene Flasche? Die müssen Sie aufschrauben und hinterher wieder verschließen. Und niemandem darf auffallen, dass Sie an der Flasche herumgefummelt haben? Wie stellen Sie sich das vor?«

»Das wissen wir noch nicht«, verplapperte Helmut sich. Wenn die Zunge zu flink ist.

Corinna Sandmann hörte prompt die Botschaft heraus. »Es liegt also ein konkreter Fall mit manipulierten Getränkeflaschen vor, oder? Und der Fall hat mit meinem früheren Arbeitgeber zu tun, wenn Sie erst zu Dr. Ruhmann latschen und dann direkt zu mir kommen. Ich hoffe mal, Sie verdächtigen mich nicht, Hexenschluck mit einer Überdosis Cumarin zu versauen. Womöglich aus Rache, weil die mich rausgeschmissen haben? Das ist lächerlich. Ich bringe doch keine vergifteten Lebensmittel in den Handel, damit Unschuldige erkranken, bloß weil ich mich ungerecht behandelt fühle.«

114

»Mehr dürfen wir Ihnen leider nicht sagen.« Natürlich klang diese Antwort lahm, Helmut wusste das. Ihre Taktik versagte. Sandmann erwies sich eindeutig als zu clever für solche Spielchen.

»Das heißt: Sie verdächtigen mich durchaus und versuchen mit irgendwelchen Tricks, Informationen aus mir herauszukitzeln. Ein bisschen Honig um den Bart schmieren, von wegen Expertin und so. Aber nicht mit mir! Ich sage es Ihnen noch mal zum Mitschreiben: Ich vergifte keine Schnapsflaschen. Genauso wenig vertue ich mich mit dem Ingwer.« Mit dieser Aussage erhob sich Sandmann und schritt zum Herd, um ein weiteres Mal umzurühren.

Im Flur war das Kichern von zwei Kindern zu hören. Außer dem Mädchen, das auf den Namen Cheyenne hörte, rannte ein etwa zehn oder elf Jahre alter Junge alle paar Sekunden an der Küchentür vorbei.

»Dean! Cheyenne! Spielt bitte woanders«, rief Sandmann. Dann wandte sie sich wieder an Lisa und Helmut. »War es das denn?«

Lisa sah Helmut an, doch der war sich unschlüssig. Irgendwie führten sie diese Befragung nicht souverän genug. Ob Lisa das auch so sah?

Kurz darauf erhielt Helmut eine Antwort.

»Komische Befragung«, fasste Lisa in knappen Worten zusammen. Sie saßen wieder im Dienstwagen, nachdem sie sich von Sandmann verabschiedet hatten.

»Kam mir auch so vor. Ich befürchte, wir waren schlecht vorbereitet. Und mit Improvisation gelangt man leider nicht immer ans Ziel. Außerdem glaube ich ihr irgendwie.«

»Ich schätze, das beruht auf Intuition?«

»Ja.«

»Da liegst du selten daneben, Helmut. Wir sollten uns fürs Erste darauf verlassen und schnellstmöglich mit Sandmanns Kollegen sprechen. Beide Herren scheinen unmittelbar davon zu profitieren, dass die Firma ihre frühere Kollegin gefeuert hat. Und Sandmann setzt sich nicht stehenden Fußes ins Ausland ab. Ich habe übrigens auch das Gefühl, dass sie keinen Dreck am Stecken hat. Dann wäre sie schon eine Kandidatin für den Oscar, so wie sie uns gerade abserviert hat. Wohl auch ein bisschen zu Recht aus ihrer Sicht, wenn sie tatsächlich in beiden Fällen unschuldig ist.«

22

Was war das denn gerade? Corinna schüttelte den Kopf, scheuchte ihre Kinder in die obere Etage und kehrte an den Herd zurück. Martin würde in spätestens einer Dreiviertelstunde nach Hause kommen, und dann hätte sie das Abendessen gern fertig. Wenn sie schon im Beruf zu nichts mehr taugte, zumindest in den Augen der anderen, wollte sie wenigstens als Hausfrau überzeugen.

Corinna lachte laut über ihren eigenen Witz, während sie das Gemüse umrührte. Als wenn es sie interessieren würde, wie es um ihre hausfraulichen Fähigkeiten bestellt war. Nicht die Bohne. Sie hätte allerdings alles getan, um wieder in ihrem Beruf zu arbeiten.

Alles.

Na ja, fast. Hexenschluck mit einer erhöhten Cumarin-Dosis zu versetzen, gehörte definitiv nicht dazu.

So ein Unsinn.

Trauten ihr das die beiden Polizisten tatsächlich zu?

Okay, die Polizei macht es sich natürlich gern einfach, überlegte Corinna und schlurfte auf die kleine Terrasse, um eine Zigarette zu rauchen. Da wird jemand unehrenhaft bei der Wolfenbütteler Destillerie entlassen, und ein paar Monate später tauchen vergiftete Hexenschluckflaschen auf. Zu wem marschiert man da zuerst? Na klar.

Zugegeben, Corinna verfügte grundsätzlich über das notwendige Know-how. Cumarin isolieren, dann in Alkohol lösen und ab damit in die Flasche. Das Problem mit dem Verschluss ließ sich garantiert irgendwie lösen. Schwieriger gestaltete es sich, die verseuchten Flaschen in den Handel und in die Verkaufsregale zu schmuggeln. Spätestens da hätte Corinna nicht weitergewusst.

Sie steckte sich die zweite Zigarette an und grübelte: Hatte Ruhmann ihr etwa diese beiden Polizisten auf den Hals gehetzt? Das passte zwar so gar nicht zu ihm, aber den Namen Ruhmann hatten die Polizisten explizit genannt, oder? Sie erwähnten doch, dass sie gerade von ihm kämen?

Am liebsten würde Corinna ihren früheren Chef direkt zur Rede stellen.

Allerdings kam sie schon längst nicht mehr auf das Firmengelände. Zumindest nicht offiziell. Konrad, einer der Pförtner, hätte sie schon noch durchgelassen. Mit ihm verstand sie sich noch immer blendend. Wie früher mit allen Kolleginnen und Kollegen. Bis zu diesem beschissenen Vormittag und Ruhmanns Standpauke.

Corinna zerquetschte ihre Kippe und stapfte wieder hinein.

Was stank hier drin eigentlich so?

Mist, ihr Gemüseeintopf! Den hatte sie ganz vergessen, und jetzt brannte er an.

Von wegen: überzeugende Hausfrau! Doch nach Lachen war Corinna jetzt nicht mehr zumute. Sie war einfach nur noch wütend.

23

Das Gespräch mit den beiden Polizisten hallte in ihm nach. Lutz Ruhmann war immer davon ausgegangen, dass Corinna Sandmann sich beim Dosieren des Ingwers vertan hatte. Das war in der Tat nur allzu menschlich. Auch oder gerade, weil sie sich ansonsten sechzehn Jahre lang nicht das Geringste hatte zuschulden kommen lassen. Irgendwann geschah es dann doch.

Aber nun sollte Corinna Sandmann sogar eine Giftmischerin sein? Unfassbar. Das konnte sich Lutz beim besten Willen nicht vorstellen. Und weil er es nicht konnte, keimte automatisch ein weiterer Zweifel in ihm auf. Was, wenn ihr damals kein Versehen passiert war, sondern tatsächlich jemand anderes ihr einen Fehler in die Schuhe geschoben hatte?

Infrage kamen drei Personen: Karin Schrader, Viktor Klaas und Julius Braun. Alle drei profitierten irgendwie davon, dass Sandmann weg war. Karin Schrader vielleicht am wenigsten. Sie war außerdem gut befreundet gewesen mit Sandmann, bis diese Schrader beschuldigt hatte. Viktor Klaas profitierte am meisten, schon jetzt, demnächst wohl noch mehr. Er würde Sandmanns Position einnehmen, sobald die Firma einen adäquaten Ersatz für ihn fand. Karin Schrader bewarb sich um die Stelle von Viktor Klaas und besaß realistische Chancen. Im Zweifelsfall müsste man dann ihre Stelle neu ausschreiben. Andererseits bedeutete dies: Auch Karin Schraders Ausgangssituation verbesserte sich durch Sandmanns Ausscheiden.

So kam Lutz nicht weiter, zumal er den Verrat weder Karin Schrader noch Viktor Klaas zutraute. Es blieb nur

Julius übrig. Der gab sich nach außen hin sehr zuverlässig, loyal und folgsam. Doch Lutz spürte, dass Julius sich häufig bloß verstellte und in erster Linie ehrgeizig war und darüber hinaus gern gegenüber seinen Mitarbeitern den Chef herauskehrte.

An sich nicht verkehrt. Für Lutz gleichwohl ein Grund, Julius hin und wieder durch die Gegend zu scheuchen, ihm damit die eigentliche Hackordnung gewissermaßen ins Gesicht zu schleudern. Solch ein Gehabe entsprach keineswegs seinem Naturell, Lutz zwang sich regelrecht dazu, Julius in die Schranken zu weisen. Doch er hielt es für notwendige Erziehungsmaßnahmen.

Führten diese Gedanken nicht automatisch zu der Schlussfolgerung, dass Lutz Julius als Hauptverdächtigen betrachtete?

Wer von diesen dreien hatte eigentlich damals Sandmanns Fehler entdeckt und ihm gemeldet? Lutz wusste es nicht mehr.

Genau deshalb fuhr er nach dem Abendessen nochmals zur Firma. Gesa erzählte er, er hätte etwas im Büro vergessen, das er nun dringend brauchte.

In Wahrheit beabsichtigte er, im Büro die Protokolle des fraglichen Tages durchzusehen, den gesuchten Namen zu finden und dann zu überlegen, wie er weiter vorging. Falls jemand anders zu viel Ingwer in den Urstoff gemischt hatte, musste dieser Mensch an den passenden Ingwer herangekommen sein. Auch das ließe sich rekonstruieren. Auf jeden Fall brauchte Lutz Gewissheit. Corinna Sandmann zu rehabilitieren, hieße die eine Konsequenz. Einen unwürdigen Mitarbeiter zu enttarnen und zu entlassen, wäre noch wichtiger.

Lutz parkte direkt vor dem Zugang zur Produktion. Natürlich war niemand außer ihm dort, auch der Wachdienst kam hier nur unregelmäßig vorbei. Das Unternehmen beauftragte einen externen Service mit der Sicherung des Geländes, der auch andere Objekte in der Stadt betreute. Den Rest besorgten Überwachungskameras, die jedoch nicht jeden Winkel des Geländes zu jeder Zeit erfassten und deren Bilder der Wachdienst nicht rund um die Uhr live verfolgte. Im Falle eines Falles sah man sich die Aufzeichnungen später an, bevor man sie aufgrund all dieser Datenschutzverordnungen vorsichtshalber wieder löschte.

Lutz stieg die Treppe der spärlich beleuchteten Rampe hinauf und schloss die Tür auf. Er verzichtete darauf, das Licht im Gang anzuschalten, und leuchtete sich die fünf, sechs Schritte zum Büro mit der Taschenlampe des Smartphones.

Entdeckte der Wachdienst wider Erwarten diesen Schein, so würden die Wachleute garantiert auch das Auto von Lutz vor der Rampe stehen sehen, und das kannten sie. Außerdem hatte Lutz bereits an der Zufahrt zum Gelände den Dienstausweis benutzt, um die Schranke zu öffnen. Auch das könnte der Wachdienst problemlos rekonstruieren.

Nein, es bestand kein Grund zur Sorge, dass die Wachleute ihn versehentlich für einen Einbrecher hielten und ihn, noch versehentlicher, niederschossen.

Lutz schmunzelte ob dieser absurden Gedanken. Sein kleines Reich mitten in der Hexenschluckproduktion war einer der sichersten Orte der Welt. Von seinen Reisen nach Mittelamerika oder Afrika war er weitaus gefährlichere Plätze gewohnt. In Mexiko City war er sogar überfallen worden. Zum Glück hatten es die beiden Täter nur auf Bargeld abgesehen.

Trotzdem hatte er Gesa diesen Vorfall verschwiegen. Sie hätte ihn niemals wieder nach Mittelamerika fliegen lassen. Dabei gehörten diese Reisen zwingend zum Job. Da hatte er den beiden Polizisten die Wahrheit erzählt.

Wie bei allem.

Lutz war heilfroh, einen Arbeitgeber wie die Wolfenbütteler Destillerie gefunden zu haben, den man nicht schönzufärben brauchte und dessen komplette Firmenphilosophie so ehrlich und so gut war. Ein besseres Wort fiel ihm nicht ein. Sie war gut. Fertig. Egal, ob es Mitarbeiter, Kunden, Geschäftspartner oder die Produkte betraf.

Hexenschluck und noch mehr Hexenschuss (seine erste eigene Entwicklung im Unternehmen) bedeuteten Lutz natürlich am meisten. Und beide Produkte waren rein. Niemand wusste das besser als er, denn Lutz sorgte dafür, dass sie rein und qualitativ hochwertig blieben.

Ja, er war stolz auf seine Arbeit.

Jetzt versuchte er, herauszufinden, ob er zu hundert Prozent stolz bleiben durfte. Oder, ob ihm bei Corinna Sandmann ein Fehler unterlaufen war.

Er steckte den Schlüssel ins Schloss der Bürotür, um ihn wie üblich dreimal zu drehen und die Tür zu öffnen.

Er musste nur einmal drehen.

Hatte er vorhin etwa doch vergessen, hinter sich abzuschließen?

Er öffnete vorsichtig die Tür und setzte zögernd die ersten Schritte in den Raum. Bevor er den Lichtschalter betätigte, glitt der Schein der Smartphone-Taschenlampe über den Schreibtisch. Dort lagen Papiere wild durcheinander. Und irgendetwas fehlte. Etwas, das dort einen festen Platz besaß seit einer der Reisen nach Mexiko. Es handelte sich nicht um die Fahrt, bei der er überfallen worden war, sondern …

Weiter reisten die Gedanken von Dr. Lutz Ruhmann nicht in die Vergangenheit zurück. Nicht in diesem Moment und auch sonst niemals wieder.

24

»Hier habt ihr direkt die Tatwaffe!«

Dr. Herbert Rösner zeigte auf den aztekischen Briefbeschwerer, der bereits in einer Plastiktüte steckte und auf dem Schreibtisch lag. Er war voller Blut.

»Stammt aus Mexiko«, sagte Lisa lapidar.

»Erkennst du das etwa sofort?« Der Gerichtsmediziner wirkte verblüfft.

»Hat uns das Opfer gestern erzählt. Zwei Kilo schwer, das Teil. Dr. Ruhmann benutzte ihn früher als Briefbeschwerer und später als Dekoration für seinen Schreibtisch.«

»Oh, ihr habt das Opfer gestern getroffen? Höchst interessant. Gibt es einen Zusammenhang?«

»Ist nicht auszuschließen«, erklärte Helmut. Er war an diesem Mittwochmorgen gerade erst in der Dienststelle angekommen, als man Lisa und ihn zur Wolfenbütteler Destillerie bestellte. Jetzt betrachtete er das Chaos im Büro mit zerstörten Schranktüren, zerfetzten Aktenordnern und verstreuten Papieren – und natürlich den blutverschmierten Hinterkopf des ehemaligen Herstellungsleiters. Entsetzlich. »Hast du schon was für uns, Herbert?«

»Tatwaffe und Wunde seht ihr ja. Ich schätze, unser Täter hat ein- oder zweimal zugeschlagen. Falls nur ein einziges Mal, dann mit enormer Kraft. Es gibt keinerlei Zeichen eines Kampfes. Alles spricht dafür, dass der Täter das Opfer überraschte und von hinten niederschlug. Der Schlagwinkel lässt auf den ersten Blick keinerlei Rückschlüsse zu. Ich kann euch noch nicht oder vielleicht auch niemals sagen, ob der Täter größer war als das Opfer, ob er mit links oder rechts zuschlug oder ob es überhaupt ein Mann war. Der Täter traf das Opfer zentral am Hinterkopf und zertrümmerte die Schädeldecke. Allerdings ist dieser sogenannte Briefbeschwerer eine tückische Waffe. Am Boden breiter und viel schwerer als an der Spitze und zudem kantig. Wenn das Teil hierhin gehört, hat der Täter es meiner Meinung nach zufällig benutzt und die Wirkung unterschätzt. Das ist freilich reine Spekulation. Vielleicht ist der Täter auch enorm kräftig oder er war sehr, sehr wütend. Das müsst ihr jetzt herausfinden. Ach so, bevor ihr fragt: Unser Opfer ist seit höchstens zwölf Stunden tot.«

Helmut sah auf die Uhr, es war kurz nach 8 Uhr. »Also nicht vor gestern Abend 20 Uhr?«

»Richtig. Zwischen 20 Uhr und Mitternacht etwa. Näheres nach der Obduktion.«

»Danke, Herbert.« Helmut wandte sich an Hans-Werner Schlüter, der mit dem Spurensicherungsteam das Büro sowie den Gang davor untersuchte. »Habt ihr auch schon was für uns?«

»Zahllose Fingerabdrücke auf der Tatwaffe, Helmut. Und wie zu erwarten in solch einem Büro auch überall sonst zahllose Fingerabdrücke. Im Gang, den bestimmt noch wesentlich mehr Personen nutzen, erst recht. Viel zu viel von allem. Bis wir das ausgewertet haben.« Schlüter seufzte theatralisch.

»Einbruchsspuren?« Helmut ließ sich davon nicht beirren. Der Kollege Schlüter liebte das Drama.

»Keine.«

»Gibt es Überwachungskameras oder einen Wachdienst?«

»Beides. Auch beides schon ausgewertet beziehungs-weise befragt. Das Opfer, dieser Dr. Ruhmann, fährt um kurz nach 21 Uhr aufs Firmengelände. Er benutzt einen Dienstausweis, um reinzukommen. Die Kameras erfassen ihn dann noch an der Rampe, wo er parkt. Leider benutzen sie hier Schwenkkameras, die sich stän-dig bewegen, in diesem Fall weg von der Eingangstür. Wir sehen nicht, wie Ruhmann das Gebäude betritt. In seinem Fall macht das natürlich nichts. Wir wissen ja: Er kam rein. Dummerweise erfassen die Kameras an der Eingangstür auch die andere Person nicht, die sich im Gebäude aufhält und zugleich der Täter sein dürfte. Wir sind die Aufnahmen bis 18 Uhr durchgegangen. Da wurde hier abgeschlossen.«

Helmut fasste die ersten Erkenntnisse zusammen: »Folglich gelangt diese andere Person, laut Hans-Werner zugleich der Täter, unbemerkt von Wachdienst und Kameras aufs Gelände und ins Gebäude. Da die Person keinerlei Einbruchspuren hinterlässt, besitzt sie womög-lich einen Schlüssel. Alternativ hält sich die Person bereits vor 18 Uhr im Gebäude auf und lässt sich bewusst einschließen. Das wiederum würde nur dann Sinn ergeben, wenn die Person hier auf Dr. Ruhmann wartet und weiß, dass er am späteren Abend noch mal ins Büro kommt.«

»Meinst du wirklich ›Warten‹ oder redest du von ›Auflauern‹?«, fragte Lisa. »Ich jedenfalls halte eher ein Szenario für denkbar, bei dem der Täter Ruhmann auf-lauert. Vielleicht kennt er sogar das Büro und hat die Tatwaffe längst ins Auge gefasst.«

Helmut übernahm wieder. »Das wäre dann ein äußerst perfider Plan, der auch Hans-Werner sofort auf die falsche Spur bringt. Von wegen zufälliges Tatwerkzeug. Man soll also annehmen, hier sei ein Einbruchversuch aus dem Ruder geraten, und sucht erst gar nicht nach Motiven für einen Mord. Interpretiere ich deine Ausführungen richtig, Lisa?«

Hans-Werner Schlüter verfolgte den Dialog kopfschüttelnd. »Ihr seid mir zwei Schlaumeier! Warum konstruiert ihr denn mit aller Gewalt diese komplizierte Variante? Liegt denn ein Einbruch nicht viel näher? Schaut euch doch um! Das ganze Chaos hier! Okay, für euch vielleicht Teil der Inszenierung. Für mich nicht. Ich sage: Einbruch. Und als Ruhmann den Einbrecher auf frischer Tat ertappt, schlägt der Täter ihn ohne Tötungsabsicht nieder.«

Dr. Rösner verfolgte offenbar das Gespräch aufmerksam, denn er schaltete sich ein. »Kleine Ergänzung von mir: Wenn das Opfer erst nach 21 Uhr hier ankommt, verschiebt sich der mutmaßliche Todeszeitpunkt natürlich um rund eine Stunde nach hinten. Falls ihr das noch nicht bemerkt habt.«

Helmut nickte. »Danke, Herbert. Das hätten wir selbstverständlich bemerkt, aber sicher ist sicher.«

»Guten Morgen, die Dame, die Herren.«

Helmut drehte sich um. Im Türrahmen stand ein südeuropäisch wirkender Herr um die fünfzig, der die Szenerie mit dunklen Augen musterte.

Die Polizisten erwiderten den Gruß.

»Mein Name ist Manuel Silva, ich bin der stellvertretende Vorstandsvorsitzende der Wolfenbütteler Destillerie AG.«

Helmut begrüßte Silva und stellte sich und die Kollegen vor.

»Eine schreckliche Geschichte.« Silva betrachtete kopfschüttelnd Ruhmanns Leiche. »Wissen Sie schon, was genau passiert ist?«

Helmut referierte kurz die Ausführungen des Gerichtsmediziners und des Kriminaltechnikers, um dann die Einbruchtheorie (und wirklich nur diese) anzureißen.

»Was sucht ein Einbrecher hier?«, fragte Silva. Trotz seiner mutmaßlich spanischen Wurzeln sprach er praktisch akzentfreies Deutsch.

»Könnte er hinter der Geheimformel her gewesen sein?«, mischte Lisa sich ein.

Silva warf ihr einen belustigten Blick zu. »Die liegt hier nicht. Natürlich nicht.«

Lisa ließ sich nicht so schnell abwimmeln. »Oder ein paar Notizen von Herrn Ruhmann zum Rezept?«

»Ich hoffe nicht, dass Dr. Ruhmann solche Aufzeichnungen in diesem Büro aufbewahrt«, zischte Silva.

»Ein Einbrecher weiß das nicht unbedingt«, räumte Helmut ein. »Außerdem ist diese Formel sehr wertvoll.«

»Sie ist unbezahlbar«, verkündete Silva feierlich. »Ich frage mich außerdem, was Dr. Ruhmann hier um diese Zeit suchte.«

»Das fragen wir uns ebenfalls«, konterte Helmut. »Können Sie uns sagen, was Dr. Ruhmann hier normalerweise aufbewahrt, Herr Silva?«

»Protokolle auf jeden Fall, auf denen wir die einzelnen Herstellungseinheiten dokumentieren. Darin geht es natürlich nicht um die geheimen Zutaten, sondern darum, wer wann welchen Schritt unternimmt und wer ihn überprüft und so weiter. Das macht einen wichtigen Teil unseres Qualitätsmanagements aus, das zugleich ein weiteres, in diesem Fall ein offenes, Geheimnis unseres Erfolges ist. Insgesamt führen wir knapp dreihundert einzelne Prüfungen durch, bevor wir den Hexenschluck in Flaschen abfüllen. Oder den Hexenschuss, den übrigens Dr. Ruhmann entwickelt hat. Natürlich kontrollieren wir nicht nur hier. Den Prozess setzen wir bereits beim Einkauf der Rohstoffe in Gang, und er endet erst bei der Abfüllung.«

Obgleich Helmut diese Zahl beeindruckte, kam ihm eine andere Idee. »Wir haben gestern mit Herrn Ruhmann ausführlich über Corinna Sandmann gesprochen. Vielleicht gibt es da einen Zusammenhang mit seinem abendlichen Besuch hier. Steht in den Protokollen etwas über diesen Vorfall?«

Silva kratzte sich am glattrasierten Kinn. »Eine sehr unerfreuliche Geschichte. Frau Sandmann war all die Jahre eine untadelige Mitarbeiterin. Und dann das. Doch zu Ihrer Frage, Herr Kommissar. Natürlich taucht das in den Protokollen auf. Ingwer zählt nicht zu den geheimen Zutaten. Ich weiß trotzdem nicht, was Dr. Ruhmann dort Neues gefunden hätte. Er war federführend in die Angelegenheit involviert und kannte alle Fakten.«

»Vielleicht erinnerte er sich nicht mehr an alle Einzelheiten und wollte etwas überprüfen«, schlug Lisa vor.

»Das halte ich für unrealistisch. Ein besserer Vorschlag fällt mir jedoch leider nicht ein«, gab Silva zu.

»Wir fragen gleich Herrn Ruhmanns Ehefrau.« Wenn Lisa und ich ihr die Todesnachricht überbringen, fügte Helmut im Gedanken hinzu. Auf diese unangenehme Aufgabe freute er sich weiß Gott nicht.

Gesa Ruhmann hatte an diesem Morgen gegen 6.30 Uhr am Werkstor der Wolfenbütteler Destillerie angerufen, um sich nach ihrem Gatten zu erkundigen. Daraufhin hatte der Pförtner zunächst Ruhmanns Auto vor den Produktionshallen und kurz darauf die Leiche entdeckt. Davon wusste Gesa Ruhmann allerdings noch nichts.

25

Auf der Fahrt zum noblen Schiefen Berg, wo das Ehepaar Ruhmann wohnte, rief Lisa: »Mist, die ganze Zeit lag mir eine Frage auf der Zunge, die ich diesem Silva stellen wollte. Jetzt fällt es mir wieder ein.«

»Und?« Helmut saß am Steuer und warf einen Blick auf das städtische Krankenhaus, an dem sie gerade vorbeifuhren. Er dachte an Yildiz Hansen und daran, was in der kurzen Zeit seit ihrem Besuch in der Dienststelle alles passiert war. Demnächst würde er sie anrufen, um sie auf dem Laufenden zu halten. Das war er ihr schuldig.

»Wer hat eigentlich damals Sandmanns Fehler aufgedeckt?«

»Ob das ausgerechnet dieser Silva gewusst hätte?« Helmut fand den stellvertretenden Vorstandsvorsitzenden nicht rundum sympathisch. Am Ende hatte er sie noch dringend gebeten, das Problem mit dem Cumarin noch nicht an die große Glocke zu hängen. Intern lief die Fehlersuche auf Hochtouren, und den Handel hätte die Firma bereits benachrichtigt, so Silva; demnächst stünden Warnhinweise an den Regalen. Im Zweifelsfall würden sich die Verantwortlichen der Destillerie AG zusätzlich an die Medien wenden.

»Das scheint mir nicht unbedingt Silvas Gehaltsklasse zu sein«, räumte Lisa ein. »Im Gegensatz zu Ruhmann: Der hätte es gewusst.«

»Schätze ich auch. Gewiss auch Frau Sandmann. Wegen Ruhmanns Tod müssen wir ohnehin noch einmal zu ihr fahren. Aber erst erledigen wir das hier.« Helmut bog links ab und gleich darauf nach rechts.

Viele der Bungalows am Schiefen Berg waren in den vergangenen Jahren auf Vordermann gebracht worden, und ihr Weiß strahlte jetzt gleichsam um die Wette. Weit vorn in diesem Wettstreit lag der Bungalow der Familie Ruhmann, der in einer der Stichstraßen Richtung Lechlumer Holz auf sie wartete.

Helmut parkte vor der Garage. Dann schritten Lisa und er die Stufen zur Eingangstür hinauf. Auch diese war strahlend weiß.

Gleich nach dem ersten Klingeln öffnete sich die Tür. Sorgenvolle braune Augen blinzelten die beiden Beamten an. Sie gehörten zu einem auffallend attraktiven Gesicht, das ein Pagenschnitt gut zur Geltung brachte.

»Gesa Ruhmann?« Helmut hielt bereits den Dienstausweis in der Hand.

Entsetzt starrte Gesa Ruhmann darauf. »Was ist mit Lutz?«

»Dürfen wir reinkommen?« Auch Lisa präsentierte ihren Dienstausweis.

»Ja«, flüsterte Gesa Ruhmann.

»Wir haben schlechte Nachrichten«, sagte Helmut leise. Sie standen mittlerweile im Wohnzimmer.

»Was ist passiert? Hatte er einen Unfall? Wo ist er?«

Lisa schüttelte den Kopf. »Ihr Mann ist tot. Es tut mir so leid.« Lisa trat einen Schritt näher an Gesa Ruhmann heran.

»Nein! Sagen Sie, dass das nicht stimmt. Bitte!«

»Es tut uns wirklich leid.« Helmut bewegte sich keinen Zentimeter. Er fühlte sich am vollkommen falschen Ort – wie immer bei solchen Gelegenheiten. Außerdem reichte es, wenn Lisa nahe bei Gesa Ruhmann stand, falls diese ohnmächtig zu Boden fiel, was leider häufig genug passierte, wenn sie Todesnachrichten überbrachten.

»Setzen Sie sich doch! Ich hole Ihnen ein Glas Wasser, okay?«, fragte Lisa.

»Ja. Nein.« Gesa Ruhmann setzte sich in einen der teuren Designersessel, die dem Wohnzimmer einen Hauch von Luxus verliehen.

Lisa und Helmut nahmen gegenüber von ihr auf dem ebenfalls extravagant wirkenden Sofa Platz.

Helmut schilderte in knappen Worten, was geschehen war.

Gesa Ruhmann brach in Tränen aus. »Wer macht so was? Warum gibt es solche Menschen?«

»Wir versuchen, es so schnell wie möglich herauszufinden«, sagte Helmut. »Dürfen wir Ihnen ein paar Fragen stellen?«

»Ja.«

»Fest steht bislang nur, dass Ihr Ehemann gestern Abend gegen 21 Uhr bei der Wolfenbütteler Destillerie eintraf und direkt sein Büro im Produktionstrakt aufsuchte. Erwähnte er Ihnen gegenüber, was er dort vorhatte?«

»Lutz fuhr nach dem Abendessen recht spontan los. Er erzählte mir von wichtigen Akten, die er holen wollte. Oder einsehen, ich weiß es nicht genau. Ich legte mich gegen 22 Uhr ins Bett und schlief sofort ein. Erst am Morgen, so um Viertel nach sechs, merkte ich, dass Lutz nicht neben mir lag, dass er offensichtlich gar nicht wiedergekommen ist. Ich versuchte natürlich sofort, ihn mobil anzurufen, erreichte aber nur die Mailbox. Dann rief ich den Pförtner an und wartete. Bis jetzt.«

»Sie schlafen offenbar sehr tief«, stellte Lisa fest.

»Das funktioniert aber nur mithilfe von Schlaftabletten.« Gesa Ruhmann fing erneut an zu weinen.

Helmut überlegte, ob er dieses Thema vertiefen sollte. Höchstwahrscheinlich spielten Gesa Ruhmanns Schlafgewohnheiten bei der Aufklärung des Verbrechens keine Rolle. Gleichwohl irritierte ihn die Bemerkung. Schlaftabletten deuteten gemeinhin Probleme an. Wenn er sich in diesem Haus umsah, erwartete er eigentlich keine gravierenden Sorgen. Andererseits war materielle Sicherheit kein Garant für psychisches Wohlbefinden. Und natürlich brachte ihn dieses gedankliche Pingpong keinen Zentimeter weiter. Helmut beschloss, zunächst eine andere Frage zu stellen. »Wissen Sie, um welche Art von Akten es sich handelte?«

»Nein, leider nicht.«

»Fuhr Ihr Ehemann denn häufiger abends zur Firma?«, fragte Lisa.

»Nein, normalerweise bringt Lutz die Arbeit nicht mit nach Hause. Das trennt er. Er ist ja auch oft genug tagelang unterwegs …«.

Weiter kam Gesa Ruhmann nicht, denn sie wurde vom nächsten Weinkrampf geschüttelt.

Lisa holte jetzt doch ein Glas Wasser, das Ruhmann ihr dankbar abnahm.

»Hatte Ihr Ehemann Feinde?« Die Frage musste er ebenfalls stellen, auch wenn sie Helmut hier und jetzt besonders schwerfiel.

»Nein, wen denn?«

Nun ja, es gab garantiert Menschen, die es auf Dr. Ruhmanns Arbeitsplatz absahen. Neider oder Rivalen. Doch waren solche Rivalen automatisch Feinde? Und war diese Form von Neid als Mordmotiv nicht doch sehr weit hergeholt? Schon wieder Pingpong in seinem Kopf, das ihn auf der Stelle treten ließ. Helmut grübelte. Doch angesichts des Zustands von Gesa Ruhmann fiel ihm so recht keine Frage mehr ein, die er zu diesem Zeitpunkt unbedingt stellen musste. Auch nicht zu ihrem Alibi, denn diese Frage hatte Gesa Ruhmann bereits beantwortet, obwohl sie nicht gestellt worden war: Sie war allein zuhause gewesen und besaß kein überzeugendes Alibi.

Natürlich war der Ehepartner seit Menschengedenken automatisch tatverdächtig. Auch Gesa Ruhmann. Immerhin wusste sie, wo sich ihr Gatte am vergangenen Abend um 21 Uhr aufgehalten hatte.

Andererseits fiel es Helmut (und bestimmt auch Lisa) schwer, Gesa Ruhmann mit dem Mord an ihrem Ehemann in Verbindung zu bringen. Solch einen Schock und eine derartige Trauer vorzutäuschen, schaffte bloß eine grandiose Schauspielerin. Damit wäre sie nach Corinna Sandmann bereits die zweite Kandidatin für einen Oscar, die sie binnen 24 Stunden getroffen hatten. Hinzu kam, dass die zierliche Gesa Ruhmann nach menschlichem Ermessen nicht die Täterin sein konnte. Sie hätte einen Komplizen gebraucht.

Dennoch würden sie das Leben und Gesa und Lutz Ruhmann durchleuchten, nach Affären, hohen Versicherungspolicen und dergleichen suchen, sprich: nach möglichen Motiven.

Fest stand jedoch vor allem: Sie durften Gesa Ruhmann in diesem Zustand auf keinen Fall allein zurücklassen. Zum Glück war sie eng mit ihrer direkten Nachbarin befreundet, die kurz darauf kam, um sich um Frau Ruhmann zu kümmern.

26

Wesentlich schneller als erwartet standen Lisa und Helmut erneut vor dem Reihenhaus in der Juliusstadt. Erstaunlicherweise kochte Corinna Sandmann wieder, der Uhrzeit nach zu urteilen, diesmal ein Mittagessen.

»Sie beide schon wieder?« Sandmann schien zu zögern, wie sie reagieren sollte. Letztendlich entschied sie sich für ein Lächeln.

»Dürfen wir auch diesmal reinkommen?«, fragte Helmut.

»Sie dürfen sich sogar sofort setzen, Herr Kommissar. Leider wieder in der Küche, denn ich bin am Kochen.«

Eine Minute später saßen sie um den Küchentisch herum. Sandmann ergriff das Wort. »Was führt Sie denn so schnell wieder zu mir?«

»Dr. Ruhmann ist tot. Er wurde letzte Nacht ermordet.«

»Was? Das ist ja schrecklich.« Sandmanns Miene verfinsterte sich. »Sie verdächtigen hoffentlich nicht mich?«

Lisa hob abwehrend die Hände. »Wir verdächtigen vorerst niemanden. Ich hoffe, Sie verstehen dennoch, dass wir Sie fragen, wo Sie gestern Abend waren. So zwischen 21 Uhr und Mitternacht?«

Corinna Sandmann schnaubte deutlich vernehmbar und ließ sich Zeit mit ihrer Antwort. »Bis etwa 21 Uhr war ich auf einem Elternabend. Von Deans Klasse. Er besucht die Große Schule, dort fand das Treffen statt.«

Das heißt, am Rosenwall, überlegte Helmut, und damit nicht weit entfernt von der Dienststelle und nicht weit vom Tatort. »Waren Sie allein beim Elternabend?«

»Ja, Martin blieb bei den Kindern. Es reicht, wenn einer loszieht. Da rettet man nicht jedes Mal die Welt.«

Helmut dachte automatisch an frühere Elternabende zurück. Häufig war er zusammen mit Marianne zum Theodor-Heuss-Gymnasium gefahren, zur Schule von Matthias und Nils. Über zwanzig Jahre lag das jetzt zurück. Dennoch erinnerte sich Helmut gut genug daran, um Sandmann recht zu geben: Er hatte auf keinem dieser Elternabende die Welt gerettet. »21 Uhr also? Fuhren Sie danach nach Hause?«

»Nicht direkt. Ich habe mich auf dem Schulhof noch mit anderen Eltern unterhalten. Etwa eine Viertelstunde lang.«

»Wissen Sie zufällig die Namen dieser Eltern?«, fragte Lisa.

Sandmanns Gesicht verfärbte sich leicht in Richtung Rot. »Nein, leider nicht. Es ist Deans erstes Jahr an der Großen Schule. Da kennt man sich noch nicht so gut.«

Helmut überzeugte die Antwort nicht. »Gibt es denn in der Klasse keine Kinder, mit denen Ihr Sohn schon in der Grundschule zusammen war?«

»Nein. Deans frühere Schulfreunde gehen jetzt alle auf das Gymnasium im Schloss.«

Ausgerechnet, dachte Helmut, denn sofort kamen die Gedanken an die schreckliche Mordserie vom Winter 2013/2014 wieder hoch. Damals waren sieben Ehemalige dieses Gymnasiums ums Leben gekommen. Nicht alle durch Mord und schon gar nicht alle durch denselben Mörder. Drei der Täter hatten die Ermittler hinter Gitter gebracht. Aus dem Rest drehten ihm Eva Lazarus und David gerade äußerst erfolgreich einen Strick. »Und zuhause waren Sie dann wann genau?«

»Gegen Viertel vor zehn.«

»Reichlich lang für diesen Weg, oder?« Mit dem Auto, das wusste Helmut, dauerte es vom Rosenwall bis zur Juliusstadt keine fünf Minuten.

»Ich war zu Fuß unterwegs.«

»Und zu Hause wartete dann Ihr Ehemann?«, setzte Lisa nach.

»Genau. Die Kinder schliefen längst, und wir haben noch ein Glas Wein getrunken und über den Elternabend gesprochen.«

»Bis wann etwa?«, fragte Lisa.

»Alles in allem bis nach 23 Uhr.«

Im Gedanken fasste Helmut zusammen: Nur für einen Teil der Tatzeit besaß Sandmann ein Alibi, das immerhin leicht zu überprüfen war; für die restliche Zeit war ihr Ehemann ihr einziger Zeuge. Insgesamt etwas dünn. Lisa und Helmut verabschiedeten sich und fuhren direkt zur Großen Schule, um ihre Angaben zu überprüfen. Wenn sie nicht stimmten, würden sie bald zu Sandmann zurückkehren, um mit ihr über Motive zu sprechen.

Dank Lisas charmanter Überredungskunst beim Schuldirektor gelang es ihnen, Deans Klassenlehrerin zu sprechen. Sie trafen sich mit ihr in einem Besprechungszimmer neben dem Büro des Direktors.

Doro Koch, Anfang dreißig und recht burschikos, wie Helmut fand, begrüßte sie zwar freundlich, wies aber direkt darauf hin, dass sie momentan eigentlich unterrichtete.

»Es ist sehr wichtig, Frau Koch, sonst würden wir natürlich nicht Ihren Unterricht stören«, beschwichtigte

Helmut. »Wir ermitteln in einem Mordfall und überprüfen zurzeit ein paar Aussagen. Dazu brauchen wir Ihre Hilfe.«

»Ein Mordfall?! Mein Gott! Und wie soll ich Ihnen da helfen?«

»Gestern gab es einen Elternabend Ihrer Klasse«, schaltete sich Lisa ein. »Ich nehme an, Sie haben ihn geleitet?«

»Gewiss. Zusammen mit der Vorsitzenden der Klassenelternschaft.«

»Wann fing der Elternabend an?«, fragte Lisa.

»Wie geplant um 19 Uhr.«

»Und wann endete er?« Lisa schrieb eifrig in ihr Notizbuch.

»Nach knapp neunzig Minuten.«

»Also noch vor 20.30 Uhr?«

»Ja, kurz vor halb neun. Die genaue Uhrzeit steht im Protokoll, das eine der Mütter wahrscheinlich in dieser Sekunde schreibt.«

Helmut löste Lisa ab, die mit ihren Notizen beschäftigt war. »Wissen Sie, ob alle Eltern direkt aufgebrochen sind?«

»Auf dem Schulhof standen noch ein paar Eltern zusammen, als ich zu meinem Auto zurückging.«

»Erkannten Sie jemanden?«

»Ich habe nicht bewusst darauf geachtet. Es gibt da aber ein Trüppchen, das sich privat kennt. Ich glaube, es waren diese Eltern.«

Lisa übernahm wieder. »Gehört Deans Mutter zu diesem Trüppchen?«

»Frau Sandmann? Überprüfen Sie ihre Aussage? Verdächtigen Sie sie?«

»Bitte, beantworten Sie unsere Frage.«

»Frau Sandmann gehörte definitiv nicht zu dieser Truppe. Sie hält sich praktisch aus allem heraus. Das ist natürlich okay. Dean ist ein aufgeweckter Junge, ein guter Schüler. Darüber hinaus sozial vollkommen integriert. Da gibt es keinen Redebedarf mit den Eltern. Und ich zwinge niemanden, um Ämter zu kandidieren oder mit anderen Müttern und Vätern zu reden.«

»Aber Frau Sandmann war beim Elternabend?«

»Das ja. Sie hielt sich wie immer unauffällig im Hintergrund.«

»Was sie hinterher gemacht hat, können Sie nicht zufällig sagen?«

»Zufällig doch. Sie parkte nur zwei Autos von mir entfernt und fuhr gerade los, als ich an meinem Auto ankam.«

»So schnell ist noch nie ein Alibi geplatzt«, sagte Lisa, während die beiden den Schulhof überquerten. »Fahren wir direkt wieder zu ihr?«

»Nicht sofort. Ich denke, sie rennt uns nicht weg, und garantiert hat sie nicht erwartet, dass wir ihr Alibi so schnell überprüfen.«

»Du hältst sie weiterhin für unschuldig?«

»Vor allem halte ich sie nicht für blöd. Wir waren gestern bei ihr und erzählten ihr von unserem Gespräch mit Ruhmann. Wir sprachen über verunreinigten Hexenschluck und die Geheimformel. Vor allem aber redeten wir über ihr unrühmliches Ausscheiden aus dem Unternehmen. Und dann dringt sie am selben Abend ins Allerheiligste der Firma ein, um Ruhmann zu ermorden? Nein.«

Lisa ließ nicht locker. »Und wenn sie genau das beabsichtigt: so zu denken, wie du denkst?«

»Wenn sie so clever wäre, hätte sie sich nicht ein so einfach zu widerlegendes Alibi besorgt, oder?«

»Vielleicht liefert sie uns noch ein Besseres?«

»Wer weiß? Ich will sie aber nicht schon wieder treffen. Ich möchte jetzt stattdessen mit Ruhmanns Kollegen bei der Wolfenbütteler Destillerie reden, mit Schrader, Braun und Klaas.«

»Du magst sie irgendwie, oder?«

»Ach, Lisa. Ich mag dich und ich liebe Jutta. Bei Corinna Sandmann leitet mich mittlerweile nicht allein die Intuition, sondern auch die Logik. Warum sollte sie sich auf einmal an Ruhmann rächen, dazu noch genau einen Tag, nachdem wir bei ihr gewesen sind? Ungeschickter kann man wohl die Aufmerksamkeit nicht auf sich lenken. Und ungeschickt ist Sandmann garantiert nicht. Du hast doch gesehen, wie sie Haushalt und Familie im Griff hat. Und bis vor kurzem hat sie darüber hinaus ganztags gearbeitet. Ich halte sie für eine patente Person. Und dann flüstert mir meine Intuition noch Folgendes ins Ohr: Sandmann ist nicht imstande dazu, mit einem aztekischen Briefbeschwerer auf den Kopf eines Menschen zu prügeln, unter Umständen gleich zweimal.«

»Das hätte ich bis vor kurzem von mir auch nicht gedacht.« Lisa klang ernst.

»Und was hat deine Meinung geändert?«

Lisa sah ihn erstaunt an. »Die Art, wie Lazarus dich abserviert. Dienstunfähig? Du! So ein Irrsinn! Ihren Schädel würde ich gern mit einem aztekischen Briefbeschwerer bearbeiten.«

»Lisa!«

Natürlich unterhielten sich die Ermittler in diesen Tagen weiterhin regelmäßig über Helmuts Rauswurf. Jonas war in manchen Momenten noch verzweifelter als Lisa. Denn im Gegensatz zu Lisa müsste er in den kommenden Jahren unter Lazarus und David arbeiten.

Seine Verzweiflung rührte auch daher, dass David ihm vor sechs Jahren das Leben gerettet hatte. Dadurch war sein Verhältnis zum Kollegen zwiegespalten. Einerseits verfluchte auch Jonas David aufgrund des Verrats an Helmut, andererseits fühlte er sich noch immer David gegenüber verpflichtet. »Beschissene Situation«, wie Jonas die Lage auf den Punkt brachte. Auch er war froh, dass David zurzeit außer Landes weilte.

Helmut war sogar regelrecht glücklich darüber, denn Davids Anblick hätte ihn jedes Mal daran erinnert, dass seine Uhr in Wolfenbüttel ablief. Tag für Tag. Die erste der ehemals acht Wochen erreichte langsam ihr Ende.

Einig waren sich die drei, diese Ermittlung in den kommenden rund sieben Wochen auf jeden Fall erfolgreich abzuschließen. Allein schon, um es Lazarus und David zu zeigen.

Helmut und Lisa saßen mittlerweile im Auto, als Lisa weitersprach. »Wir sind übrigens nicht die Einzigen, die sich über Eva Lazarus aufregen. Vor ein paar Tagen habe ich die Mittagspause mit ein paar Kolleginnen und Kollegen von der Pressestelle der Direktion verbracht. Die waren zu Anfang begeistert von ihr, weil Lazarus auf den ersten Blick so modern rüberkam und ganz auf Pressearbeit und die sozialen Medien setzt. Die fühlten sich so richtig wertgeschätzt in ihrer Arbeit. Doch jetzt flippen die Kolleginnen und Kollegen regelrecht aus, denn Lazarus führt in der kompletten Kommunikation gendergerechte Sprache ein. Die Presseleute müssen bald in jeder Mitteilung, in jedem Tweet oder Post die Sternchen benutzen. Die hassen das total. Was ich allerdings nicht so recht nachvollziehen kann. Ich dachte außerdem, die Kolleginnen und Kollegen wären irgendwie zeitgemäßer drauf.«

»Welche Sternchen?« Helmut verstand nur Bahnhof.

»Na, die Gendersternchen. Bürger*innen, Zeug*innen, Täter*innen und so weiter.«

»Das klingt blöd«, fand Helmut.

»Man spricht die Sterne natürlich nicht mit. Es heißt dann ›Bürger‹, kurze Pause, ›innen‹.«

»Warum nicht Bürgerinnen und Bürger?«

»Weil sonst das dritte Geschlecht fehlt: divers.«

»Es gibt ein drittes Geschlecht?«

»Ach, Helmut. Manchmal wäre ich gern so alt wie du. Dann spielen solche Probleme offenbar einfach keine Rolle mehr. Ein Teil der Gesellschaft schlägt sich gleichwohl damit herum und versucht zu verhindern, dass sich Menschen, die keinem bestimmten Geschlecht angehören oder angehören möchten, diskriminiert fühlen. Und um sie auch sprachlich einzubeziehen, schreibt man die Gendersternchen. Wahlweise auch das große ›Innen‹ mitten Wort, den Gender-Gap oder einen Doppelpunkt.«

»Doppelpunkt? Der erfüllt doch einen ganz anderen Zweck beim Schreiben, oder?«

»Stimmt. Aber den erfüllt so ein Sternchen auch.«

Helmut zögerte. Er hätte Lisa gern nach dem »Innen« und diesem Gender-Gap gefragt. Doch einerseits prahlte man besser nicht so sehr mit seinem Unwissen.

Andererseits brannte ihm eine andere Frage wesentlich heißer unter den Nägeln. »Wie verhält es sich denn mit Menschen, die nicht lesen können? Für die ist es doch vollkommen egal, ob da ein Sternchen oder ein Doppelpunkt steht. Sie bleiben trotzdem ausgeschlossen. Diskriminiert. Und es leben doch zahlreiche Analphabeten in Deutschland. Viele Millionen, oder? Garantiert mehr als diese Menschen, die keinem der beiden Geschlechter angehören möchten.«

»Falsche Frage!« Lisa rieb sich das Kinn. »Analphabetinnen und Analphabeten tauchen in dieser Debatte nicht auf. Genauso wenig Mitbürgerinnen und Mitbürger, die kein Deutsch verstehen. Oder solche, deren Sehfähigkeit beeinträchtigt ist. Hier geht es um gendergerechte oder gendersensible Sprache und nur darum. Das zu akzeptieren fällt vielen schwer, ich weiß. Dir scheinbar auch. Übrigens lehnen auch die Rechtspopulisten die Sternchen ab, und zwar sehr vehement und auf unterstem Niveau, wie du dir gewiss vorstellen kannst. Als Sternchengegner landest du also häufig automatisch im selben Topf wie die Rechten. Pass also auf, welche Argumente du wann und wem gegenüber vorbringst. Minderheiten gegeneinander auszuspielen überschreitet auf jeden Fall die rote Linie.«

»Okay, okay. Ich spiele in Zukunft niemanden mehr gegeneinander aus. Ich diskutiere am besten gar nicht darüber. Der Krieg der Sternchen findet ohne mich statt.« Helmut überlegte kurz. »Was sind das denn für Menschen? Ich meine vor allem diejenigen, die keinem Geschlecht angehören möchten.«

»Mir fällt da spontan die LGBTIQ-Community ein. Bevor du fragst: Jeder der sechs Buchstaben steht für einen englischen Begriff, den es natürlich auch auf Deutsch gibt.« Lisa holte Luft. »Und zwar: lesbisch, schwul, bisexuell, transgeschlechtlich, intersexuell und queer.«

»Ich danke dir, Lisa. Sehr aufschlussreich. Trotzdem hake ich an dieser Stelle, ebenfalls spontan, nach. Unser Spurensicherer Hans-Werner, der macht kein Geheimnis aus seiner Homosexualität. Glaubst du ernsthaft, er fühlt sich nicht als Mann?«

Lisa lachte. »Du und deine Generation! Ihr seid zwar irgendwie von gestern, aber gleichzeitig total pragmatisch. Natürlich viel zu pragmatisch in diesem Fall.«

»Ständig bloß zu beharren hilft möglicherweise tatsächlich nicht immer«, räumte Helmut ein. »Egal, wie pragmatisch wir alten Säcke sind: Die Erde dreht sich und die Gesellschaft verändert sich. Zur Not ohne uns.«

»Unsinn, Helmut, ich sorge dafür, dass du dich mit drehst. Auch wenn deine Ansichten zum Gender-Thema wirklich aus einer der unteren Schubladen stammen.«

27

Dr. Ruhmann war tot! Ermordet! Und wieder führte der erste Weg der Polizei zu ihr. Und was macht sie? Lügt den Polizisten schamlos ins Gesicht. Genau wie gestern Martin, zum Beispiel, was die Länge des Elternabends betraf.

Es war nur eine Frage der Zeit, bis diese beiden Beamten herausfinden würden, dass sie hinterher direkt abgehauen und sehr wohl mit dem Auto dorthin gefahren war.

Blöderweise hatte Corinna direkt neben Deans Klassenlehrerin geparkt, und beide waren ausgerechnet fast zeitgleich weggefahren. Natürlich würde Frau Koch das den Polizisten erzählen.

Und dann würden diese Nervensägen wieder bei ihr auf der Matte stehen und sie im schlimmsten Fall in Handschellen direkt mit zum Präsidium abführen.

Oh Gott, wie peinlich.

Dabei konnte es Corinna diesen Polizisten noch nicht einmal verdenken. Was sollten sie denn auch sonst glauben?

Selbstverständlich war Corinna gestern Abend für knapp anderthalb Stunden komplett vom Radar verschwunden. Nur zwei Menschen wussten, wo sie sich aufgehalten hatte. Sie selbst. Und natürlich dieser unsägliche Kerl, der sie mit Geld zum Geheimnisverrat verführen wollte.

Gestern sollte es geschehen.

Sie waren für 21 Uhr auf der Schlossbrücke verabredet.

Corinna trifft dort sogar schon eine knappe halbe Stunde früher ein, da der Elternabend überpünktlich endet.

Sie sitzt in ihrem Auto, lauscht dem Musikprogramm von FFN und beobachtet die Brücke. Und denkt nach. Über sich. Über den Kerl, der gleich kommt. Über Hexenschluck. Über Martin, Dean und Cheyenne. Über Ingwer und Zimt. Über ihre früheren Kollegen. Über die beiden nervigen Polizisten.

Sie hat alle Zeit der Welt nachzudenken, denn der Kerl lässt auf sich warten.

21 Uhr.

Die Nachrichten fangen an.

Brexit, Trump, Handelsstreit, zwanzig Grad und regnerisch.

21.05 Uhr.

Verkehrsmeldungen.

Auf der A 1 staut es sich. Wie immer.

21.10 Uhr.

Namika verläuft sich mal wieder auf den Champs-Élysées. Wie dämlich.

21.15 Uhr.

Corinna bleibt immer mehr Zeit zum Nachdenken.

Revolverheld feiert Spinner.

Die Musik nervt, sie stellt auf NDR 2 um.

Bruce Springsteen. Immerhin.

21.20 Uhr.

Coldplay. Geht doch.

21.25 Uhr.

Endlich taucht er auf. Stellt sich mitten auf die Brücke, zündet sich, wie abgesprochen, eine Zigarette an.

Corinna steigt aus, klemmt die Dokumente unter den Arm, stiefelt Richtung Schlossbrücke, kommt sich kurz vor wie eine Geheimagentin. Austausch auf der Glienicker Brücke, der Brücke der Spione. Natürlich im Nebel.

Eine Spionin, die ihr Vaterland verrät.

Unsinn, ihr Vaterland hat sie verraten, und nun zahlt sie es ihm heim, diesem treulosen Gesellen.

Und lässt sich dafür bezahlen.

Na und, sie erklärt sich immerhin zu einer Gegenleistung bereit, die das Geld wert ist.

Sie nähert sich dem Kerl, der kein vollkommen Unbekannter für sie ist. Sie sieht das Grinsen, mit dem er vermutlich für gewöhnlich die Geschäftspartner einlullt. Oder die Damenwelt. Ein kleiner Casanova, erzählte man sich früher.

Noch knapp zehn Meter.

Er begrüßt sie bereits.

Er sieht wirklich ganz passabel aus in seinem feschen Anzug. Kein Wunder, dass es Damen gibt, die sich zu ihm hingezogen fühlen.

Noch acht Meter.

Sie fühlt sich nicht angezogen.

Sein Blick gleitet an ihrem Körper herab, taxiert womöglich ihre Figur. Zieht er sie in Gedanken aus?

Noch sieben Meter.

Sein Blick irritiert sie.

Ihre Schritte verlangsamen sich.

Was mache ich hier bloß?

Noch sechs Meter.

Was mache ich hier bloß?

Noch fünf Meter.

Ach, scheiße …

»Ich habe es mir anders überlegt.« Corinna macht auf dem Absatz kehrt und rennt zurück zum Auto.

»Du dämliche Kuh«, hört sie ihn fluchen.

Zum Glück verfolgt er sie nicht.

Der Agentenaustausch fällt heute aus.

Corinna war dann direkt nach Hause gefahren, um mit Martin über den Elternabend zu plaudern. Über nichts weiter.

Und jetzt war Dr. Ruhmann tot.

Nachher oder spätestens morgen würde die Polizei kommen, um sie zu verhaften. Dann musste sie endlich allen die Wahrheit sagen.

Auch Martin.

28

Bei der Wolfenbütteler Destillerie AG gab man sich zunächst sehr zurückhaltend, als Lisa und Helmut dort unangemeldet eintrafen und darum baten, nacheinander mit Karin Schrader, Julius Braun und Viktor Klaas zu sprechen.

Zunächst verhandelten sie mit einem überforderten Abteilungsleiter aus dem Personalwesen, dessen Namen Helmut sofort wieder vergaß. Der Abteilungsleiter sprach von einem sehr »unglücklichen Begehren«, rief dennoch einen Vorgesetzten an und stellte Lisa und Helmut schließlich zähneknirschend einen Besprechungsraum im Erdgeschoss zur Verfügung.

Ansonsten gab sich der Herr sehr zugeknöpft. Interessant war allein die Antwort auf Helmuts Frage nach dem Nachfolger von Dr. Ruhmann.

»Da überstürzen wir nichts. Diese Position setzt unser absolutes Vertrauen in die Person voraus. Einstweilen kümmert sich Herr Braun um alle vorbereitenden Aufgaben, und der Vorstandsvorsitzende finalisiert.«

Dann führte der Abteilungsleiter sie in den Besprechungsraum. Keine Minute später erschien Karin Schrader zum Gespräch.

Helmut: Danke, dass Sie sich Zeit für das Gespräch nehmen. Wir versuchen, den Mord an Herrn Dr. Ruhmann aufzuklären.

Karin Schrader: Eine schreckliche Sache.

Lisa: Das finden wir auch. Umso dringender brauchen wir Ihre Hilfe. Können Sie sich vorstellen, was Herr Ruhmann noch so spät im Büro suchte?

Karin Schrader: Nein. Ich glaube, dass das eher unüblich ist. Genau weiß ich es natürlich nicht.

Lisa: Wie war Herr Ruhmann als Chef?

Karin Schrader: Professionell und fair.

Helmut: Nach großer Zuneigung klingt das nicht.

Karin Schrader: Die empfinde ich für meinen Ehemann und für meine Kinder. Herr Ruhmann war in Ordnung, ehrlich. Genauso ehrlich gebe ich zu, dass ich in unserer Gruppe das unwichtigste Rad am Wagen bin. Dementsprechend beschränkte sich mein Kontakt zu ihm auf das Notwendigste. Er war freundlich zu mir und ließ mich meine Arbeit verrichten. Das reicht auch vollkommen.

Lisa: Und wie behandelte er die anderen?

Karin Schrader: Zu Viktor verhielt er sich ähnlich wie zu mir. Mit Herrn Braun verband ihn allein von den Aufgaben her wesentlich mehr.

Helmut: Und Corinna Sandmann? Ich meine, solange diese noch zum Team gehörte?

Karin Schrader: Corinna rangierte irgendwo dazwischen, aber unterm Strich näher bei Viktor und mir.

Lisa: Sie duzen sich nicht alle, wie es aussieht?

Karin Schrader: Das haben Sie richtig herausgehört. Viktor, früher Corinna und ich duzen uns. Herrn Braun und Dr. Ruhmann siezen wir. Wobei die beiden sich wiederum untereinander duzen.

Helmut: Wer hat damals herausgefunden, dass Frau Sandmann dieser Fehler beim Ingwer unterlaufen war?

Karin Schrader: Das war Viktor.

Helmut: Erhob Frau Sandmann deswegen Vorwürfe?

Karin Schrader: Natürlich. Sie beschimpfte Viktor und beschuldigte ihn, er habe ihr den Fehler untergeschoben. Wochenlang kannte Corinna kein anderes Thema. Später unterstellte sie dann mir, dass ich mit Viktor unter einer Decke stecke. Schrecklich. Mittlerweile hat sich Corinna bei uns entschuldigt.

Lisa: Eine Frage müssen wir Ihnen leider noch stellen: Wo waren Sie gestern Abend zwischen 21 Uhr und Mitternacht?

Karin Schrader: Meine Mutter feierte gestern ihren Geburtstag und ich war den ganzen Abend bei ihr, zusammen mit meiner Familie. Sogar schon ab 19 Uhr. Bis kurz nach 23 Uhr. Dann fuhren wir alle nach Hause.

29

Karin Schrader verließ das Büro, Julius Braun löste sie postwendend ab.

Helmut: Wir ermitteln im Todesfall Ihres Vorgesetzten Dr. Ruhmann.

Julius Braun: Das ist eine Tragödie. Lutz war fachlich und menschlich einfach großartig. Bitte, finden Sie schnell den feigen Mörder.

Lisa: Sie duzten sich?

Julius Braun: Ja, praktisch von Beginn an. Ich glaube, Lutz hat mir direkt am ersten Tag das Du angeboten.

Helmut: Aber die anderen Kolleginnen und Kollegen haben Herrn Ruhmann gesiezt?

Julius Braun: Was ist denn daran so wichtig?

Lisa: Wir brauchen ein Gesamtbild. Da kann jedes Detail wichtig sein. Also los!

Julius Braun: Ich muss das ja nicht wirklich verstehen. Ja, Frau Schrader und Herr Klaas haben mich und Lutz gesiezt.

Lisa: Und früher Frau Sandmann?

Julius Braun: Auch sie hat uns gesiezt.

Helmut: Sie beackern alle sehr unterschiedliche Tätigkeitsfelder, sofern unsere Informationen zutreffen.

Julius Braun: Das stimmt. Lutz war der Leiter, ich sein Stellvertreter und zugleich Destillateur-Meister. Frau Schrader und Herr Klaas sind chemisch-technische Angestellte.

Helmut: Und Frau Sandmann?

Julius Braun: Sie ist ebenfalls CTA, hat darüber hinaus eine Ausbildung zur Destillateurin absolviert.

Deshalb war sie unmittelbar an der Herstellung beteiligt. Frau Schrader und Herr Klaas kontrollieren ausschließlich.

Lisa: Wie wird man denn Destillateur-Meister?

Julius Braun: Da gibt es verschiedene Wege. Ich skizziere Ihnen aber gern mal meinen Werdegang. Ich habe zunächst eine Ausbildung zum Destillateur absolviert. Danach war ich irgendwie unentschlossen. Ich wusste nicht so recht, wie es weitergehen soll. In meinem Ausbildungsbetrieb weiterarbeiten? Oder einen anderen Betrieb suchen? Schließlich entschied ich mich komplett um: Ich zog nach Kiel um zu studieren.

Helmut: Und was?

Julius Braun: Ökotrophologie.

Helmut: Bitte?

Julius Braun: Ökotrophologie. Ernährungswissenschaft. Ich habe das Studium zwar erfolgreich beendet, jedoch gleichzeitig bemerkt, dass es mich zurück in die Destillation zieht. Da ich unbedingt in einer leitenden Position arbeiten wollte, besuchte ich direkt nach dem Studium einen Meisterlehrgang. Kurz darauf bin ich hier gelandet.

Lisa: Würden Sie Ihre Tätigkeit als leitende Position bezeichnen?

Julius Braun: Es dreht sich so drum. Ein Sprungbrett ist es auf jeden Fall.

Helmut: Rechnen Sie sich Chancen auf die Nachfolge von Dr. Ruhmann aus?

Julius Braun: Suchen Sie nach einem Motiv?

Helmut: Wenn Sie bitte meine Frage beantworten.

Julius Braun: Es würde mich freuen, wenn der Vorstand mich fragt. Klingt das nach einem Motiv für Sie?

Lisa: Gesunder Ehrgeiz bedeutet nicht zwangsläufig ein Mordmotiv, Herr Braun. Kennen Sie alle Zutaten von Hexenschluck?

Julius Braun: Leider nein.

Helmut: Als Herstellungsleiter würden Sie diese aber erfahren, oder?

Julius Braun: Ja, sicher. Genau wie Lutz. Er gehörte zu den Auserwählten. Er erzählte mir mal von dem bewegenden Augenblick, als ihn der Vorstandsvorsitzende zu sich rief und ihm den Umschlag überreichte, in dem das Rezept steckte.

Lisa: Und von solch einem Augenblick träumen Sie jetzt?

Julius Braun: Träumen darf man doch wohl noch.

Helmut: Sie sprachen gerade schon so offen über denkbare Motive. Darum erlaube ich mir zu fragen, was Sie gestern Abend zwischen 21 Uhr und Mitternacht gemacht haben.

Julius Braun: Ich war zuhause.

Helmut: Wo genau wohnen Sie?

Julius Braun: Am Schwedendamm, falls Ihnen das was sagt.

Helmut: Das liegt in der Nähe vom Schiefen Berg, soweit ich weiß, wo Ruhmanns wohnen.

Julius Braun: Stimmt.

Helmut: Waren Sie allein zuhause?

Julius Braun: Ja.

Lisa: Und was haben Sie gemacht?

Julius Braun: Ich koche leidenschaftlich gern. Auch für mich allein, bevor Sie fragen. Bis etwa halb zehn stand ich am Herd. Danach habe ich gegessen, abgeräumt und bei einem Glas Wein in der Frankfurter Allgemeinen gelesen. Bis kurz nach elf, dann legte ich mich schlafen.

Lisa: Was gab es?

Julius Braun: Zu lesen?

Lisa: Nein, zu essen.

Julius Braun: Wokgemüse mit Tofu und Reis.

Lisa: Klingt lecker.

Julius Braun: Ein Alibi dürfte das in Ihren Augen eher nicht sein, oder?

Helmut: Nein. Aber allein deswegen halten wir Sie nicht für den Mörder. Keine Sorge.

Julius Braun: Darf ich also wieder an die Arbeit gehen?

Helmut: Natürlich.

30

Julius Braun stapfte leicht verschnupft aus dem Raum, Viktor Klaas kam und setzte sich. Er wirkte sehr vorsichtig.

Helmut: Herr Klaas, wie genau lautet Ihre Aufgabe bei der Herstellung von Hexenschluck?

Viktor Klaas: Chemische Analysen.

Lisa: Wovon?

Viktor Klaas: Von der Grundmasse. Ich kontrolliere beispielsweise, ob sich die richtigen Zutaten in der richtigen Menge und im richtigen Zustand im Urstoff befinden. Davon hängt letztendlich das Aroma der Zutaten ab.

Helmut: Kontrollieren Sie alle Zutaten?

Viktor Klaas: Nein. Nur einen Teil.

Lisa: Wer kontrolliert den Rest?

Viktor Klaas: Einen Teil analysiert Karin, also Frau Schrader. Die Kolleginnen und Kollegen in der Nachbarabteilung analysieren ebenfalls, darüber hinaus ein externes Labor. Die von der Destillerie lassen da nichts anbrennen. Einen weiteren Teil bei uns kontrolliert Herr Braun. Er destilliert jedoch hauptsächlich. Den ganzen Rest übernimmt Dr. Ruhmann. Sorry: Übernahm.

Helmut: Das betrifft vor allem die geheimen Zutaten, oder?

Viktor Klaas: Ja. Von unserer Abteilung kannte nur Dr. Ruhmann das gesamte Rezept.

Lisa: Was meinten Sie vorhin mit Zustand?

Viktor Klaas: Die Kräuter und Gewürze unterziehen wir verschiedenen Prozessen, damit die Aromen sich entfalten. Mazeration heißt einer davon. Mehr darf ich darüber nicht verraten.

Helmut: Das verlangen wir auch nicht von Ihnen. Etwas anderes: Welche Tätigkeit übte Frau Sandmann konkret aus?

Viktor Klaas: Corinna? Sie fügte Zutaten hinzu, bisweilen analysierte sie auch. Sie hat zwei Ausbildungen absolviert.

Lisa: Davon hörten wir. Sie waren an dem Tag für die Analyse zuständig, als Frau Sandmann der Fehler mit dem Ingwer unterlief, nicht wahr?

Viktor Klaas: Ja. Und es ist mir noch immer sehr unangenehm. Corinna war so eine gute, hilfsbereite Kollegin.

Helmut: Und dennoch ist ihr der Fehler unterlaufen?

Viktor Klaas: Mir vollkommen unverständlich. Das war reine Routine für sie.

Lisa: Frau Sandmann behauptet, ihr hätte jemand den Fehler untergeschoben.

Viktor Klaas: Ich weiß. Mit diesem Verdacht hat sie uns allen ziemlich zugesetzt. Ich erkannte Corinna gar nicht wieder, so seltsam benahm sie sich in jenen Tagen. Schade. Ich kann mir nicht vorstellen, dass jemand von uns sie reingelegt hat. Ich war es jedenfalls nicht.

Helmut: War denn Ihre Analyse an jenem Tag genauso reine Routine wie Frau Sandmanns Tätigkeit?

Viktor Klaas: Grundsätzlich ja. Natürlich analysieren wir immer alles. Ab und zu nehmen wir dennoch ausgewählte Zutaten noch genauer unter die Lupe, obwohl das kaum vorstellbar ist, so wie wir hier kontrollieren. Immer im Wechsel andere Zutaten.

Lisa: War an jenem Tag zufällig Ingwer an der Reihe?

Viktor Klaas: Sie sagen es.

Helmut: Wer hat das festgelegt?

Viktor Klaas: Meistens entscheidet das Zufallsprinzip. Diesmal war es vorgegeben.

Lisa: Von Dr. Ruhmann oder von Herrn Braun?

Viktor Klaas: Braun darf das gar nicht vorgeben, er vermittelt höchstens.

Helmut: Auch damals?

Viktor Klaas: Braun ließ es von Ruhmann ausrichten.

Lisa: Klingt fast wie inszeniert, oder? Wenn Sie dann ausgerechnet beim Ingwer einen Fehler finden?

Viktor Klaas: Möglich. Doch zum einen hätte ich den erhöhten Ingweranteil auf jeden Fall und auch ohne die zusätzlichen Analysen ermittelt. Außerdem: Warum sollte Herr Ruhmann Corinna eins reinwürgen?

Helmut: Das werden wir wohl nie erfahren. Eine Frage müssen wir Ihnen leider noch stellen: Was haben Sie gestern zwischen 21 Uhr und Mitternacht gemacht?

Viktor Klaas: Verstehe, mein Alibi. Meinetwegen. Von 19 bis kurz nach 22 Uhr war ich beim Kegeln. Mit meiner Gattin und drei anderen Pärchen. Wir treffen uns einmal im Monat. Danach spazierten wir mit einem der Pärchen nach Hause, wo wir gegen halb elf ankamen. Meine Frau und ich legten uns sofort hin.

Helmut: Wo wohnen Sie?

Viktor Klaas: In der Ernst-August-Münch-Straße.

Helmut: Da haben Sie es nicht weit zur Firma.

Viktor Klaas: Zu Fuß keine zehn Minuten.

»Bringt uns das jetzt weiter?«, fragte Lisa, nachdem auch Viktor Klaas rausgegangen war.

»Ein wasserdichtes Alibi besitzt auf den ersten Blick nur die Schrader«, resümierte Helmut. »Braun hat gar keins und bei Klaas wackelt es nach 22.30 Uhr zumindest etwas, da es nur die Ehefrau bestätigen kann. Die Sache mit Corinna Sandmann lässt mir auch keine Ruhe. Wer weiß, ob Braun an diesem Tag tatsächlich auf Anweisung von Ruhmann handelte oder selbst auf die Idee kam, den Ingwer genauer zu checken?«

»Julius Braun profitiert am meisten«, erwiderte Lisa. »Sowohl von Sandmanns Rauswurf als auch von Ruhmanns Tod. Bei ihm laufen dadurch viele Fäden zusammen bei der Herstellung von Hexenschluck. Und er gilt als potenzieller Nachfolger von Ruhmann.«

»Du magst ihn auch nicht, oder?«

Lisa schnaubte. »Ich hasse diesen Dünkel, die Abgrenzung im Team. Das sind doofe Hierarchien. Hier duzen, da siezen. Wie findest du das denn?«

»Unwichtig.«

»Unwichtig? Manchmal verstehe ich dich einfach nicht, Helmut.«

31

»Henning ist doch mit einem Privatdetektiv befreundet, oder?«, fragte Helmut.

Lisa und er widmeten sich an diesem Morgen zunächst wieder den vergifteten Hexenschluckflaschen, während Jonas mit Banken und Versicherungen sprach, um mehr über das Ehepaar Ruhmann zu erfahren. Sie fuhren Getränkemärkte ab und näherten sich in diesem Augenblick einem Markt in Goslar.

»Helmut! Planst du für die Zeit nach deinem Ausscheiden? Privatdetektiv wäre eine prima Alternative. Aber du hast recht. Mike Müller heißt er. Ein netter Kerl, dem Henning hin und wieder aus der Patsche hilft. Mike bewegt sich gern am Rande der Legalität.«

»Das klingt gut. An diesen Jobwechsel dachte ich aber gar nicht. Mir schwebt da etwas anderes vor. Das erzähle ich dir später«, versprach Helmut und parkte neben dem Eingang.

Auf dem kurzen Weg zum Eingangstor kamen ihnen zwei Mittvierziger mit riesigen Einkaufswagen voller Bier und Cola entgegen. Mindestens fünfzehn Kisten Bier und fünf Kisten Cola, schätzte Helmut.

»Na, die scheinen mächtig durstig zu sein«, sagte Lisa zu Helmut, als sie den Markt betraten.

Der Verkäufer, der an der Kasse stand, hörte die Bemerkung offensichtlich. »Ist für eine Party. Auf Kommission. Man weiß nie, wie viel die Gäste trinken.« Nach einer Pause fragte er: »Kann ich Ihnen helfen?«

Lisa und Helmut zeigten ihre Ausweise.

»Kripo Wolfenbüttel? Hilfe! Was habe ich verbrochen? Außer, dass ich leider zuletzt vor über zehn

Jahren Ihre schöne Stadt besuchte. Ich komme wieder – versprochen!«

»Wissentlich gar nichts«, beruhigte Lisa. »Es kursieren manipulierte Hexenschluckflaschen. Eine davon wurde bei Ihnen gekauft.«

»Wie bitte? Bei mir im Laden? Ausgeschlossen! Was heißt überhaupt ›manipuliert‹?« Der Verkäufer wirkte geschockt, die flotten Sprüche waren ihm rasch vergangen.

Helmut erklärte ihm die Manipulationen mit dem Cumarin.

Der Verkäufer schüttelte den Kopf. »Wie soll das denn in die Flasche kommen? Läuft da bei der Herstellung was falsch?«

»Ausgeschlossen«, antwortete Helmut. »Bei der Produktion passiert es definitiv nicht, sondern beim Vertrieb. Deshalb verfolgen wir die Spuren der manipulierten Flaschen zurück. Das betrifft sowohl Supermärkte als auch Getränkemärkte in der Umgebung. Es handelt sich bisher um Einzelfälle. Wir bitten Sie dennoch, nachher Ihren Bestand durchzusehen und nach Auffälligkeiten zu suchen. Zum Beispiel nicht komplett gefüllte oder bereits geöffnete Flaschen.«

»Wir kontrollieren jede Lieferung, bevor wir was ins Lager oder ins Regal stellen. Was glauben Sie denn, wie wir hier arbeiten?«

»Entschuldigen Sie, so war das nicht gemeint«, beschwichtigte Lisa. »Wir unterstellen Ihnen nichts. Im Gegenteil. Wir brauchen Ihre Hilfe. Wir haben schon mit den Verantwortlichen bei der Wolfenbütteler Destillerie gesprochen. Demnach beziehen Sie Ihren Hexenschluck vom Handelsvertreter Roger Degen?«

»Ja, das stimmt. Von ihm bekomme ich viele meiner Spirituosen. Ich fasse es immer noch nicht. Und verstehe nicht, wie und was da manipuliert wird. Panscht da jemand?«

Lisa hob die rechte Hand. »Bitte, wir wissen wirklich noch nicht mehr darüber.«

»Das läuft auf Rufschädigung hinaus, wenn herauskommt, dass ich gepanschten Hexenschluck anbiete.«

»Wir reden weiterhin von einer Flasche und deren Weg verfolgen wir zurück. Ein gewisser Willi Ehrlich aus Goslar hat die Flasche bei Ihnen gekauft. Kennen Sie den Herrn?«

»Willi? Natürlich. Ein Stammkunde von mir. Der kauft regelmäßig Hexenschluck. Seit Jahren schon. Und nie ist etwas vorgefallen.«

»Sehen Sie. Diese eine Flasche stellt bestimmt eine Ausnahme dar«, sagte Lisa. »Darum noch einmal unsere Frage: Sie weichen niemals von diesem Prinzip ab? Sie kaufen nicht hin und wieder in der Metro ein? Bei der Wolfenbütteler Destillerie hieß es, dies sei durchaus üblich und man toleriere das auch.«

»Für mich macht das preislich keinen Unterschied. Zur Metro nach Braunschweig müsste ich fahren. Roger bringt mir die Ware oder lässt sie bringen. Da entscheide ich mich lieber für die bequeme Variante.«

»Degen besuchen wir noch«, sagte Helmut. Sie saßen wieder im Auto, unterwegs zum nächsten Getränkemarkt am südlichen Stadtrand von Braunschweig. Nach einer fast einstündigen Fahrt kamen sie dort an.

Im Gegensatz zu dem Kollegen in Goslar räumte dieser Händler ein, ab und zu in der Metro für Nachschub zu sorgen. »Die Metro liegt um die Ecke.« Ansonsten bezog auch dieser Markt seine Ware bei Roger Degen. Der Verkäufer widersprach damit der These von Vertriebsleiter Kröger, Degens Kundschaft käme vorzugsweise aus dem Harz. »Roger macht das nichts aus, denke ich. Meist beziehe ich über ihn.«

Noch unergiebiger verlief das Gespräch bei Trinkgut in Wolfenbüttel.

»Wir gelten mit unserem bundesweiten Filialnetz als Großkunde und beziehen die Ware direkt von der Wolfenbütteler Destillerie«, erklärte ihnen der Filialleiter in gestelzten Worten.

»Das bringt rein gar nichts«, seufzte Lisa. Sie waren unterwegs zum letzten Getränkemarkt ihrer Tour, dem in Salzgitter-Lebenstedt.

»Leider«, bestätigte Helmut. Er konnte inzwischen mit einem Kollegen in Hannover telefonieren. Dieser hatte freundlicherweise den dortigen Getränkemarkt besucht, der auf ihrer Liste stand, jedoch nichts weiter erfahren, als dass dieser Markt Hexenschluck vom Vertriebsbüro in Celle bezog.

»Praktisch jede Flasche stammt aus einer anderen Quelle und landet auf einem anderen Vertriebsweg im Regal«, fluchte Helmut. Die Flaschen aus den beiden Rewe-Märkten stammten, genau wie die von Trinkgut, direkt vom Hersteller. Das wussten sie bereits seit dem Gespräch mit Dr. Kröger. »Es ist zum Mäusemelken. Und Eva Lazarus darf niemals davon erfahren, dass wir hier persönlich Getränkemärkte in halb Niedersachsen abklappern.«

»Wenn David nicht in Brüssel wäre, wüsste sie es«, zischte Lisa.

»Meinst du, er erzählt ihr sogar das?«

»Garantiert. Zur Not auf dem ganz kurzen Dienstweg.«

»Wie meinst du das?« Natürlich kannte Helmut das Gerücht. Er wollte es sich allerdings gern von Lisa bestätigen lassen.

»Die Spatzen pfeifen es längst von den Dächern: Da läuft was zwischen den beiden. Privat, meine ich. Sehr privat.«

»Und du glaubst, David plaudert im Bett über unsere Dienststelle?«

»Ach, Helmut! Worüber plauderst du denn mit Jutta, wenn ihr … Du weißt schon!«

»Über unsere Dienststelle? Wo denkst du hin?«

»Echt nicht?«

»Nein! Du und Henning etwa? Redet ihr im Bett über eure Arbeit? Über eure Kollegen? Über mich?«

»Achtung, Helmut, gleich geht es nach links!«

»Falsche Antwort.«

»Und dann gleich wieder links. Siehst du, da vorn!«

Zwangsläufig dachte Helmut sich seinen Teil, was das Bettgeflüster von Lisa und Henning betraf. Wobei Lisas plumpes Ausweichmanöver natürlich Bände sprach.

Apropos Bände: Die Aussagen des Verkäufers in diesem Getränkemarkt hätten auch vom Tonband kommen können. Natürlich kannte er Heinz Bergdorf aus Thiede, der bei ihm regelmäßig Getränke aller Art kaufte. Natürlich war er schuldlos daran, dass »der Heinz« diese Flasche aus dem Regal gefischt hatte. Natürlich kaufte er Spirituosen auch in der Metro, vor

allem aber beim Großhandel. Den Handelsvertreter
Roger Degen kannte er ebenso wenig wie das Vertriebsbüro der Wolfenbütteler Destillerie in Celle.

»Das war es also endgültig«, stellte Lisa fest. »Wenn jetzt
keine neuen Vergiftungsfälle mehr auftreten, lüften wir
niemals dieses Geheimnis.«

32

Am nächsten Morgen, gegen zehn vor acht, belehrte Helmut Lisa eines Besseren. »Auf zur Wolfenbütteler Destillerie«, begrüßte er seine Kollegin, die ausnahmsweise später als er im Büro eintraf.

»Was gibt es denn dort?«

»Offensichtlich Neuigkeiten. Dr. Kröger rief gerade an. Er bittet uns, schnellstmöglich zu kommen.«

Eine Minute später saßen die beiden im Auto und fuhren los.

Vertriebsleiter Dr. Arno Kröger empfing sie mit buchstäblich offenen Armen. »Danke, dass Sie so schnell gekommen sind. Herr Silva, den Sie, glaube ich, bereits kennengelernt haben, wäre auch gern hier, da es sich um eine Angelegenheit handelt, um die sich normalerweise der Vorstand kümmert. Dummerweise kam ihm im letzten Moment etwas Dringendes dazwischen. Er gibt mir allerdings freie Hand. Mir und der Kollegin Prange vom Marketing, die schon mitten in der Arbeit steckt und infolgedessen nicht bei uns weilt.«

Während dieses Monologs schaute Helmut sich in Dr. Krögers schmuckem Büro um. Dabei entdeckte er ein Banner auf dem Schreibtisch, versehen mit grünen Hexen auf gelbem Besen links und rechts. »Bitte achten Sie auf das charakteristische Knacken beim erstmaligen Öffnen der Hexenschluckflasche!«, stand darauf.

»Wir haben unsere Hausaufgaben erledigt«, sagte Kröger, der Helmuts Blick gefolgt war. »Diese Banner geben wir gleich in den Druck und verteilen sie ab morgen. Überall dort, wo man Hexenschluck verkauft oder ausschenkt. Das kostet uns ein Heidengeld, nebenbei bemerkt. Aber es ist uns die Sache wert.«

»Haben Sie uns deswegen angerufen?«, fragte Lisa irritiert.

»Um Gottes Willen, nein. Mir geht es vielmehr darum.« Dr. Kröger holte aus einer grünen Mappe, die ebenfalls auf dem Schreibtisch lag, eine Plastikfolie hervor. In der Folie steckte ein Zettel mit bunten Buchstaben oder Wörtern darauf. Ausgeschnitten aus Zeitungen und Magazinen:

»Wie Sie zweifellos bemerkt haben, sind vergiftete Flaschen Hexenschluck im Handel gelandet. Bisher sind es wenige, und sie enthalten nur geringe Mengen eines eher harmlosen Giftstoffes. Das kann sich schnell ändern. Wir wissen genau, wie es funktioniert, und wir zögern nicht, viele Flaschen mit gefährlichen Stoffen zu verunreinigen und unters Volk zu bringen. Es wäre gut, wenn Sie uns ernst nehmen. Beweisen Sie es uns, indem Sie am Freitag, sprich übermorgen, auf Ihrem Instagramprofil das Foto einer Person mit Hexenmaske posten und das Hashtag »verstanden« verwenden. Anschließend melden wir uns mit unserer Forderung.«

»Ich weiß nicht, ob ich lachen oder weinen soll«, gestand der Vertriebschef. »Genau über dieses Szenario sprachen wir vor ein paar Tagen. Sogar darüber, ob Erpresser heutzutage noch so vorgehen. Wörter ausschneiden und dergleichen. Und jetzt flattert uns dieses Schreiben ins Haus.«

»Mit der regulären Post?«, fragte Lisa.

»Ja. Der Briefumschlag steckt hinter dem Schreiben. Wir haben Papier und Umschlag rasch in diese Folie gesteckt. Wegen der Fingerabdrücke.«

»Sehr umsichtig, Herr Dr. Kröger«, lobte Helmut. »Nehmen Sie diesen Brief ernst?«

»Ja, durchaus. Deshalb habe ich Sie auch sofort verständigt. Eine Kopie des Schreibens liegt in unserer Rechtsabteilung, und auch alle Vorstandsmitglieder besitzen Kopien. Dort spielt man bereits Szenarien durch, falls konkrete Forderungen, zum Beispiel nach Lösegeld, eintreffen.«

»Und dieser Post auf Instagram?«, wollte Lisa wissen.

»Um den kümmert sich die vorhin angesprochene Kollegin Prange vom Marketing. Ich vermute, dort suchen sie zunächst ein passendes Hexenfoto heraus. Der Rest ist Routine, schätze ich mal.«

»Am besten schließt sich Frau Prange mit unserer IT-Abteilung kurz, bevor sie postet«, schlug Lisa vor. »Die Kolleginnen und Kollegen könnten eine App installieren, mit der sich mögliche Reaktionen auf den Post zurückverfolgen lassen.«

»Gute Idee.« Dr. Kröger notierte etwas auf einem kleinen Block.

»Wie erfahren denn die Erpresser, ob Ihr Unternehmen dieses Bild postet?«, fragte Helmut.

»Sie folgen entweder der Wolfenbütteler Destillerie oder diesem Hashtag«, antwortete Lisa, da Dr. Kröger nicht auf Helmuts Frage reagierte. »Das macht man doch so auf Instagram.«

»Ich bin nicht auf Instagram.«

Helmut und Dr. Kröger gaben ihre Antwort praktisch synchron.

»Und auf Twitter auch«, flüsterte Lisa Helmut zu.

»Das haben wir noch nicht geschafft, Jutta und ich«, flüsterte Helmut zurück.

»Ich gehe davon aus, dass Sie das Schreiben und den Umschlag mitnehmen?« Kröger kämpfte gegen das Lachen an. »Verzeihen Sie, aber das war zu komisch: wir zwei älteren Herren, die zeitgleich zugeben, sich nicht in der digitalen Welt zurechtzufinden.«

»Kein Problem«, versicherte Helmut. »Und ja: Wir packen beides ein und versuchen, so viel wie möglich herauszufinden. Wir halten Sie auf dem Laufenden, Herr Dr. Kröger. Bitte, rufen Sie uns an, wenn sich hier vor Freitag etwas Neues ergibt.«

»Ich melde mich«, versprach Kröger.

»Da nimmt die Geschichte doch noch frische Fahrt auf«, freute sich Lisa. Sie saßen wieder im Auto und fuhren Richtung Braunschweig, um Hans-Werner Schlüter von der kriminaltechnischen Untersuchung das Erpresserschreiben und den Umschlag zu bringen. Die KTU saß in der Braunschweiger Polizeidirektion, tief im Keller verborgen und zum Glück weit genug weg von Eva Lazarus, die natürlich in der obersten Etage residierte.

Lisa fuhr und Helmut telefonierte mit Jonas.

»Ich bin mit den finanziellen Angelegenheiten der Familie Ruhmann durch«, sagte dieser. »Da gibt es nichts, was es nicht auch bei anderen Ehepaaren gäbe. Schulden in Höhe von knapp hunderttausend Euro auf dem Haus einerseits, zwei Lebensversicherungen mit höheren fünfstelligen Summen sowie Guthaben jeweils im mittleren vierstelligen Bereich auf den Girokonten. Wenn sich dahinter ein Mordmotiv verbirgt, schwebe auch ich in akuter Gefahr.« Jonas lachte. »Ich suche aber noch nach weiteren Informationen.«

33

»Was ist denn nun mit Hennings Freund in Bochum?«
Lisa schaute kurz hinüber zu ihrem Chef. Sie kurvte sich
gerade aus der Braunschweiger Innenstadt heraus, auf
dem Rückweg von der KTU.

»Was soll mit dem sein?«

»Du wolltest mir noch irgendwas erzählen zu diesem
Thema.«

»Ich glaube, das ist doch nichts für mich, Privatdetektiv. Das hat sich also erledigt.«

So leicht ließ Lisa sich natürlich nicht abwimmeln.
»Nein, nein, Helmut. Dir ging es doch gar nicht darum.
Du wolltest irgendwas anderes von Hennings Freund.«

Helmut schielte kurz zu ihr rüber, drehte dann aber
demonstrativ den Kopf zur anderen Seite, um aus dem
Fenster zu sehen. Immerhin bekam er dort etwas
geboten, wie Lisa feststellte, die ebenfalls kurz nach
rechts schielte. An einer Straßenbahnhaltestelle redeten
zwei ältere Herren, womöglich Obdachlose, wild
gestikulierend aufeinander ein. Einer von ihnen wedelte
mit einer leeren Weinflasche.

»Verrückte Welt, da draußen«, murmelte Helmut.

»Helmut?« Lisa wusste zwar, dass er absichtlich das
Thema wechselte, wollte ihn jedoch nicht ganz so einfach davonkommen lassen.

»Ja?«

»Worum geht es dir wirklich?«

»Um das, was ich gerade gesagt habe. Ehrlich, Lisa.«
Helmuts Stimme klang auf einmal ganz sanft.

»Okay.« Lisa glaubte kein Wort, ließ es gleichwohl
dabei bewenden.

Kurz darauf erreichten sie Wolfenbüttel und damit ihre Dienststelle.

»Ich gehe noch mal ins Büro«, sagte Helmut beim Aussteigen.

»Macht es dir was aus, wenn ich nach Hause fahre? Ich würde gern eine ausführliche Runde joggen.«

»Natürlich nicht, Lisa. Genieß deinen Feierabend.« Mit diesen Worten verschwand Helmut Richtung Eingang.

Kopfschüttelnd fuhr Lisa zu ihrer Wohnung in der Frankfurter Straße, zog sich zum Joggen um und setzte sich wieder ins Auto, um zum Lechlumer Holz zu fahren, ihrer bevorzugten Strecke.

So kannte sie Helmut gar nicht. Ob ihm der Rausschmiss doch heftiger zusetzte? Nach außen wirkte er so, als prallte diese ganze Affäre an ihm ab. Bis jetzt wirkte es so. Doch ganz offensichtlich brütete Helmut doch irgendwas aus, schleppte düstere Gedanken mit sich herum.

Natürlich wäre es genial, wenn Helmut weiterhin Verbrechen aufklären würde. Mike war ein Paradebeispiel dafür, dass man sich auch in dieser Branche mit echten Straftaten beschäftigte und nicht nur untreue Eheleute beschattete. Mike könnte Helmut diesen Job so richtig schmackhaft machen. Man müsste die beiden bloß zusammenbringen. Mit Hennings Hilfe würde das gelingen.

Lisa rannte mittlerweile durch den Wald. Der Boden war noch seifig vom letzten Regenguss und Lisa rutschte alle paar Meter weg. Sie verlor bereits nach einer halben Stunde die Lust und drehte um. An der Fußgängerampel am Forstweg überquerte sie die

Bundesstraße 79 und trottete zurück zu ihrem Auto, das gegenüber vom Krankenhaus stand.

Etwa zwanzig Meter entfernt spazierte jemand den Forstweg hinauf, Richtung Schiefer Berg: Julius Braun. Der Destillateur wohnte am Schwedendamm. Kein Wunder, dass er in dieser Gegend unterwegs war. Was suchte er wohl am Schiefen Berg? Die Witwe Ruhmann? Um zu kondolieren? Nein, garantiert nicht. Wahrscheinlich drehte er bloß seine abendliche Runde durchs Viertel.

Offenbar legte Braun keinen Wert darauf, Lisa zu begegnen. Grußlos beschleunigte er seinen Schritt, bog auf den Schiefen Berg ab und verschwand aus Lisas Blickfeld.

Sie zögerte nicht lange und lief hinterher. Ein zusätzlicher Sprint konnte nicht schaden. Braun rannte jetzt auch beinahe. Zum Glück blickte er stur geradeaus; ansonsten hätte er Lisa hinter sich entdeckt. Tatsächlich bog er in die Einfahrt, wo Ruhmanns Haus stand.

Lisa lief vorsichtig bis zur Ecke und wäre beinahe mit einer Frau zusammengestoßen, die sich gerade umdrehte, um Gesa Ruhmann zuzuwinken. Offenbar hatte sie die Witwe besucht. Diese stand in ihrer Haustür und winkte ebenfalls. Einen Augenblick später begrüßte sie Braun. Sehr freundschaftlich, wie Lisa zugeben musste. Vielleicht handelte es sich tatsächlich um einen Kondolenzbesuch? Da hatte Lisa Braun wohl falsch eingeschätzt. Sie lief kopfschüttelnd zu ihrem Auto und fuhr nach Hause.

Gleich nach dem Duschen rief Lisa ihren Freund Henning an. Wie an jedem Abend unter der Woche. Es sei denn, er rief sie an. Doch darauf wartete Lisa nicht so gerne. Sie wartete überhaupt nur notgedrungen, momentan zum Beispiel auf dieses Ziehen im Bauch, das ihre Regel ankündigte. Vor fünf Tagen hätte es losgehen müssen. Tat es aber nicht. Auch heute passierte nichts. Sollte sie beunruhigt sein? Sich freuen? Eher nicht, es wäre schon blöd, zur Kripo Bochum zu wechseln und sich direkt in die Elternzeit zu verabschieden.

Und wie würde Henning überhaupt reagieren? Fühlte er sich bereit, Vater zu sein, eine Familie zu gründen? Bisher vermieden sie dieses Thema weitgehend. Der Tod von Hennings Eltern drückte es auch nicht unbedingt auf die Tagesordnung, obwohl Henning sich, was den Verlust seiner Eltern anging, sehr tapfer hielt. Er trauerte zwar, lebte sein Leben dennoch weiter. Auch ihre Beziehung litt nicht darunter. Doch eine Familie stellte ein komplett anderes Kaliber dar.

Egal, noch war es zu früh, sich ernsthaft damit zu beschäftigen. Jetzt sollte sie sich besser mal auf das Gespräch mit Henning konzentrieren. Schließlich berichtete ihr Freund gerade von seinem Arbeitstag, der allerdings ziemlich belanglos verlaufen war.

»Und bei dir Schatz?«, flötete Henning in den Hörer.

»Ach ja, wir suchen weiterhin unseren Mörder und Giftmischer, der mittlerweile auch unter die Erpresser gegangen ist.« Lisa erzählte Henning ausführlich vom Erpresserschreiben und ihrer Diskussion mit Helmut darüber.

»Wie schlägt sich Helmut denn so?«

Selbstverständlich wusste Henning genauestens Bescheid über Helmuts Rausschmiss, über Eva Lazarus und über Davids niederträchtigen Verrat.

»Eigentlich schlägt er sich ganz wacker. Nur heute wirkte er auf mich irgendwie komisch.« Lisa berichtete, erneut in aller Ausführlichkeit, von ihrem Gespräch mit Helmut.

»Mike?«, rief Henning erstaunt. »Was will er denn vom weltbesten Privatdetektiv, vom Jim Rockford Bochums? Etwa ein paar Tipps, wie man ein grandioser Detektiv wird?«

»Das dachte ich auch zuerst. Aber Helmut stritt es vehement ab. Er wollte aber auch nicht verraten, worum es ihm stattdessen geht. Er brütet irgendwas aus, befürchte ich.«

»Das muss nichts Schlechtes bedeuten, Lisa. Helmut kennt Mike zwar nicht persönlich, aber ich habe ihm schon zahlreiche Storys von unserem Meisterdetektiv erzählt.« Henning holte tief Luft. »Warte mal, Süße, mir fällt da gerade was ein. Von wegen Storys und so. Mike nimmt es ja nicht besonders genau mit Recht, Ordnung und Gesetzen. Er richtet sich lieber nach seinen eigenen Regeln und fährt meist gut damit. Und wenn er doch mal gegen die Wand rauscht, helfe ich ihm aus der Patsche.«

»Was hat das mit Helmut zu tun? Der hält sich doch so gut wie immer an die Regeln.« Lisa verstand nicht im Geringsten, worauf Henning hinauswollte.

»Eben, und deswegen zögert er möglicherweise, sich an Mike zu wenden.«

»Ich verstehe kein Wort, Henning.«

»Keine Sorge, ich erkläre es dir. Aber vorher unterhalte ich mich mit meinem Freund Mike. Wer weiß, vielleicht müssen wir Helmut nur ein bisschen zu seinem Glück zwingen.«

»So funktioniert das nicht, Henning. Du kannst mich hier nicht neugierig machen und mich dann mit der Ausrede abspeisen, dass du dich zunächst mit deinem Spezi besprechen musst.«

»Ich vermisse dich so sehr, Süße. Ich wünschte, du wärst jetzt bei mir.«

»Dann würde ich dir die Augen auskratzen, du gemeiner Kerl.«

»Egal. Hauptsache, du berührst mich endlich wieder und ich spüre deine Hände und deinen restlichen Körper.«

»Du Schuft!«

34

Die Sache geriet vollkommen aus dem Ruder: Erst die vergifteten Flaschen und nun der Mord an Lutz.

Julius stand fluchend in der Küche seiner Drei-Zimmer-Wohnung am Schwedendamm.

Die schmale Straße lag in der Tat etwas unterhalb des Schiefen Berges und versprühte genau wie die Straße der Bungalows einen sanften Hauch von Luxus.

Julius jedenfalls genügte dieser Hauch.

Auch den Begleitungen, die er regelmäßig mit hierher brachte, genügte es. Weiblich wie männlich übrigens. Und jeweils mit dem gleichen Ziel.

Da sich Julius offen zeigte für sexuelle Kontakte zu beiden Geschlechtern, erhöhten sich bei seinen nächtlichen Raubzügen durch Braunschweig automatisch die Chancen auf fette Beute. Doch heute war ihm weder nach Raubzügen zumute noch nach Sex – mit welchem Geschlecht auch immer.

Heute Abend suchte Julius Klarheit in Sachen Gift und Lutz Ruhmann, und die würde ihm nur sein Kompagnon verschaffen.

Julius konnte ihn weiterhin nicht erreichen. Seit knapp zwei Tagen versuchte er es vergeblich. Er sprach ihm regelmäßig auf die Mailbox, erhielt aber nie eine Antwort. Noch nicht einmal auf die harmlose Frage, wie das Treffen mit der Informantin verlaufen war.

Wenn es gar nicht anders ging, würde Julius zu ihm fahren, obwohl sie beschlossen hatten, sich während der Operation nicht persönlich zu treffen.

Julius hielt es jedenfalls nicht mehr lange aus. Nicht seit letzter Nacht: Was hatte Lutz Ruhmann zu dieser späten Stunde im Büro gesucht? Und noch wichtiger: Was hatte sein Kompagnon mit dem Cumarin zu tun? Und was mit dem Tod von Lutz?

Julius war in beide Verbrechen nicht involviert. Er hatte gestern Abend tatsächlich gekocht. Freilich nicht für sich allein. Das wiederum ging die beiden Bullen nichts an. Darüber würde Julius nur im absoluten Notfall sprechen.

Erneut wählte er die Nummer. Erneut sprang bloß die Mailbox an.

Fast hätte Julius sein Smartphone gegen die Wand gepfeffert. So starrte er es zumindest wütend an, als ob es irgendeine Schuld trüge. Zu guter Letzt legte er es auf den Esszimmertisch und atmete ein paar Mal tief durch.

Dadurch kehrte tatsächlich eine gewisse Energie zurück. Sie reichte nicht aus, um durch die Braunschweiger Nacht zu jagen, aber durchaus für einen kleinen Spaziergang im Viertel.

Vielleicht rauf zu den Bungalows, um bei Gesa Ruhmann vorbeizugehen und ihr sein Beileid auszusprechen? So gut kannte er sie zwar nicht, nach gerade mal drei oder vier gesellschaftlichen oder privaten Treffen, doch ritterlich wäre es irgendwie schon. Vermutlich würde sie sich sogar freuen, den ehemaligen Kollegen ihres Gatten wiederzusehen. Vor allem käme sie garantiert niemals auf die Idee, Julius könne irgendwelchen Hintergedanken folgen.

Gesagt, getan, keine fünf Minuten später stolzierte Julius den Schwedendamm hinauf und bog gerade auf den Forstweg, als er eine Gestalt näherkommen sah. Sie näherte sich vom Alten Weg, bewegte sich irgendwo zwischen gemächlich joggen und ambitioniert spazieren. Eine junge Frau, mit schwarzer Jogginghose und schwarzem T-Shirt bekleidet, die ihn ebenfalls zu mustern schien.

In diesem Moment fiel der Groschen. Ausgerechnet die Beamtin der Kripo Wolfenbüttel trabte ihm da entgegen.

Nein, nicht schon wieder diese Person, schoss es Julius durch den Kopf. Er legte einen Zahn zu und rannte fast den Schiefen Berg hinauf.

Eine Minute später erreichte er die Stichstraße, in der Ruhmanns wohnten. Schon aus der Entfernung sah er Gesa. Sie stand vor der Haustür und unterhielt sich mit einer anderen Frau, die Julius intuitiv als Nachbarin einstufte. Er war drauf und dran, wieder kehrtzumachen, als er Gesa rufen hörte.

»Julius! Bleib doch bitte. Du wolltest doch zu mir, oder?«

Julius nickte und näherte sich der Treppe, die zum Haus führte. Gesa und die Besucherin umarmten einander, bevor die Fremde die Treppe hinunterlief und mit einem gemurmelten Gruß an ihm vorbeimarschierte.

»Hallo Julius.« Trotz ihrer verheulten Augen gelang Gesa ein freundliches Lächeln.

»Gesa.« Julius zögerte kurz, bevor er die Witwe umarmte. »Es tut mir so leid.«

»Danke, Julius. Möchtest du kurz reinkommen?«

»Wenn ich nicht störe?«

»Nein, Julius. Es tut gut, mit Menschen zu sprechen, die Lutz nahestanden.«

Kurz darauf saß Julius auf dem Sofa, ein Glas Weißwein vor sich. Gesa hockte auf dem Sessel gegenüber.

179

Auch vor ihr stand ein Weinglas, direkt daneben lag eine Packung Papiertaschentücher.

Julius hörte sich geduldig Heldengeschichten über Lutz an, nippte eifrig am Wein, legte zweimal seine Hand auf Gesas zitternden Arm, sah dezent zur Seite, wenn Gesa sich die Nase schnäuzte, und wartete auf seine Chance.

Sie kam beim zweiten Glas Wein.

»Wenn er doch bloß nicht abends zur Firma gefahren wäre«, schluchzte Gesa, die genauso rasant trank wie Julius.

»Warum ist er überhaupt dorthin gefahren?« Er versuchte, beiläufig zu klingen.

»Ich weiß es nicht. Ich dachte, du weißt es vielleicht. Ihr habt doch eng zusammengearbeitet.«

»Das trifft es auf den Punkt«, log Julius. »Ich wünschte, alle Kollegen wären wie er. Dennoch weiht Lutz mich nicht in all seine Vorhaben ein, auch in dieses nicht. Ich könnte mir aber vorstellen, dass es irgendwie mit dem Rezept zusammenhängt.«

»Meinst du?« Gesa schenkte beiden Wein nach, obwohl die Gläser längst nicht leer waren.

»Ja, etwas Besseres fällt mir nicht ein. Ich schätze mal, Lutz bewahrt die Formel nicht hier im Haus auf, oder? Auch nicht sein eigenes Rezept, das für Hexenschuss?«

»Nein, natürlich nicht.« Gesa sah ihn eindringlich an, mittlerweile trübte neben der Trauer auch der Wein ihren Blick. »Aber eine der geheimen Pflanzen. Eine, die Lutz gar nicht kannte, bevor er bei der Wolfenbütteler Destillerie anfing. Obwohl er sich richtig gut auskennt – mit Pflanzen.«

»Echt?« Julius hoffte, dass Gesa nicht merkte, wie aufgeregt er war.

»Das darfst du aber niemanden verraten, schon gar nicht denen in der Firma. Das schadet sonst seinem Andenken.«

»Ich schwöre.« Julius hob sogar die rechte Hand.

»Sie wächst im mexikanischen Hochland. Lutz hat sie von einer seiner Reisen dorthin mitgebracht.«

»Und wie heißt sie?«

»Keine Ahnung.«

Gesa wackelte mit dem Kopf, sie wirkte tatsächlich angetrunken. Ansonsten hätte sie dieses heikle Thema garantiert vermieden.

»Dahinten steht der Topf.« Sie zeigte vage Richtung Fensterbank.

Julius folgte ihrem Finger und entdeckte inmitten kleiner Kakteen einen Topf mit einer Pflanze, die er nicht zuordnen konnte. Dürre Zweige reckten sich in die Höhe, hier und da schimmerte eine weiße Blüte.

»Darf ich mal?« Julius erhob sich.

»Nur zu, guck sie dir ruhig aus der Nähe an.«

Doch auch aus der Nähe sah Julius nichts als dürre Zweige und weiße Blüten. Er wandte sich zu Gesa, doch diese starrte gedankenverloren ins Nichts. Sie schien Julius komplett vergessen zu haben. Kurzerhand zückte er sein iPhone, warf Gesa vorsichtshalber einen weiteren Blick zu und fotografierte rasch die unbekannte Pflanze. Fast hätte er vor Freude geschrien. Jetzt fehlten nur noch sechs Zutaten.

Mit zitternden Händen quetsche er das Mobiltelefon in die Hosentasche und schlenderte zurück zum Sofa, ohne sich zu setzen.

»Und?« Offenbar erinnerte Gesa sich an ihren Besucher.

»Noch nie gesehen, das Teil. Ziemlich unscheinbar, oder?«

»Finde ich auch. Aber Lutz liebte diese Pflanze. Noch ein Glas Wein?«

»Nein, lieber nicht. Ich muss morgen früh raus. Ich gehe dann mal wieder.« Julius trank sein Glas im Stehen aus.

»Wie du meinst«, sagte Gesa. Sie sah ihn traurig an. »Aber schön, dass du da warst. Es tat gut, mit dir zu reden.«

Gesa begleitete ihn zur Tür. Dort zwang Julius sich zu einer weiteren Umarmung sowie zu dem Versprechen, Gesa bald wieder zu besuchen und natürlich zur Beerdigung zu kommen, deren Termin freilich noch nicht feststand, da Lutz Ruhmanns Leichnam noch in der Gerichtsmedizin lag.

Zuhause rief Julius ein weiteres Mal bei seinem Kompagnon an – und erreichte wieder nur die Mailbox. Dennoch schickte Julius ihm das Foto der geheimnisvollen Pflanze aus dem mexikanischen Hochland. »Schon mal gesehen?«, schrieb er unter das Foto.

35

Seit gefühlten hundert Jahren versah Jonas den Dienst gemeinsam mit David, seinem Lebensretter. Sie waren ein eingespieltes Team. Die Betonung lag leider auf dem Wort »waren«, denn zum einen war David in den letzten Monaten ständig unterwegs auf Lehrgängen oder, wie jetzt, auf Hospitationen. Zum anderen stand praktisch fest: David hatte Helmut verraten und ihn der unsäglichen Eva Lazarus ans Messer geliefert.

Dadurch war David für Jonas gestorben. Das wurde ihm erst heute Morgen so richtig bewusst, während er allein in diesem kleinen Vienenburger Gewerbegebiet im Auto saß, wartete und beim Warten frühstückte und die Zeitung las.

»Nein«, sagte Jonas halblaut zu sich. »Ich ziehe nie wieder mit ihm los, um Zeugen zu befragen oder Verdächtige zu verhaften. Falls David tatsächlich die Leitung der Wolfenbütteler Ermittlungsgruppe übernimmt, lasse ich mich versetzen.« Der entsprechende Antrag lag daheim auf dem Schreibtisch. Was das für seine Familie, die sich demnächst vergrößerte, bedeutete, stand in den Sternen. Irgendeine Lösung würde sich schon finden.

Heute war es ohnehin vollkommen unproblematisch, allein unterwegs zu sein. Jonas wollte niemanden verhaften, sondern jemanden befragen, der indirekt in die Geschehnisse involviert war. Zwei der sieben manipulierten Hexenschluckflaschen stammten aus dem Lager des Handelsvertreters Roger Degen.

Dessen Betrieb näherte sich Jonas nun zu Fuß, nachdem vor ein paar Minuten endlich das Hoftor geöffnet worden war. Unterwegs las Jonas den Artikel über die endlosen Bauarbeiten auf der Bundesstraße 79 in Wolfenbüttel zu Ende.

Er schlenderte pfeifend über den Bürgersteig. Plötzlich erfasste ein Windstoß die Zeitung und schlug sie ihm regelrecht aus der Hand. Sie flatterte über das Hoftor. Jonas sprintete los, erreichte den Hof und rannte hinter der abtrünnigen Zeitung her.

Was für eine Show, dachte Jonas. Zirkusreif. »Polizist jagt Zeitung«. Was er nicht ahnte: Die Nummer war nicht für einen einzelnen Kripobeamten choreografiert worden, sondern für einen Beamten und einen Rottweiler, den Jonas zunächst nur unbewusst hörte und ignorierte.

Jonas hechtete also unbeeindruckt der Zeitung nach, und der Rottweiler sprang zielgerichtet hinter ihm her. Er bellte zweimal. Dreimal. Bis Jonas sich umdrehte und seinen neuen Partner endlich auch sah. Da war der Hund schon knapp hinter ihm. Und aufgrund seiner Masse und der zielstrebigen Geschwindigkeit automatisch als erhebliche Bedrohung für Leib und Leben zu erkennen.

Jonas blieb keine Zeit, einen Plan auszuhecken. Ihm fiel spontan bloß irgendein Mist ein, den er irgendwo gelesen hatte. Maximal zwei Sekunden, bevor das Tier ihn an der Gurgel packte, starb Jonas. Sozusagen. Er ließ sich fallen, rollte sich auf die Seite, ließ das Kinn auf die Brust schnappen. In der Hoffnung, dass der Hund vorn zubiss.

Jonas reduzierte das Atmen auf das Allernotwendigste. Dennoch kam er sich vor wie eine Dampflok, die so schwer keuchte, als stünde sie kurz vor dem Ausrangieren.

184

Der Hund stoppte und knurrte. Direkt über Jonas, die Schnauze gefühlt drei Millimeter entfernt vom Kopf. Er spürte den Atem des Untiers, den Hauch des Todes. Und er roch den Köter. Bestialisch. Man will sich instinktiv die Nase zuhalten. Doch Jonas durfte sich nicht bewegen. Keinen Nanometer.

Der Rottweiler hechelte. Jonas stellte sich vor, wie dem Hund die lange Zunge aus dem Mund hing, wie Sabber auf ihn tropfte.

Jonas blinzelte vorsichtig. Die Zunge des Hundes hing tatsächlich zwischen riesigen, scharfen Zähnen aus dem Maul heraus, und es sabberte auf Jonas' Jacke. Sein Arm zuckte. Sofort knurrte der Hund bedrohlich. Reiß dich zusammen, befahl Jonas sich. Konzentrier dich. Nicht zittern. Nicht zu schnell atmen. Ganz ruhig bleiben. Und wenn es den ganzen verdammten Vormittag dauert. Egal. Besser, du liegst dich auf dem harten Asphalt wund, als dass dieses Monster dich zerfetzt.

Dann rief jemand.

»Boris!«

Jonas dachte bei diesem Namen automatisch an eine Tennisübertragung im Fernsehen. Boris Becker schlug gerade einen spektakulären Return. Oder ein Ass. Dann fiel ihm ein, dass es früh am Morgen war und deshalb wohl kein Tennis im Fernsehen übertragen wurde, es sei denn in Melbourne. Aber in Australien spielten sie Ende Januar Tennis und nicht im Mai. Folglich handelte es sich nicht um eine Liveübertragung, aber bei einer Aufzeichnung dürfte niemand derart laut über ein doofes Ass jubeln, bei dem noch alle Kerzen am Christbaum brannten. Außerdem war es um Boris schon lange geschehen. Das alles ergab keinen Sinn.

Doch wer direkt unter den tödlichen Hauern eines Höllenhundes auf dem Asphalt kauerte und toter Mann spielte, durfte durchaus sinnloses Zeug denken.

»Boris!«

Jonas blinzelte erneut. Er sah, wie der Rottweiler kurz den Kopf hob. Leicht genervt. Immer wenn es spannend wurde, rief ihn jemand.

Der Scheißköter hieß Boris.

Die Rufe kamen näher, immer wieder ertönte »Boris«. Zwischendurch rief der Rufer »Aus« oder »Komm«.

Das gab Jonas Hoffnung. Das Ziel dieser Nummer lautete nicht, dass Boris ihn zerfleischte.

Endlich trollte sich der Rottweiler, ein letztes Mal bellte er dumpf in Jonas' Richtung, dann sprang er davon.

»Alles in Ordnung?«

36

»Corinna Sandmann, die Dritte«, verkündete Lisa feierlich. Sie warteten erneut vor dem Reihenhaus in der Juliusstadt.

»Ob sie wieder kocht?« Helmut sah auf seine Armbanduhr. »Gleich zwölf, da wäre das durchaus denkbar.«

»Was ist durchaus denkbar?« Corinna Sandmann stand in der Tür und betrachte kopfschüttelnd ihren Besuch.

»Dass Sie ahnen, warum wir schon wieder vor Ihrer Tür stehen«, antwortete Lisa schlagfertig.

»Nein.«

»Nein? Das ist erstaunlich. Wir haben natürlich mittlerweile mit Frau Koch gesprochen.«

»Mit wem?«

»Mit Doro Koch, Deans Klassenlehrerin.«

»Kommen Sie rein!«

Sandmann brachte Lisa und Helmut tatsächlich wieder in die Küche. Dort lag diesmal ein Salatkopf auf der Arbeitsplatte neben dem Herd.

»Bleibt die Küche heute kalt?« Helmut bereute den Scherz umgehend.

»Sie sind mir ein Witzbold.« Überraschenderweise lächelte Sandmann. »Okay, was hat Ihnen Frau Koch erzählt? Der Elternabend war schon um halb neun vorbei und sie hat gesehen, wie ich mit dem Auto weggefahren bin?«

»Exakt«, bestätigte Lisa. »Warum haben Sie uns angelogen?«

»Weil mir die Wahrheit nicht gefällt«, seufzte Sandmann. »Setzen Sie sich doch.«

»Das erklären Sie uns bitte genauer«, verlangte Helmut und setzte sich an den Küchentisch.

Auch Sandmann ließ sich auf einen der Stühle fallen. »Eines vorab: Ich habe Herrn Ruhmann nicht umgebracht. Glauben Sie mir. Für den Rest hole ich etwas aus. Bei meiner Tätigkeit für die Destillerie habe ich natürlich allerhand mitbekommen. Darunter Abläufe, die ich gar nicht kennen darf. Sie vermuten richtig: Ich rede von den geheimen Zutaten, Rezepturen und Verfahren. Natürlich längst nicht alles. Aber zahlreiche Details. Und diese detaillierten Kenntnisse wollte nun jemand kaufen, der wohl erfahren hat, dass die Firma mich entlassen hat. Bevor Sie fragen: Ich weiß nicht, wer dahintersteckt. Auch nicht, warum. Ein Mann rief mich vor ein paar Wochen an. Er stellte sich nicht vor. Ich erkannte auch die Stimme nicht. Er bot mir Geld für meine Informationen an. Ich teilte ihm mit, ich müsse darüber nachdenken. Ein paar Tage später rief er wieder an. Ich hatte inzwischen live miterlebt, wie sich meine Abfindung nach Zahlung der Steuern quasi halbiert. Ich gab dem Anrufer also zu verstehen, dass ich durchaus dazu bereit wäre, und fragte nach der Höhe der Summe, die er zahlen würde. Sie reichte mir nicht. Beim nächsten Anruf nannte er einen höheren Betrag, der mir besser gefiel. Ich schrieb also ein paar Geheimnisse auf, und wir planten die Übergabe: Information gegen Bares. Wir waren für 21 Uhr an diesem Abend verabredet. Auf der Schlossbrücke. Er kam zwar zu spät, aber schließlich tauchte er auf. Als ich ihn dann von meinem Auto aus auf der Brücke stehen sah, bekam ich kalte Füße und fuhr wieder weg. Die Liste mit den Geheimnissen besitze ich noch. Ich zeige sie Ihnen gerne.« Sandmann sah abwechselnd Lisa und Helmut an, als erwartete sie Applaus.

In der Tat hörte sich ihre Geschichte prima an. Sie klang sogar wahr, zumindest in weiten Teilen, fand Helmut. Vor allem jedoch klang sie vorbereitet und wie auswendig gelernt. Sandmann war genügend Zeit geblieben, sich diese Story zurechtzulegen. Sie musste schließlich davon ausgehen, dass Helmut und Lisa ihr Alibi überprüfen und sie erneut besuchen würden.

Nur, welche Teile der Geschichte stimmten und welche nicht?

»Und den Kerl auf der Schlossbrücke haben Sie wirklich nicht erkannt?«, fragte Lisa.

»Nein. Ich bin ihm auch nicht nahe genug gekommen.«

»Hat er Sie denn mittlerweile wieder kontaktiert?«

Sandmann überlegte. Etwas zu lang, wie Helmut fand.

»Nein.«

»Weiß Ihr Ehemann davon?«

»Nein, natürlich nicht. Ich ziehe ihn da auch nicht mit hinein. Er schlägt sich mit genug Sorgen auf der Arbeit herum.«

»Zeigen Sie uns doch bitte diese Liste«, bat Lisa.

Sandmann sah Lisa einen Moment lang erstaunt an. »Natürlich.«

Kurz darauf hielten Helmut und Lisa eine Art Formelsammlung in der Hand. Mathematik und Chemie vereint. Helmuts größte Feinde. »Und das versteht wirklich jemand?«

»Warum nicht? Mit ein paar Vorkenntnissen.«

»Und die besaß Ihr Kontaktmann?«

»Davon gehe ich aus.«

»Und Sie haben wirklich keinerlei Vorstellung, um wen es sich bei dem Käufer handelt?«

»Nein, Herr Kommissar.«

»Ein perfektes Alibi präsentieren Sie uns da noch nicht, Frau Sandmann.« Streng genommen gar keins, ergänzte Helmut im Stillen.

»Ich wünschte, ich könnte es ändern. Habe ich mich jetzt mit der Liste strafbar gemacht?«

»Wenn Sie sie tatsächlich verkauft hätten, bestünde diese Gefahr«, sagte Lisa. »Wir stecken die Liste besser ein.«

»Ja?«

»Da ist sie besser aufgehoben, denke ich. Und führt Sie nicht in Versuchung. Ihre Falschaussagen belasten auch schon jetzt Ihr Konto.« Lisa schnappte sich den Zettel. »Noch etwas anderes: Wussten Sie, wer damals den Fehler mit dem Ingwer herausgefunden hat?«

»Natürlich. Das war Viktor.«

Lisa setzte nach: »Wussten Sie auch, dass Herr Klaas von Braun und Ruhmann angewiesen worden war, besonders auf Ingwer zu achten?«

»Ja, sicher. Viktor sagte es mir. Ich machte mir keine Gedanken darüber. Ich wusste ja, ich hatte meine Arbeit mit größter Sorgfalt erledigt. Deshalb traf mich der Schock umso heftiger. Im ersten Moment verdächtigte ich Viktor. Der stritt es vehement ab. Genau wie später Karin und Herr Braun. Ich habe sogar Herrn Ruhmann bezichtigt. Das brachte dann das Fass zum Überlaufen. Wahrscheinlich werde ich es niemals herausfinden.« Sandmann atmete kräftig ein und aus. »So, jetzt wissen Sie auch das. Reicht es dann für heute?«

Helmut hob die linke Hand. »Nein, ein paar Fragen noch. Wann kommt Ihr Gatte nach Hause?«

»Wieso?«

»Er muss Ihre Aussage bestätigen, dass Sie vorgestern Abend um 22 Uhr nach Hause gekommen und dortgeblieben sind.«

»Ach so, natürlich. Martin kommt übermorgen Abend. Er besucht einen Kunden in Arnsberg. Er ist Softwareberater und arbeitet für ein Tochterunternehmen von SAP. Er verbringt regelmäßig fünf, sechs Tage bei Kunden, wenn sein Team dort Programme umstellt oder neu installiert.«

»Ich verstehe«, murmelte Helmut. Für ihn würden Programmumstellungen und Software-Updates immer böhmische Dörfer mit Bahnhof bleiben, die sich in spanische Berge verirren. »Dann kommen wir übermorgen wieder.«

»Wie schön!« Sandmanns Gesichtsausdruck passte kein bisschen zu diesem Ausspruch.

»Und?«

Wie üblich rundeten Lisa und Helmut ihre Befragung mit einem Resümee ab, sobald sie hinterher im Auto saßen. Diesmal eröffnete Lisa die Runde.

»Irgendetwas verschweigt sie uns«, antwortete Helmut.

»Verbunden mit der einen oder anderen Lüge«, ergänzte Lisa.

»Hätten wir sie besser doch gestern besucht«, bedauerte Helmut.

»Ein Alibi besitzt sie weiterhin nicht. Denn wie soll Mr. X uns bestätigen, ob Sandmann zwischen neun und halb zehn an der Schlossbrücke war, wenn niemand ihn kennt? Und«, Lisa legte eine bedeutungsvolle Pause ein, »jetzt hat sie uns noch freiwillig ein Motiv genannt: Sie verdächtigt Dr. Ruhmann wegen des Ingwers.«

»Du denkst dir gewiss, was ich davon halte.«

»Sie hätte es uns niemals verraten, wenn sie Ruhmann tatsächlich getötet hätte?«

»Genau.«

»Und du weißt, was ich von deiner Annahme halte?«

»Sie will uns bewusst verwirren und ablenken?«

»Genau.«

37

»Alles in Ordnung?«

Die männliche Stimme erklang jetzt direkt über Jonas. Er bewegte sich, brachte den Kopf in eine bequemere Position, spähte nach oben. Der Fremde bückte sich, gab sich ganz fürsorglich. Er trug einen dunkelblauen Anzug und wirkte überhaupt sehr elegant.

»Geht's?«

Der feine Herr versuchte, ihm auf die Beine zu helfen.

»Danke, ich schaffe es schon.« Jonas wollte sich seinen Schock nicht allzu sehr anmerken lassen. Er stand mit wackligen Knien auf und klopfte sich den Staub von der Kleidung. Er schaute in das glattrasierte Gesicht, das sein eigenes um einen Kopf überragte. Wache, graue Augen musterten ihn.

Jonas sah sich um, denn noch war die Nummer nicht zu Ende.

»Hat sich verkrochen.« Der Fremde meinte bestimmt den Hund. »Das haben Sie übrigens vorhin ganz ordentlich hinbekommen. Boris dachte wohl tatsächlich, Sie hätten sich ergeben oder wären tot.«

»Ordnungsgemäß angemeldet ist er ja hoffentlich?«

»Selbstverständlich. Sie müssen auch keine Angst mehr haben.«

Nach dem Hund schaute Jonas sich allerdings nicht um. »Ich suche die Zeitung.«

Sein Gegenüber starrte ihn entgeistert an, ihm war offenbar der Beginn der Aufführung entgangen. Jonas setzte ihn ins Bild, erzählte die Geschichte von der Zeitung und dem Wind.

»Ach so.« Der Fremde sah sich auf dem Hof um. »Da liegt Ihre Zeitung!« Er zeigte mit dem Finger in die entsprechende Richtung.

»Aha!« Auch Jonas sah die Zeitung. Ganz am anderen Ende des Hofes lag sie. So ein kräftiger Wind, das war ihm gar nicht aufgefallen bis dahin. »Meinen Sie, ich kann sie holen, ohne dass Boris gleich wieder über mich herfällt?«

»Ich komme mit.«

Unterwegs ließen sich die beiden in eine kleine Plauderei fallen, zunächst über Boris, der wohl regelmäßig Kunden vom Hof jagte.

»Solange ich nicht ›fass‹ oder ›schnapp‹ rufe, passiert nichts«, beruhigte der Fremde.

»Und was geschieht, wenn Sie das rufen?«

»Dann passiert etwas. Bei ›schnapp‹ springt Boris demjenigen, dem er folgt, an die Klamotten. Bei ›fass‹ springt er ihm an die Kehle. Das bedeutet zugleich ›Exitus‹.«

»Oh Gott.«

»Natürlich nur bei Tieren wie Kaninchen oder so.«

»Bei Menschen also nicht?«

»Da würde ich niemals ›fass‹ rufen.«

Sie erreichten die Zeitung und sprachen nun über die seltsame Angewohnheit, beim Spazieren zu lesen.

»Das mache ich immer so, wenn ich noch rasch einen Artikel zu Ende lesen muss«, erklärte Jonas wahrheitsgemäß. Dann kam er endlich auf den Anlass des Besuches zu sprechen und zeigte seinen Dienstausweis vor. »Sind Sie Roger Degen?«

Nachdem der Fremde dies bejaht hatte und die beiden fünf Minuten später bei einer Tasse Kaffee in

Degens Büro saßen, erzählte Jonas vom manipulierten Hexenschluck.

»Zwei Flaschen von mir? Das steht fest, sagen Sie?«

»Wir verlassen uns da auf die Aussagen der Getränke-händler. Die beziehen aber wirklich bei Ihnen?«

»Ja. Beiden liefere ich übrigens weitaus mehr als eine Flasche Hexenschluck – Woche für Woche.«

»Das glaube ich gern. Genau das macht es so knifflig. Es sind weltweit zig Millionen Hexenschluckflaschen unterwegs. Nur sieben davon, Stand jetzt, sind manipu-liert. Wir wissen nicht, wann, wo, von wem, geschweige denn, warum.«

Roger Degen schüttelte den Kopf und wirkte dabei auf Jonas wie jemand, der kurz davor war, laut zu lachen. »Und wie sieht es bei den anderen fünf Flaschen aus?«

»Zwei stammen aus Supermärkten, drei aus Getränkemarkten. Dorthin waren sie entweder direkt vom Werk gekommen, aus einem Vertriebsbüro der Wolfenbütteler Destillerie oder in einem Fall möglicher-weise aus der Metro.«

»Die meisten meiner Flaschen kommen auch direkt aus dem Werk«, erklärte Degen. »Hier verfüge ich nur über kleine Lagerflächen. Nur eine Reserve sozusagen, falls es mal von jetzt auf gleich geht. Spontane Bestel-lung am Freitagabend oder so. Das beträfe dann eher die Gastronomie und nicht den Einzelhandel.«

»Gastronomiebetriebe beliefern Sie auch?«

»Das macht sogar den Großteil meiner Kunden aus.«

»Lohnt sich das denn?« Degens Büro ließ darauf keinerlei Rückschlüsse zu. Es war spärlich möbliert; weder bei Schreibtisch noch bei Sitzecke ließ sich vermuten, ob es sich um teure Anschaffungen handelte. Wobei Jonas ohnehin der Blick für den Wert von Möbeln oder Kunstgegenständen abging. Degens Kleidung schätzte Jonas gleichwohl als hochwertig ein. Nichts von der sprichwörtlichen Stange.

»Exorbitant verdient ein Handelsvertreter natürlich nicht. Ich komme jedoch einigermaßen über die Runden.«

»Allein mit Hexenschluck?«

»Selbstverständlich nicht. Mit einem einzigen Produkt käme ich nicht weit. Ich vertrete zahlreiche Spirituosenhersteller, sogar international. Zurzeit verkaufen sich Gin und Rum am besten.«

Auch Jonas schmeckte ein gepflegter Gin Tonic besser als ein Kräuterlikör. »Haben Sie denn irgendeine Idee, wie die Manipulationen ablaufen, Herr Degen?«

»Ehrlich gesagt: Nein. Ich schließe nur aus, dass es bei der Herstellung geschieht. Dagegen sprechen sowohl die verschwindend geringe Menge an verunreinigten Flaschen als auch der enorme Aufwand, den das Unternehmen in die Qualitätskontrolle investiert. Ich selbst habe diese beiden Flaschen natürlich auch nicht manipuliert. Da schneide ich mir doch ins eigene Fleisch. Gleiches gilt selbstverständlich für die Kollegen in den Vertriebsbüros. Und es gilt auch für die Getränkemärkte und für die Supermärkte. Da bringt doch niemand freiwillig eine sprudelnde Einnahmequelle zum Versiegen.«

»Und dennoch geschieht es«, gab Jonas zu bedenken.

Degen hob die Schultern. »Sorry, ich bin da echt überfragt.« Der Handelsvertreter schielte auffällig genug auf seine Armbanduhr. »Ich habe gleich einen Termin.«

Jonas stand auf. »Wenn Ihnen noch irgendetwas einfällt.«

»Melde ich mich. Wie war doch gleich Ihr Name?«

Jonas drückte seinem Gesprächspartner eine Karte in die Hand.

Degen runzelte kurz die Stirn. »Ich bringe Sie wohl besser ans Tor, Herr Sager.«

Dieser Vorschlag zahlte sich aus, denn Boris kauerte direkt neben der Tür zu Degens Büro. Er schnaufte zweimal, als die beiden Männer an ihm vorbeigingen. Verächtlich, so kam es Jonas jedenfalls vor.

»Ach so«, begann Jonas. Die beiden standen bereits jenseits des Hoftores. »Kannten Sie Lutz Ruhmann?«

»Wie bitte?« Degen schien der abrupte Themenwechsel zu irritieren.

»Ob Sie Lutz Ruhmann kannten? Den Herstellungsleiter der Wolfenbütteler Destillerie AG?«

»Nicht persönlich. Nur dem Namen nach. Wieso sprechen Sie in der Vergangenheitsform von ihm?«

»Ruhmann wurde vorletzte Nacht in seinem Büro umgebracht.«

»Was?« Degen wirkte bestürzt. »Das ist ja furchtbar. Im Büro? Meinen Sie, da besteht ein Zusammenhang mit den Vergiftungen?«

»Auch das versuchen wir herauszufinden und hoffen dabei auf Hilfe. Sie haben ja meine Karte.«

»Ich melde mich bei Ihnen, wenn mir was einfällt.«

38

Natürlich waren die beiden Polizisten nicht blöd, sie würden sich nicht mit ihrer Aussage zufriedengeben. Corinna versuchte, mit ihrer halbwahren Geschichte vor allem Zeit zu gewinnen, auch mit der Lüge, Martin käme erst übermorgen Abend wieder nach Hause. In Wahrheit wäre er schon morgen Mittag zurück in Wolfenbüttel. Die Arbeit in Arnsberg verlief wesentlich besser als befürchtet. Endlich mal Kunden, die nicht beratungsresistent waren, sondern auf Martin hörten. Vor allem ihn nicht wieder in Versuchung führten …

Zeit also. Corinna brauchte Zeit zum Nachdenken.

Sie fing damit an, während sie den Salat wusch. Heute blieb die Küche tatsächlich kalt. Vor allem aß nur sie etwas. Martin war in Arnsberg. Cheyenne verbrachte den Nachmittag im offenen Ganztag inklusive Töpfer-AG. Und Dean fuhr von der Schule aus mit zu einem Freund. Zu einem, mit dem er schon seit der ersten Klasse befreundet war. Noch so eine Lüge, die sie den beiden Polizisten aufgetischt hatte.

Doch über all das wollte Corinna nicht nachdenken, sondern über das Cumarin. Und über den Ingwer damals. Und über den Tod von Dr. Ruhmann. Und über den Kerl, der hinter ihrem Geheimnis her war.

Vor allem darüber, ob all das eventuell zusammenhing. Und wenn ja, wie? Und darüber, wie sie sich elegant aus der Affäre ziehen und diese sogar nutzen könnte, um sich zu rehabilitieren.

Das funktionierte leider nur auf einem Weg: sich mit dem Kerl zu treffen. Natürlich kannte sie ihn und wusste, wo er zu finden war.

Zunächst jedoch galt es, sich vorzubereiten, sich abzusichern sozusagen. Das dauerte garantiert ein paar Stunden. Dadurch wäre es heute eventuell zu spät für einen Besuch. Doch gleich morgen früh würde sie diesen Kerl zur Rede stellen.

39

Ein komischer Kauz, dieser Handelsvertreter, schoss es Jonas durch den Kopf. Er fuhr von Vienenburg zurück nach Wolfenbüttel. Und dieser fürchterliche Hund, der auf Kommando Kaninchen und welchen Tieren auch immer an die Gurgel sprang und sofort tödlich zubiss. Ein Killer!

Wobei: Was war schlimmer: Ein Hund, der auf solche Kommandos ansprang? Oder der Mensch, der sie rief? Die Antwort ergab sich automatisch.

In Wolfenbüttel steuerte Jonas zunächst den Happy Imbiss an der B 79 an. Er bestellte ein halbes Hähnchen mit Salat, das er direkt im Lokal verschlang.

Nach dem Essen schrieb er Lisa eine WhatsApp und erkundigte sich, was sie und Helmut gerade unternahmen. Die Antwort folgte prompt, noch bevor Jonas im Auto saß: »Wir sind noch länger unterwegs, wahrscheinlich bis zum Feierabend. Helmut bittet dich, noch einmal alle am Fall Beteiligten in der Datenbank genauer zu checken. Morgen früh dann Besprechung.«

Jonas jubelte. Den restlichen Tag allein in der Dienststelle zu verbringen und Datenbanken auszuquetschen, bereitete ihm echte Freude. Auch wenn das auf den ersten Blick verrückt klingen mochte, da Jonas die Action so sehr liebte, vor allem den Sport, früher Parcours, heutzutage Triathlon oder Ultraläufe über hundert Kilometer. Wahrscheinlich gerade deswegen sehnte Jonas sich zwischendurch nach ruhigen Momenten.

Zehn Minuten später saß er vor dem Rechner und konsultierte die erkennungsdienstlichen Datenbanken von LKA, BKA und Interpol. Bislang hatte er nur die

in den Fall involvierten festen Mitarbeiter der Wolfenbütteler Destillerie bei LKA und BKA überprüft und
einen Blick in die finanzielle Situation der Familie Ruhmann geworfen. Jetzt weitete er den Kreis sowohl der
Beteiligten als auch der Datenbanken aus. Er überprüfte
zunächst die sieben Studenten, die in der Wolfenbütteler
Stobenstraße gemeinsam getrunken und sich zuerst vergiftet hatten, und danach die weiteren Opfer. Keines
von ihnen tauchte in einer der Datenbanken auf. Gleiches galt für Dr. Yildiz Hansen, Dr. Arno Kröger und
Dr. Lutz Ruhmann. Aus einer unerklärlichen Laune
heraus überprüfte Jonas die drei Promovierten direkt
nacheinander. Es folgten alle weiteren beteiligten
Angestellten der Destillerie AG, die laut den Datenbanken ebenfalls sauber waren.

Doch nur eine Minute später erzielte Jonas den ersten
Treffer. Beim Handelsvertreter Roger Degen schlugen
die Datenbanken von LKA und BKA praktisch zeitgleich Alarm. Jonas überflog die Angaben und schnalzte
mit der Zunge: Vergewaltigungsvorwürfe in Braunschweig, Goslar und Wernigerode sowie eine schwere
Körperverletzung in Kiel. Das würde Jonas sich nachher
in Ruhe ansehen.

Zunächst durchleuchtete er eher routinemäßig auch
die jeweiligen Partnerinnen und Partner der Beteiligten.
Und siehe da, Jonas landete zwei Volltreffer. Zwar keine
dramatischen Verbrechen, aber Lisa und Helmut würde
er morgen früh damit durchaus verblüffen.

Jonas druckte die Unterlagen zu allen drei Personen
aus und schrieb zusätzlich die wichtigsten Stichworte in
eine Worddatei. Als er die Akte zu Roger Degens
Körperverletzung in Kiel studierte, erlebte er die

nächste Überraschung. Und was für eine! Jonas
schnappte sich sein iPhone, um Helmuts Kontaktdaten
aufzurufen. Dann zögerte er. Musste er tatsächlich den
Chef damit behelligen? Unsinn, Helmut ließ seinen Mitarbeitern in solch eindeutigen Fällen stets freie Hand.
Also wählte Jonas stattdessen die Mobilnummer von
Hans-Werner Schlüter.

40

»Ach, Marianne! Gut, dass du das nicht mehr erlebst. Sie entlassen mich vorzeitig. Werfen mich raus. Weil ich Renate laufengelassen habe, miserabel schieße und Twitter nicht beherrsche. Unter anderem.«

Helmut stand an diesem wolkenverhangenen Nachmittag am Grab seiner Ehefrau und betrachtete zum bestimmt tausendsten Mal den Grabstein:

»Marianne Jordan, geb. Schuster, 29. September 1957 – 5. Mai 2007«.

Marianne war bei strahlendem Sonnenschein beerdigt worden …

Es war sogar vollkommen windstill an diesem 10. Mai 2005. Einzig das Gezwitscher zweier Rotkehlchen begleitete die einfühlsamen Worte des Pfarrers. Fünf Tage nach Mariannes Tod. Neun Tage, nachdem Helmut sie mit zunächst unerklärlichen Kopfschmerzen ins Krankenhaus gebracht hatte. Neunundvierzig Jahre, sieben Monate und sechs Tage, nachdem sie geboren worden war – und in dieser Zeit niemals ernsthaft erkrankt war. Dann setzte ein Aneurysma mit anschließender Gehirnblutung ihrem Leben ein jähes Ende.

Bereits auf der Beerdigung beschloss Helmut, Marianne auf immer und ewig treu zu bleiben.

Er hielt sehr lange an diesem Versprechen fest, neun Jahre lang. Bis zu jenem Freitagabend im Spätsommer 2014. Dann jedoch stand die Fließbandarbeiterin und Teilzeitköchin Jutta Langner tränenüberströmt vor der Tür und erzählte ihm von ihrer Ehekrise – und überhaupt, wie schrecklich alles war. Helmut nahm Jutta daraufhin in den Arm und tröstete sie. Und dachte dabei an Marianne. Er dachte auch an sie, als Jutta ihm den ersten zärtlichen Kuss auf die Lippen hauchte. Ein paar Minuten später vergaß er vorübergehend, an seine verstorbene Ehefrau zu denken.

Gleich am darauffolgenden Tag pilgerte er zu Mariannes Grab um zu beichten. Doch irgendwie spürte er, dass Marianne diese Beichte gar nicht wünschte, dass sie vielmehr ohnehin längst Bescheid wusste und es guthieß. Beinahe hörte er sie sagen: »Neun Jahre reichen wirklich, Helmut. Es waren schon neun zu viel, ehrlich gesagt. Du musst wieder leben, mein Schatz, und lieben. Jutta ist genau die Richtige für dich. Bitte, werdet glücklich miteinander!«

Natürlich war hier der Wunsch Vater des Gedankens. Gleichwohl nahm Helmut ihn für bare Münze und berichtete fortan bei jedem Friedhofsbesuch, mindestens dreimal pro Woche, Marianne ganz offen vom Leben mit seiner neuen Freundin. Einige Male begleitete Jutta ihn sogar.

Und dennoch war es heute anders, standen Tränen in Helmuts Augen, als er sich wieder an Marianne wandte.

»Ich weiß auch gar nicht, wie es weitergeht, wenn ich nicht mehr Polizist sein darf. Was soll ich denn dann machen? Ich kann doch nichts anderes mehr. Vielleicht brauchen sie mich anderswo? Ich will natürlich nicht weg. Hier bist du. Hier wohnen meine Freunde. Ich weiß auch nicht, wo …«

In diesem Moment riss an einer Stelle am Himmel die Wolkendecke auf und ein einzelner Sonnenstrahl fand seinen Weg zum Winnigstedter Friedhof. Wie von Geisterhand bewegt, landete er auf Mariannes Grabstein und verharrte auf ihrem Geburtsdatum, dem 29. September. Michaelis oder Michaeli, wie die Katholiken früher sagten, da dieser Tag dem Erzengel Michael gewidmet war.

Natürlich war Helmut nicht abergläubisch, im Gegenteil: Er war so rational, wie es nur ging, fand er.

Ach ja? Und hatte deswegen neun Jahre lang Marianne zu Ehren wie ein Asket gelebt? Und sehnte deshalb zurzeit jede gemeinsame Minute mit Jutta herbei? Und weinte nun an Mariannes Grab? Und heulte, wenn er bloß an Lisas bevorstehenden Umzug nach Bochum dachte?

War er doch nicht so rational, wie er vorgab? Sondern auch ein wenig emotional? Vielleicht glaubte er auch ganz gern an Zeichen? Zum Beispiel an diesen Sonnenstrahl, der auf den Grabstein fiel und den Helmut kurzerhand als Mariannes Boten interpretierte.

»Wenn sie dich hier nicht mehr benötigen, mein Schatz, dann gehst du halt dorthin, wo sie dich brauchen.«

Hörte er tatsächlich diese Botschaft heraus?

»Und dein Grab, Marianne? Wer kümmert sich um dein Grab, wenn ich nicht mehr in Winnigstedt wohne? Natürlich besuche ich dich trotzdem regelmäßig. Aber wer pflegt in der Zwischenzeit dein Grab? Es soll doch schön aussehen. So schön, wie du es bist.«

In diesem magischen Moment geschahen zwei Dinge gleichzeitig. Die Wolkendecke schloss sich wieder und das Friedhofstor knarrte. Helmut drehte sich um und sah, wie Gabi Schröder, die Gemahlin seines besten Freundes Atze, den Friedhof betrat.

Wie üblich würde Gabi die Blumen auf dem Grab ihrer Eltern gießen und Unkraut zupfen und all das verrichten, was zu verrichten war, um ein Grab zu pflegen. All das erledigte Gabi auch am Grab von Atzes Eltern. Am Grab von ihren Großeltern. Am Grab von Atzes Großeltern. Und am Grab der Schwiegereltern ihrer Schwester.

Da kommt es doch auf ein zusätzliches Grab nicht an, überlegte Helmut, verabschiedete sich vorübergehend von Marianne und eilte auf Gabi zu.

Als Helmut später nach Hause spazierte, fiel ihm noch etwas ein. Den 29. September nannte man zwar früher Michaelis oder Michaeli, aber im Grunde genommen ehrte man an diesem Tag gleich drei Erzengel: neben Michael auch Gabriel und Raphael.

Ein Tag, drei Engel.

Ähnlich wie sich kurz zuvor der einsame Sonnenstrahl auf den Friedhof verirrt hatte, irrte nun ein Gedanke durch Helmuts Kopf. Sehr flink und nicht zu greifen. Gleichwohl hinterließ er Spuren. Oder eher vage Ideen von Spuren. Dennoch fühlte Helmut es deutlich: Er musste diesen kaum sichtbaren Spuren folgen, um seinen mutmaßlich letzten Fall vollständig zu lösen.

41

»Leute, lasst uns mal alles zusammentragen, was uns bisher vorliegt.«

Mit diesen traditionellen Worten bat Helmut Lisa und Jonas am folgenden Morgen in den Konferenzraum.

Noch vor der Besprechung erzählte Jonas ihnen von einer seltsamen und gefährlichen Begegnung mit einem Rottweiler namens Boris. Jonas schmückte die Geschichte wortreich aus und schaffte es einmal mehr, zugleich wie ein Trottel und ein Held dazustehen. Vor allem jedoch hob er die Stimmung, bevor sie sich den ernsten Themen widmeten.

Zunächst fasste Helmut alle vorliegenden Fakten zum Mordfall, zu den Vergiftungen inklusive Erpressung und zur versuchten Bestechung von Corinna Sandmann zusammen. Dabei ergab sich für niemanden etwas Neues.

»Fest steht: Irgendjemand hat es auf den Hexenschluckhersteller abgesehen, auf das Aushängeschild unserer Stadt«, resümierte Helmut. »Wahrscheinlich geht es bei all dem um das geheime Rezept von Hexenschluck. Unser Täter scheut vor nichts zurück, um an die Formel zu kommen. Bestechung, Erpressung und sogar Mord. Wie seht ihr das?« Bewusst schob Helmut vorerst die Gedanken beiseite, die ihn seit dem Besuch auf dem Friedhof begleiteten. Sie waren sowieso noch zu nebulös.

»Ich denke, Punkt eins ist unstrittig«, begann Jonas. »Es richtet sich eindeutig gegen die Wolfenbütteler Destillerie AG. Ob es tatsächlich um das Rezept geht, bezweifle ich. Es kann genauso gut ein Konkurrent dahinterstecken, der in erster Linie den Ruf des Unternehmens schädigen will. Deshalb bringt er die vergifteten Flaschen unters Volk und tötet Ruhmann, um eine Schlüsselfigur der Firma auszuschalten.«

Lisa schüttelte den Kopf. »Der Tod von Lutz Ruhmann war nicht geplant. Das war ein unglücklicher Unfall, der sich bei einem Einbruchsversuch ergab. Und der Einbruch galt garantiert irgendwelchen Geheimdokumenten, die der Einbrecher fälschlicherweise in Ruhmanns Büro vermutete. Die versuchte Bestechung von Corinna Sandmann zielt in die gleiche Richtung. Es würde mich nicht wundern, wenn das auch auf die Geschichte mit dem Gift zutrifft. Wir erfahren es spätestens, wenn die Erpresser auf den Instagrampost der Destillerie reagieren. Vielleicht schnappen wir sie dann direkt mithilfe unserer App? Ich stimme also Helmut zu.«

»Danke Lisa«, sagte Helmut. »Dennoch behalten wir beide Theorien im Auge. Doch jetzt zu dem, was noch nicht alle wissen. Da wären zunächst die Ergebnisse der zweiten Analyse der beiden manipulierten Hexenschluckflaschen, die wir sichergestellt haben. Diese Ergebnisse bestätigen die erste Analyse. Leider keine Breaking News. Der Cumarin-Wert ist leicht erhöht, aber nicht lebensgefährlich. Mehr als die diagnostizierten Symptome wie Übelkeit, Schwindel oder Kopfweh verursacht diese Dosis nicht. Blöd, dass die Flaschen aus Robin Fiedlers Wohnung verschwunden sind. Die hätten uns angesichts der wesentlich schlimmeren Folgen möglicherweise andere Ergebnisse geliefert. So müssen wir uns mit der Theorie von Dr. Hansen begnügen, Fiedler hätte ganz einfach eine erheblich größere Menge Hexenschluck getrunken. Apropos Dr. Hansen: Lisa, was hast du zu ergänzen?«

Lisa konsultierte die Papiere, die vor ihr lagen. »Genau, Dr. Hansen scheint eine gute Ärztin zu sein. Die Autopsie der Leiche von Robin Fiedler bestätigt ihre Mutmaßung: Die hohe Dosis Cumarin verursachte bei Fiedler ein Leberversagen und, das dürfte neu sein, führte zusätzlich zum Atemstillstand. Mehr gibt es dazu nicht zu sagen. Außer natürlich, dass Fiedler sehr risikoreich gelebt hat. Er hätte besser komplett auf Alkohol verzichtet. Okay. Dann sollte ich mich noch um das Erpresserschreiben an die Wolfenbütteler Destillerie kümmern, das wir gestern zur KTU gebracht haben, inklusive Umschlag. Hans-Werner hat buchstäblich Tag und Nacht gewirbelt und die Dokumente auf Herz und Nieren geprüft. Das brachte leider nichts Zählbares. DNA-Spuren fand Hans-Werner zwar, was bei einem öffentlich zugestellten Schreiben, das der Empfänger zudem berührte, keine Überraschung darstellt, aber diese Spuren führen ins Leere. Was natürlich bedeuten könnte, dass die Erpresser kriminalistisch betrachtet bislang vollkommen unbeschriebene Blätter sind.«

»Jeder fängt mal klein an«, sagte Helmut. »Danke Lisa. Jetzt zu dir, Jonas, und zu deiner ehrenvollen Aufgabe, alle Beteiligten zu durchleuchten.«

Jonas räusperte sich. »Ich schätze, ich kann unsere Runde mit einer Überraschung bereichern. Ich biete euch nicht weniger als drei beschriebene Blätter, um mal Lisas Metapher aufzunehmen. Ich wiederhole: drei.«

»Okay, Jonas, wir sind echt überrascht.« Lisa zwinkerte ihrem Kollegen zu. »Lass bitte die Katzen aus dem Sack!«

»Eine Katze und zwei Kater«, korrigierte Jonas. »Ich fange mal mit der Katze an. Gesa Ruhmann wurde 2010 bei einem Diebstahl erwischt. In einem dieser Babymärkte. Sie wollte ein Babyfon mitgehen lassen. Völliger Irrsinn. So ein Teil kostet keine hundert Euro, und das Ehepaar verdient weiß Gott genug. Auch damals. Lutz Ruhmann war da schon bei der Wolfenbütteler Destillerie und sie arbeitete als Grafikerin in einer Agentur. Das hätten die sich locker leisten können. Es war wohl eher eine psychologische Sache und hatte unter Umständen damit zu tun, dass sie und ihr Gatte keine Kinder bekommen können. So jedenfalls steht es in dem Gutachten des Psychologen, der damals zurate gezogen wurde. Jedenfalls verdonnert das Gericht Gesa Ruhmann zu Sozialstunden. Die hat sie brav abgeleistet.«

»Eine traurige Geschichte«, sagte Lisa. »Hoffentlich ende ich nicht so.«

Helmut fielen die Schlaftabletten ein, die Gesa Ruhmann kürzlich erwähnt hatte. Vielleicht existierte ein Zusammenhang mit der ungewollten Kinderlosigkeit?

»War das ein Einblick in deine Familienplanung?«, fragte Jonas, ehe Helmut seine Mutmaßung in Worte fassen konnte.

»Wer weiß?«

»Sehr aufschlussreich, Lisa«, bedankte sich Jonas artig. »Ich frage mich allerdings, ob dieser Diebstahl in einem Zusammenhang mit dem Mord an ihrem Gatten steht. Wohl kaum. Ich hatte mich ja schon mit möglichen Motiven von Frau Ruhmann beschäftigt und bislang nichts gefunden.«

»Rein von der Statur her kommt sie als Täterin ohnehin nicht infrage«, erinnerte Lisa. »Laut Dr. Rösner war der Täter mindestens so groß wie Ruhmann und kräftig. Davon ist seine Gattin meilenweit entfernt.«

»Stimmt Lisa«, räumte Helmut ein. »Sie könnte natürlich einen Komplizen haben, aber diese Mutmaßungen führen jetzt zu nichts. Wir hören uns besser zunächst an, was Jonas sonst noch zu sagen hat.«

»Danke, Helmut. Ich fahre direkt mit den Katern fort. Nummer eins heißt Martin Sandmann, also der Kerl, den wir alle bislang noch nicht persönlich kennengelernt haben, weil er ständig dienstlich durch Deutschland tourt. Einer dieser zahllosen Softwareberater, die irgendwie alle mit SAP zu schaffen haben. Früher war Sandmann allerdings bei einer anderen Software-Firma tätig. Leider nahm er es dort nicht immer so genau mit den Zahlen, die er gern mal optimierte. Bis sie ihn dabei ertappten. Da ein Schaden entstanden war, immerhin fünfstellig, zerrte man ihn 2008 vor den Kadi, ließ ihn dort freilich mit einer Bewährungsstrafe davonkommen. Weiß der Henker, warum. Wenn unsereiner das Finanzamt um drei Euro fünfzig betuppt, landet er direkt im Bau. Na ja, Sandmann erhielt außerdem eine zweite Chance und nutzt diese bislang. Keine weiteren Vorfälle seitdem.«

»Weißt du, was er damals manipuliert hat?«, fragte Helmut.

»Ja. Das führt uns aber in die tiefsten Tiefen der elektronischen Datenverarbeitung, wo wir uns alle hoffnungslos verirren. Darum nur ganz grob: Sandmann hat die Verläufe von Software-Updates bei verschiedenen Kunden frisiert, zugunsten seiner Firma. Er hat sich niemals finanziell bereichert, sondern nur seine Fähigkeiten und die Erfolge als Projektleiter in ein besseres Licht gerückt. Im besagten Fall ging dadurch der Kunde fälschlicherweise davon aus, die neue Software sei bereits vollständig installiert. Der Kunde ließ prompt darüber die Produktion fahren – und produzierte Ausschuss im Wert von knapp fünfundzwanzigtausend Euro.«

Lisa schüttelte den Kopf. »Sachen gibt es! Nun mutiert allerdings ein Betrüger oder Hochstapler, oder wie auch immer wir Martin Sandmann bezeichnen, nicht automatisch zum Mörder. Wobei wir in diesem Fall rasch ein Motiv fänden: Sandmann rächt seine Ehefrau, die von der Wolfenbütteler Destillerie entlassen wurde, nicht zuletzt auf das Betreiben von Lutz Ruhmann. Ein wasserdichtes Alibi besitzt Sandmann ebenso wenig. Laut Aussage seiner Gemahlin hütete er am Abend des Verbrechens die Kinder. Sobald diese schlafen, kann er sich durchaus aus dem Haus schleichen und zuschlagen. Von der Zeit her passt es.«

»Und woher weiß er, dass Ruhmann an diesem Abend ins Büro fährt?«, gab Helmut zu bedenken.

»Hm, warte mal«, überlegte Lisa. »Vielleicht sucht Sandmann ausgerechnet an diesem Abend in Ruhmanns Büro nach Akten, die seine Gattin entlasten. Dann taucht Lutz Ruhmann auf – und rumms!«

Helmut überzeugte diese Theorie nicht. »Mir klingt das zu sehr konstruiert. Lass uns das mal zurückstellen. Einen hast du noch, Jonas, oder?«

»Ich habe mir natürlich das Beste für den Schluss aufgehoben. Nicht zuletzt aufgrund des Vorfalls mit dem Rottweiler Boris hätte ich mir diesen Roger Degen ohnehin etwas genauer angeschaut. Wer sich so eine Bestie hält! Na ja, egal. Ich fange mal mit meiner Liste an, denn Degen ist wirklich kein unbeschriebenes Blatt. Allein dreimal klagte man ihn wegen Vergewaltigung an. Drei Klägerinnen aus drei verschiedenen Städten. Dreimal wand sich Degen irgendwie heraus. Ich erspare euch die Einzelheiten. Wie ihr euch vorstellen könnt, benutzt Degen jedes Mal diese erbärmliche Floskel mit dem ›einvernehmlichen Geschlechtsverkehr‹ und brüskiert damit die jeweilige Klägerin.«

»Arschloch!«

»Danke, Lisa, du pickst mir die Worte aus dem Mund. Diese drei Fälle liegen erst zwei, vier beziehungsweise fünf Jahre zurück. Doch Degen geriet bereits als Student ins Visier von Polizei und Justiz. Er wurde in Kiel wegen des Verdachts auf schwere Körperverletzung erkennungsdienstlich behandelt und saß ein paar Tage in U-Haft. Doch auch diese Sache verlief letztendlich im Sand.«

»Was genau ist da passiert?«, fragte Lisa.

»Degen gehörte einer dieser Burschenschaften an und griff mit einem Schlägertrupp linke Studenten an. Oder umgekehrt. Die Linken waren die Angreifer und die Burschenschaftler verteidigten sich bloß. So sah es schätzungsweise der Richter.«

»In Kiel hat doch auch Julius Braun studiert«, überlegte Helmut laut. »Wann war denn Degen dort und was hat er studiert?«

Jonas blätterte in seinen Unterlagen. »Erst Ernährungswissenschaft von 1997 bis 1999, ohne Abschluss, dann fünf Jahre Volkswirtschaftslehre mit Diplom.«

»Auch Julius Braun studierte Ernährungswissenschaft. Ich schätze, die beiden sind etwa gleichalt«, ergänzte Lisa.

»Ich habe eine Idee.« Helmut holte das Smartphone aus der Tasche und öffnete Facebook. Dann tippte er Brauns Namen in das Suchfeld. Und siehe da, unter den diversen Julius Brauns tauchte auch der Destillateur auf. Selbst für Nichtfreunde lag der Account offen da wie ein aufgeschlagenes Buch. Wenngleich Julius Braun nur selten postete, stellte er immerhin seinen Lebenslauf akribisch dar. Tatsächlich hatte er ab Oktober 1997 Ernährungswissenschaft in Kiel studiert. Als Nächstes checkte Helmut Brauns Freunde und fand dort rasch Roger Degen. Dessen Facebook-Account durften leider nur Freunde näher einsehen, und eine Freundschaftsanfrage schickte Helmut ihm natürlich nicht.

»Und was bedeutet das jetzt? Abgesehen davon, dass du in Windeseile Facebook gelernt hast«, fragte Lisa augenzwinkernd.

Helmut hätte ihr fast die Zunge gezeigt, riss sich im letzten Moment zusammen. »Das muss gar nichts heißen. Ich möchte euch aber daran erinnern, dass wir Braun schon länger als jemanden betrachten, der sowohl von der Entlassung Corinna Sandmanns als auch vom Tod Lutz Ruhmanns entscheidend profitiert. Und nun kommt hinzu, dass er mit jemandem befreundet ist, der ebenfalls aus dem Umfeld der Wolfenbütteler Destillerie stammt und bereits durch Gewalttaten auffiel. Und von dem wir Fingerabdrücke besitzen. Es schadet meiner Meinung nach nicht, wenn Hans-Werner in Kiel die Unterlagen zu Degen anfordert und beim Material vom Wolfenbütteler Tatort gezielt nach dessen Fingerabdrücken sucht. Ich habe jedoch keine Erfahrung, was die Zusammenarbeit mit den Kollegen in Schleswig-Holstein angeht. Hoffentlich spielen die mit.«

»Und wenn Degen bei seinem Einbruch Handschuhe trug?«, wandte Lisa ein.

»Das wäre dann eben Pech. Wir versuchen es auf jeden Fall.«

Jonas räusperte sich. »Ich hätte da übrigens noch was für euch. Der Hauptgrund, warum Degen am Ende unbescholten aus der Angelegenheit in Kiel hervorging, war eine entlastende Zeugenaussage. Ratet mal, wie der Zeuge hieß?«

»Julius Braun«, rief Lisa.

»Dann zählt ja meine Recherche auf Facebook gar nichts mehr«, stöhnte Helmut.

»Doch«, beruhigte Jonas, »denn so wissen wir: Degen und Braun sind noch immer befreundet und waren es nicht nur vor fünfzehn Jahren. Und noch was: In Schleswig-Holstein gibt man sich sehr kooperativ. Ich habe mir gestern, nach Rücksprache mit der KTU, erlaubt, dort anzurufen, um keine Zeit zu vergeuden. Hans-Werner liegen die Abdrücke von Roger Degen längst vor. Der Abgleich läuft. Ich erwarte jeden Moment die Ergebnisse.«

42

Roger ließ weiterhin nichts von sich hören, äußerte sich noch nicht einmal zum Foto der mexikanischen Pflanze, die immerhin eines der Rätsel um das Geheimrezept löste.

Das war verdächtig, fand Julius, der nach einer sehr unruhigen Nacht am Frühstückstisch saß und lustlos in der Müslischale rührte.

Er hatte bislang nicht herausgefunden, wie diese seltsame Pflanze hieß. Allerdings recherchierte er fürs Erste bloß mit halber Kraft und ausschließlich auf eigene Faust in botanischen Büchern und im Internet. Wahrscheinlich müsste er das Foto in irgendwelche Foren posten, wo sich haufenweise verschrobene Pflanzenkundler tummelten. Damit würde er jedoch womöglich unnötig Staub aufwirbeln und indiskrete Nachfragen provozieren. Davor scheute Julius noch zurück – und hoffte auf Rogers Verbindungen. Wenn der sich nur endlich melden würde!

Dieser Roger! Warum bloß hatte Julius sein Schicksal in dessen Hände gelegt? Was, wenn der Idiot tatsächlich Hexenschluckflaschen vergiftet und Lutz umgebracht hatte?

Zwei Straftaten, in denen Julius irgendwie mit drin hing, wenn auch bloß indirekt.

Mitgehangen, mitgefangen.

Wie damals in Kiel. Da konnte er Roger mit etwas Glück raushauen. Das erschien Julius diesmal undenkbar.

Stattdessen verwickelte Roger ihn nun in ein Kapitalverbrechen. Früher oder später würden die Bullen herausfinden, dass Roger und er befreundet waren. Das war kein Geheimnis. Schlimmstenfalls stolperten die Bullen sogar über den Vorfall in Kiel.

Julius' Gedanken rotierten. Er musste mit Roger sprechen. Wenn das telefonisch nicht möglich war, gab es nur einen Weg: nach Vienenburg zu fahren und seinen Kompagnon zu besuchen.

43

Acht Uhr. Die Kinder waren vor fünf Minuten Richtung Schule aufgebrochen. Martin würde nicht vor dem frühen Nachmittag in Wolfenbüttel sein; in Arnsberg gab es am Morgen noch eine abschließende Sitzung, die Martins geplante Abfahrt um knapp zwei Stunden nach hinten verschob. Corinna blieb genügend Zeit für einen Ausflug.

Den gestrigen Nachmittag und Abend hatte sie genutzt, um Unterlagen zu suchen und ein langes Schreiben aufzusetzen.

Darin schilderte sie, wie der Handelsvertreter Roger Degen versuchte, sie zu bestechen. Detailliert beschrieb sie den Abend der geplanten Übergabe des Materials. Wie wütend Degen war, weil sie ihn auf der Brücke stehenließ. Und keine halbe Stunde später wurde Lutz Ruhmann getötet. Eins und eins musste die Polizei dann schon selbst zusammenzählen.

Genau wie beim Cumarin. Dennoch gab Corinna der Polizei diesmal die Lösung vor. Für sie kam hier ebenfalls nur Degen als Täter infrage. Es war ihm bestimmt möglich, ein paar Flaschen aus seinem Lager zu manipulieren und in den Handel zu schmuggeln.

Sie schrieb weiterhin, dass sie mittlerweile allein Julius Braun verdächtigte, sie damals hintergangen zu haben. Er war an jenem Tag der einzige Kollege gewesen, der problemlos an Ingwer herankam. Ruhmann hatte in den entscheidenden Momenten bei einer Besprechung mit dem stellvertretenden Vorstandsvorsitzenden gesessen. All das hatte Corinna anhand ihrer Erinnerungen und älterer Aufzeichnungen rekonstruiert.

So hatte sie knapp vier Seiten gefüllt und diese zusammen mit den Unterlagen in einen Umschlag gesteckt, adressiert an die Kripo Wolfenbüttel. Diesen Umschlag wiederum steckte Corinna in einen größeren Umschlag, den sie an ihren Rechtsanwalt schicken wollte. Inklusive eines kurzen Begleitschreibens, in dem Corinna in dramatischen Worten schilderte, wie der Anwalt, auch unter welchen Umständen, mit dem kleineren Umschlag verfahren sollte. »Wenn Sie bis Mitte kommender Woche nichts von mir hören, leiten Sie bitte diesen Brief an den Adressaten weiter.«

Dann setzte sich Corinna ins Auto, steuerte den nächsten Briefkasten an und fuhr nach Vienenburg.

44

»Volltreffer!« Jonas hob jubelnd die Faust.

»Was?«, fragten Lisa und Helmut im Chor. Sie saßen unverändert im Besprechungsraum, während Jonas nebenan telefonierte.

»Das war Hans-Werner«, erklärte dieser, nachdem er aufgelegt hatte. »Der Abgleich ist schon fertig. Degen hat keine Handschuhe getragen und seine Fingerabdrücke kleben auf der Tatwaffe.«

»Sicher?«.

»Hundertprozentig, Helmut.«

»Das lief glatter als erwartet. Scheinbar ist Degen unser Mann. Jonas, wo du gerade am Telefon stehst. Wir brauchen zwei Einsatzfahrzeuge. Gib ihnen direkt die Adresse in Vienenburg durch. Wir treffen uns dann vor Ort und gehen gemeinsam zu Degen rein.«

Keine fünf Minuten später saßen sie zu dritt im Dienstwagen. Lisa fuhr, Helmut saß neben ihr und Jonas auf der Rückbank. Sie rasten über die A 36 Richtung Süden. Die beiden Einsatzfahrzeuge fuhren nun doch direkt hinter ihnen. Alle drei Wagen waren ohne Blaulicht oder Martinshorn unterwegs.

»Hoffentlich ist Degen überhaupt da«, sagte Jonas.

»Das werden wir gleich feststellen«, antwortete Helmut. »Immerhin hast du ihn gestern um eine ähnliche Uhrzeit angetroffen.«

Kurz darauf verließen sie die Autobahn und fuhren auf der B 241 weiter, quer durch Vienenburg, bis das Navi sie auf die Okerstraße abbiegen ließ.

»Da, hinter der Spedition Hahn geht es nach links«, rief Jonas aufgeregt.

Praktisch im selben Moment kam die entsprechende Anweisung des Navis.

»Da vorn«, rief Jonas. »Das Tor steht offen. Also wird wohl jemand da sein.«

Lisa bog auf den Hof, die beiden Einsatzfahrzeuge im Schlepptau.

»Huch, hier parken ja viele Autos«, wunderte sich Jonas. »Gestern stand nur eins hier, das mit dem Goslarer Kennzeichen. Aber nicht die beiden Autos aus Wolfenbüttel.«

Lisa parkte und stellte den Motor ab. Die drei Beamten sprangen aus dem Fahrzeug.

Dahinter parkten die beiden Einsatzfahrzeuge mit jeweils vier Beamten. Sechs von ihnen verteilten sich auf dem Gelände, zwei blieben bei Helmuts Truppe.

»Ich sehe Boris nirgendwo«, stellte Jonas fest. Dann zeigte er auf das kleinste der drei Gebäude auf dem Hof. »Dort drin ist Degens Büro.«

Sie sprinteten hinüber.

»Herr Degen?« Helmut öffnete die Tür und landete zunächst in einem Vorraum. Die Tür zum Büro war verschlossen. »Herr Degen?« Helmut klopfte an diese Tür. Lisa und Jonas sowie zwei der Bereitschaftspolizisten standen direkt hinter ihm. Außer Helmut hielten alle Pistolen in der Hand. »Herr Degen?« Helmut klopfte erneut. Nachdem er auch diesmal keine Antwort hörte, drückte er die Klinke und die Beamten drangen nacheinander in das Büro ein.

45

»Waffen weg! Alle! Hier auf den Schreibtisch damit. Aber dalli! Und jetzt aufgepasst, Freunde: Ich verlange einen Fluchtwagen und freie Fahrt bis Dänemark. Andernfalls springt Boris diesen Herrschaften hier an die Gurgel.«

Roger Degen saß hinter dem Schreibtisch und sah die Beamten grimmig an.

Auf einem Sofa in der anderen Ecke des Raumes kauerten Corinna Sandmann und Julius Braun. Beide waren gefesselt und geknebelt. Braun blutete zudem aus der Nase.

Direkt vor ihnen wachte der Rottweiler. Er knurrte leise. In den Augen von Sandmann und Braun entdeckte Helmut nackte Panik.

»Ich muss nur ›fass‹ rufen. Das habe ich dem jungen Herrn bereits erklärt.« Degen zeigte auf Jonas, der genau wie alle anderen die zuvor gezückte Waffe auf den Schreibtisch gelegt hatte.

»Sie haben gestern auch behauptet, dass Boris nur Tieren an die Gurgel springt.«

»Das war dann wohl gelogen. Es wäre nicht das erste Mal. Fragen Sie meinen Freund hier, den Julius, der bestätigt Ihnen das. Ich habe sogar ihn hin und wieder belogen. Das war aber kein Grund, bei mir reinzuschneien und blöde Fragen zu stellen. Da gab es halt eins auf die Nase. Zack! Und dann taucht diese Zicke auf. Die hätte zehntausend Euro einstreichen können, um fortan ihr Leben zu genießen. Aber nein! Stattdessen will sich die feine Dame unbedingt rehabilitieren mit ihrem dämlichen Kraut. Aber nicht auf meine Kosten!

Obwohl ihr natürlich Julius die Sache mit dem Ingwer eingebrockt hat.«

»Und warum haben Sie Dr. Ruhmann umgebracht?«, fragte Helmut.

»Das war ein Unfall«, keifte Degen. »Ich habe dem Kerl nur eins über die Rübe gegeben, als er mich im Büro erwischte. Mit dem erstbesten Gegenstand, den ich zu fassen kriegte. Ich konnte ja nicht ahnen, wie gefährlich das Teil ist.«

»Warum das alles?«, fragte Lisa. »Wollten Sie das Rezept von Hexenschluck stehlen?«

»Na klar, was sonst?«, blaffte Degen sie an. »Jetzt ist aber Schluss hier mit der Laberei. Meine Forderung steht. Ich verlange einen vollgetankten Fluchtwagen für mich und natürlich für meine Freunde und für Boris. Wenn alles klappt, lasse ich die beiden hinter der Grenze frei.«

»Und was dann, Herr Degen?«, fragte Helmut, der unauffällig hinüber zu Boris und den Gefangenen schielte. Der Hund lauerte etwa zweieinhalb Meter entfernt und bot sozusagen seine linke Flanke an. Zum Glück saß er nicht zwischen Helmut und den Geiseln, sondern versetzt. »Was wollen Sie in Dänemark machen?«

»Das lass mal meine Sorge sein, Klugscheißer. Glaub nicht, ich hätte keinen Plan.«

»Doch, das glaube ich, Herr Degen. Sie bekommen auch Ihren Fluchtwagen. Dafür sorge ich. Ich telefoniere nur eben mit meinen Vorgesetzten.« Helmut trat einen Schritt zurück und zugleich zur Seite, sodass Jonas nun zwischen Helmut und Degen stand und der Handelsvertreter ihn nicht mehr direkt sehen konnte.

Dadurch erhöhte sich zwar die Distanz zu Boris um ein paar Zentimeter, aber es sollte dennoch funktionieren.

Zum Glück hatte Helmut seine Waffe nicht in der Hand gehalten, als sie ins Büro gestürmt waren. So war sie Degens Aufmerksamkeit entgangen. Er fummelte die Pistole nun mit der rechten Hand aus dem Holster; zeitgleich zog er mit der linken Hand das Smartphone aus der Jackentasche. Während er das Mobiltelefon auffällig ans Ohr führte, schloss sich die rechte Hand heimlich um den Griff der Dienstwaffe. Er entsicherte sie lautlos.

In diesem Moment dachte er an den Test von Eva Lazarus und die Schüsse, die beinahe allesamt ihr Ziel verfehlt hatten. Dieses Ziel war ein Pappkamerad gewesen, der einem menschlichen Körper zu sehr ähnelte. Jedenfalls aus Helmuts Sicht, der seit dem tödlichen Schuss vor fünfundzwanzig Jahren nicht mehr auf etwas Menschliches schießen konnte.

Bei seiner eigenen kleinen Schießübung neulich hatte er am Ende auf neutrale Zielscheiben geschossen und sich recht wacker geschlagen.

Einen Hund ordnete Helmut auf der Skala der schützenswerten Dinge natürlich nicht im Umfeld einer neutralen Zielscheibe ein, sondern fast auf derselben Stufe wie einen Menschen. Egal. Schluss mit dem Grübeln.

Mit einem Ruck riss Helmut die rechte Hand in die Höhe und feuerte kurz hintereinander zwei Schüsse ab. Er zielte auf Vorderlauf und Hinterlauf – und traf. Boris sackte winselnd zusammen. Der Hund blutete stark. Doch er lebte. Hoffte Helmut. »Ruft bitte rasch einen Tierarzt«, rief er in die Runde.

Alle starrten perplex auf den blutenden Hund. Diesen Moment der Unachtsamkeit nutzte Degen. »Du mieses

Schwein hast gerade meinen Hund erschossen!« Degen hatte blitzschnell die vier Pistolen zu sich hinüber gezogen. Eine davon hielt er in der Hand und zielte auf Helmut. »Ich knall dich ab!«

In diesem Augenblick zerbarst eine Scheibe.

»Waffe runter oder ich schieße!«

Zwei der Streifenbeamten, die zu Beginn des Einsatzes den Hof durchsucht hatten, standen am zerstörten Fenster und richteten ihre Pistolen auf Degen.

Mit der gezogenen Waffe drehte der Handelsvertreter sich zu ihnen.

Zwei weitere Schüsse peitschten.

Degen taumelte, er hielt sich mit der linken Hand am Schreibtisch fest, um nicht zu stürzen. Er versuchte, den rechten Arm zu heben, um zurückzufeuern. Der Arm zuckte kurz in die Höhe, dann sauste er nach unten und die Hand prallte auf den Schreibtisch. Die Waffe löste sich, fiel auf den Tisch, drehte sich um die eigene Achse, bis die Mündung zufällig auf Degen zeigte. Der starrte auf die Waffe, die Augen weit aufgerissen. Aus seinem Mund blubberte Blut.

Helmut entdeckte zwei Einschusslöcher. Eines im rechten Oberarm, eines weiter links. Zu weit, befürchtete Helmut, der froh war, nicht in der Haut der beiden Kollegen am Fenster zu stecken. Einer von ihnen hatte den zweifellos tödlichen Schuss abgegeben und würde sich nun jahrelang mit der Frage quälen, warum nicht auch er den Oberarm getroffen hatte, sondern das Herz.

Wie zur Bestätigung von Helmuts Annahme sackte Roger Degen zusammen.

Die beiden Beamten am Fenster verfolgten das Schauspiel mit entsetztem Blick.

46

Corinna machte reinen Tisch und gab endlich alles zu, auch, dass sie den potenziellen Käufer doch gekannt hatte. Alles andere wäre sinnlos gewesen. Schließlich hatte die Polizei sie bei Roger Degen angetroffen.

Die beiden Beamten, die dreimal bei ihr gewesen waren und nun erneut mit ihr sprachen, erhoben erstaunlicherweise keinerlei Vorwürfe. Sie betonten vielmehr, dass sie im Endeffekt standhaft geblieben und nicht käuflich gewesen war. Auch ihre zahlreichen Lügen ließen sie ihr durchgehen. Sauer, und zwar richtig sauer waren sie wegen Corinnas Alleingang bei Roger Degen.

Den bereute Corinna mittlerweile selbst, da sie nun wusste, wie gefährlich die Aktion gewesen war. Allein der entsetzliche Blick dieses Höllenhundes und das Zähnefletschen. Degen hätte den Hund auf sie und Braun gehetzt. Davon war Corinna überzeugt. Sie dachte lieber nicht darüber nach, was dann passiert wäre.

Und dann die Schüsse! Erst auf den Höllenhund, der immerhin noch lebte. Und dann auf Roger Degen, der schließlich tot hinter dem Schreibtisch gelegen hatte. In seinem Blut.

Sie versprach, nie wieder solch einen Alleingang zu unternehmen. Die Polizisten deuteten im Gegenzug an, ein gutes Wort für sie bei der Wolfenbütteler Destillerie einzulegen, falls sich bestätigte, dass Julius Braun damals den zusätzlichen Ingwer in die Grundmasse gemischt hatte. Davon gingen mittlerweile alle aus, nicht zuletzt seit Degens Ausruf: »Obwohl ihr natürlich Julius die Sache mit dem Ingwer eingebrockt hat.«

Gegen Abend ließen die Polizisten Corinna gehen. Zuhause würde sie direkt bei ihrem Anwalt anrufen und Entwarnung geben.

47

Roger Degen konnten sie nun natürlich nicht mehr vernehmen. Anhand der Aussage von Corinna Sandmann ließ sich die Ermordung von Dr. Ruhmann jedoch einigermaßen rekonstruieren:

Nachdem Sandmann ihm im letzten Moment einen Korb gibt, fährt Degen wutentbrannt zur Wolfenbütteler Destillerie und dringt unbemerkt in Ruhmanns Büro ein.

Scheinbar besaß er den passenden Schlüssel, er hatte heimlich den von Julius Braun nachmachen lassen. Das jedenfalls behauptete Braun, und es klang glaubhaft.

Was genau Degen in Ruhmanns Büro sucht, bleibt unklar. Wahrscheinlich hofft der Handelsvertreter ganz einfach, irgendein Puzzleteil für das Geheimrezept zu finden. Zufällig überrascht Ruhmann ihn dabei; diese Begegnung endet tödlich für den Herstellungsleiter. Da er den Einbruch vollkommen spontan unternimmt, trägt Degen keine Handschuhe.

Dass die Polizei seit der Festnahme in Kiel seine Fingerabdrücke besaß, hatte Degen eventuell längst vergessen oder verdrängt.

Warum Dr. Ruhmann so spät am Abend zur Firma gefahren war, würde man wohl niemals herausfinden.

Helmut fand dieses Ergebnis unbefriedigend, es ließ sich jedoch nicht ändern.

Sandmann schickten sie nach Hause, aber Braun saß im Vernehmungszimmer und wartete auf Helmut und Lisa. Allerdings wusste Helmut nicht genau, worüber sie ihn noch befragen sollten. Lisa interessierte sich zwar noch für die Vorhaben von Degen und Braun für den Fall, dass sie das Hexenschluckrezept bekommen hätten. Helmut versprach sich nichts davon. Er beschäftigte sich stattdessen noch immer mit der nicht zu greifenden Idee vom Friedhof. Am liebsten hätte er Lisa allein zu Braun geschickt, aber das konnte er natürlich nicht tun. Deshalb begleitete er seine Kollegin ins Vernehmungszimmer.

»Ich warte immer noch jeden Moment darauf, dass Eva Lazarus plötzlich im Gang steht und uns zur Rede stellt«, unkte Helmut auf dem Weg dorthin. »Schon erstaunlich, dass sie wie vom Erdboden verschluckt ist.«

»Vielleicht halten andere Dinge sie davon ab, sich um Wolfenbüttel zu kümmern?«

»Wie meinst du das, Lisa?«

»Ach, nur so. Könnte doch sein. Lass uns einfach froh darüber sein, dass sie sich nicht einmischt und dass uns auch die Staatsanwaltschaft in Ruhe arbeiten lässt, obwohl wir sie erst so spät informiert haben.«

»Hm.« Einerseits hatte Lisa recht. Die Staatsanwaltschaft zeigte sich erstaunlich kooperativ und ließ ihnen freie Hand bei der Ermittlung. Helmut war dennoch nicht restlos überzeugt, doch das Thema ließ sich vorerst nicht vertiefen, denn ein paar Sekunden später saßen sie Julius Braun gegenüber.

Helmut: So, dann legen Sie mal los!

Julius Braun: Was möchten Sie denn noch wissen? Es ist doch alles geklärt.

Helmut: Alles? Bisher behaupten Sie nur, dass Sie nicht dabei waren, als Dr. Ruhmann ermordet wurde.

Julius Braun: Ich war zuhause.

Lisa: Dafür gibt es keinen Zeugen.

Julius Braun: Doch.

Helmut: Aha. Auf einmal?

Julius Braun: Hören Sie, ich wollte das nicht an die große Glocke hängen. Ich hatte Herrenbesuch, wenn Sie verstehen, was ich meine.

Lisa: Wir verstehen es sogar sehr gut, Herr Braun. Auch wir sind im 21. Jahrhundert angekommen und finden uns dort ganz gut zurecht. Aber was ist denn schlimm daran, Herrenbesuch zu haben oder schwul zu sein? Warum verheimlichen Sie das?

Julius Braun: »Schwul« passt nicht ganz.

Lisa: Sondern?

Julius Braun: Bisexuell.

Lisa: Na und? Auch das brauchen Sie nicht zu verschweigen.

Helmut: Hat der Herr denn auch einen Namen?

Julius Braun: Er heißt Holger Sibelius.

Helmut: Nun gut, wir brauchen nachher noch die Adresse, damit Herr Sibelius Ihre Aussage bestätigt.

Julius Braun: Okay, die schreibe ich Ihnen auf.

Lisa: Was bedeutet eigentlich dieses Foto von der Pflanze, das Sie Herrn Degen geschickt haben?

Julius Braun: Woher wissen Sie davon?

Lisa: Wir haben uns erlaubt, Herrn Degens Smartphone zu untersuchen. Also!

Julius Braun: Es zeigt eine der geheimen Zutaten.

Lisa: Oh. Und welche?

Julius Braun: Den Namen der Pflanze kenne ich nicht.

Lisa: Wie bitte? Und wo haben Sie sie fotografiert?

Julius Braun: Im Wohnzimmer der Ruhmanns.

Lisa: Dort steht eine der geheimen Zutaten einfach so herum?

Julius Braun: Es weiß doch niemand, dass es sich um eine geheime Zutat handelt.

Lisa: Und woher wissen Sie es?

Julius Braun: Von Gesa, also von Frau Ruhmann. Sie erzählte es mir, als ich sie besuchte, um zu kondolieren.

Lisa: Das heißt: Sie haben Ihren Kondolenzbesuch missbraucht, um an Informationen zum geheimen Rezept zu gelangen.

Julius Braun: Nein, nein. Das ergab sich rein zufällig.

Lisa: Hm. Was wollten Sie eigentlich mit dem Rezept anstellen?

Julius Braun: Verkaufen. Roger hat bereits mit verschiedenen möglichen Käufern gesprochen. Vor allem die großen Discounter zeigten sich interessiert. Denen war Hexenschluck immer zu teuer im Einkauf und sie waren extrem scharf auf ein ebenbürtiges und zugleich günstigeres Produkt. Wir hätten es wahrscheinlich meistbietend versteigert.

Helmut: Und welche Rolle spielte das Gift bei Ihrem Vorhaben, inklusive dieses Erpresserschreibens an die Wolfenbütteler Destillerie AG?

Julius Braun: Wie bitte?

Lisa: Das Erpresserschreiben, in dem Sie drohen, weitere Flaschen zu vergiften.

Julius Braun: Davon weiß ich nichts. Das muss Roger hinter meinem Rücken geschrieben haben. Er hatte zuletzt nicht mehr mit mir gesprochen und nicht auf meine Anrufe und Nachrichten reagiert. Ich wusste gar nichts von dieser Aktion mit dem Cumarin.

Helmut: Nein?

Julius Braun: Nein. Ich verstehe es auch kein bisschen. Ich halte das für kontraproduktiv. Das war zugleich einer der Gründe, weshalb ich heute Morgen zu Roger gefahren bin, weil ich endlich mit ihm sprechen wollte.

Lisa: Kontraproduktiv?

Julius Braun: Ja, es wäre doch unsinnig, einerseits damit anzugeben, das Rezept für Hexenschluck zu besitzen, andererseits den Hersteller und folglich auch das Produkt in Verruf zu bringen mit vergifteten Flaschen. Außerdem machen wir doch mit solch einer Aktion vollkommen unnötig auf uns aufmerksam.

Helmut: Das leuchtet ein. Und was meinte Herr Degen dazu? Konnten Sie ihn überhaupt fragen?

Julius Braun: Ja, gleich zu Anfang. Er schlug mich erst nieder, als wir über Ruhmann sprachen. Roger behauptete, er hätte nichts mit dem Gift zu tun.

Lisa: Glauben Sie ihm?

Julius Braun: Einerseits ja, denn es gab für ihn in diesem Moment keinen Grund, mich anzulügen. Andererseits hat er mich, wie er vorhin selbst zugegeben hat, häufiger angelogen. Außerdem wüsste ich nicht, wer diese Aktion sonst durchgezogen hat.

Helmut: Und woher stammt das Cumarin?

Julius Braun: Keine Ahnung. Einer wie Roger kennt aber viele Leute, darunter bestimmt auch jemanden, der ihm Cumarin besorgt.

Lisa: Wahrscheinlich kommen wir an diesem Punkt nicht weiter. Bleibt noch die Geschichte mit Corinna Sandmann.

Julius Braun: Wie bitte?

Helmut: Ich rede vom Ingwer. Haben Sie es damals in die Grundmasse gemischt?

Julius Braun: Ja, das war ich.

Lisa: Und warum?

Julius Braun: Ich wollte sie loswerden, um ihre Aufgaben zu übernehmen und dadurch ein paar der Geheimnisse zu erfahren.

Helmut: Und?

Julius Braun: Ich durfte nur einen Teil davon erledigen.

Lisa: Und den anderen Teil wollte Roger Degen bei Frau Sandmann kaufen?

Julius Braun: Richtig, und auch das funktionierte nicht. Genau wie die ganze Sache.

Helmut: Deswegen sitzen Sie jetzt hier und gleich wieder in Ihrer Zelle.

Julius Braun dürfte auch die nächsten Tage in Untersuchungshaft verbringen. Ob und wann und vor allem worüber Helmut noch mit ihm sprechen würde, schien unklar. Brauns Behauptungen jedenfalls wirkten auf Helmut, Lisa und Jonas glaubhaft.

Sie konnten anhand der Smartphone-Daten von Braun und Degen tatsächlich noch am selben Abend nachvollziehen, dass Braun in den vergangenen Tagen zehnmal bei Degen angerufen und ihm sechsmal auf die Mailbox gesprochen hatte. Brauns Nachrichten dort deckten sich eins zu eins mit seinen Aussagen und ließen einen persönlichen Besuch in Vienenburg plausibel erscheinen. Der Umstand, dass Degen seinen Partner niedergeschlagen und mit dem Rottweiler bedroht hatte, sprach für sich. Brauns Behauptung, Degen hätte zuletzt nur noch auf eigene Faust gehandelt und wäre allein für den Tod von Lutz Ruhmann verantwortlich, klang insgesamt überzeugend. Außerdem bestätigte Holger Sibelius Brauns Alibi.

Der Fall war also gelöst.

Doch Helmut fand diese Ergebnisse weiterhin unbefriedigend.

48

»Wie schön, wir haben den Fall sogar sieben Wochen vor deinem Abschied gelöst«, eröffnete Jonas die Runde. Sie saßen am folgenden Tag erneut zu dritt im Besprechungsraum und ließen den ereignisreichen Vortag Revue passieren.

Lisa nickte eifrig. »Da hätten wir sogar noch massig Zeit für einen weiteren Fall.«

Jonas übernahm. »Helmut hat darüber hinaus bewiesen, wie treffsicher er noch ist und wie toll er mittlerweile Facebook beherrscht. Am besten fahren wir sofort zu Lazarus und konfrontieren sie mit den Fakten.«

Helmut winkte ab. »Ich möchte diese Dame nicht mehr treffen. Ein neuer Fall: gerne! Ich bezweifle jedoch, dass dieser Fall komplett abgeschlossen ist.«

»Wie bitte?«, rief Lisa.

»Dieses Cumarin lässt mir keine Ruhe. Aus meiner Sicht gab es für Roger Degen tatsächlich keinen Grund, Julius Braun in dieser Hinsicht zu belügen.«

Jonas hob den rechten Zeigefinger. »Mach es dir nicht schwerer als nötig, Helmut. Dieser Handelsvertreter war ein Gangster. Und es passt perfekt: Bei Degen steht jederzeit Hexenschluck vorrätig im Lager. Hier hat er alle Zeit der Welt, Cumarin hineinzumischen, um die Flaschen dann zu Supermärkten oder zu Getränkemärkten zu bringen. Oder zu Kneipen, die, wie er mir erklärte, einen Großteil seiner Kundschaft ausmachen.«

»Nein, nein, Jonas«, unterbrach Lisa. »Helmut und ich haben doch mit dem Vertriebschef der Wolfenbütteler Destillerie gesprochen. Das mit den Getränkemärkten oder Kneipen stimmt. Aber Handelsketten wie Rewe beziehen Hexenschluck direkt vom Unternehmen, genau wie übrigens auch Trinkgut. Die schalten keinen Handelsvertreter dazwischen.«

»Lisa hat recht«, sagte Helmut. »Und genau das bereitet mir die meisten Kopfschmerzen. Ich meine vor allem diese Flaschen, die Paul Taler und Leo Meyer bei Rewe besorgt haben. Mit denen hat Degen garantiert nichts zu schaffen. Aber das andere, was du gerade gesagt hast, Jonas, diese Sache mit dem Lager und der Zeit, die er hat, das macht mich irgendwie stutzig. Vor allem das mit dem Lager.«

»Warum?«, fragte Jonas. »Es ist doch normal, wenn ein Zwischenhändler Kommissionsware lagert.«

»Was?« Helmut war sofort alarmiert und wandte sich an Lisa. »Das erinnert mich an die Aussage eines der Getränkehändler, die wir besucht haben.«

»Welcher denn?«

»Ich glaube, der in Goslar.«

»Da kamen uns doch diese Kerle mit dem Großeinkauf entgegen.«

»Ja!« Helmut schrie es beinahe hinaus.

»Was?«

»Da liegt der Hase im Pfeffer. Die kauften ihr Bier und ihre Cola auf Kommission.«

»Und?«, fragte Jonas. »Dabei handelt es sich nicht um Kommissionsware in dem Sinne, den ich meine. Bei mir beziehungsweise bei diesen Handelsvertretern dreht es sich um gewinnbringenden Weiterverkauf. Verstehst du?«

»Ja. Aber das spielt keine Rolle«, wandte Helmut ein. »Entscheidend ist: Du kaufst Bier und andere Getränke und hast das Recht, einen Teil davon zurückzubringen. Alles das, was du nicht getrunken hast.«

Jonas schüttelte den Kopf. »Wohin führen denn deine Überlegungen?«

»Überlegt doch mal«, erklärte Helmut. »Wenn wir Degen unterstellen, er könne die Flaschen in seinem Lager in aller Ruhe verunreinigen, dann ließe sich das doch auch auf Kunden von Getränkemärkten übertragen. Sie kaufen große Mengen an Hexenschluck auf Kommission, füllen in ein paar Flaschen die Extraportion Cumarin und bringen diese Flaschen, vielleicht plus ein paar sauberen, zurück zum Markt, ohne dass man dort bemerkt, dass sie angebrochen sind. Wir wissen ohnehin nicht, wie das Cumarin in die Flasche kommt, ohne Spuren an dieser zu hinterlassen. Jedenfalls fiel keinem der Käufer mit Vergiftungserscheinungen auf, dass die Flasche bereits geöffnet war. Also fiel es den Mitarbeitern in den Getränkemärkten wahrscheinlich ebenfalls nicht auf. Vielleicht gibt es da einen Trick?«

»Hexenschuss auf Kommission? Bist du sicher, dass das funktioniert, Helmut?«, fragte Lisa.

»Warum nicht? Wir fragen einfach in den Märkten.«

»Okay«, begann Jonas. »Ich fasse mal zusammen: Mit dem von dir geschilderten Trick gelingt es unserem Täter, manipulierte Hexenschluckflaschen in die Regale von Getränkemärkten zu schmuggeln. Dort stehen sie, bis ein unschuldiger Kunde sie zufällig auswählt, daraus trinkt und kurz darauf unter Durchfall leidet. Und das macht unser Täter, weil er das Unternehmen erpressen will. Trifft das soweit zu?«

Helmut nickte. »Wobei ich hinzufügen möchte: im Getränkemarkt oder im Supermarkt. Denn diese Theorie berücksichtigt ebenfalls die Flaschen von Taler und Meyer. Falls es Kommissionskäufe auch in Supermärkten gibt. Das finden wir aber schnell heraus.«

»Ich weiß zufällig, dass es für Bier möglich ist«, sagte Lisa. »Eine Freundin von mir hat das schon häufiger bei Edeka gemacht. Natürlich fragen wir noch in den beiden Rewe-Läden nach, in denen Meyer und Taler gekauft haben. Und wir fragen dort und in den Getränkemärkten, ob sie auch Spirituosen auf Kommission verkaufen.«

»Das passt ja prima«, jubelte Helmut. »Am besten klappern wir direkt unsere Geschäfte ab.« Er sah auf die Uhr. »Okay, es ist gleich 17 Uhr. Abklappern streiche ich. Wir telefonieren und teilen uns auf.«

Jonas hob die Hand. »Kurze Zwischenfrage meinerseits: Gehe ich recht in der Annahme, dass wir weiterhin Braun und Degen als Giftmischer und Erpresser ausschließen?«

»Ja«, antwortete Helmut. »Zumindest vorübergehend.«

Jonas nickte. »Okay. Und wie verhält es sich mit Sandmann, Schrader und Klaas?«

»Die schließen wir vorerst nicht aus«, erwiderte Helmut.

»Alles klar.« Jonas zögerte kurz. »Letztendlich spielt es aber wohl keine entscheidende Rolle, ob einer von den dreien hinter der Giftattacke steckt oder jemand ganz anders. Solange es nicht Braun oder Degen sind, hätten wir es also sozusagen mit einem zweiten, parallelen Fall zu tun.«

»Das sehe ich auch so.« Zugleich wähnte Helmut sich endlich auf der richtigen Michaelis-Spur: ein Tag, drei

Engel. Übersetzt hieße das: eine Firma (die Wolfenbütteler Destillerie AG), drei Ereignisse: der Betrug mit dem Ingwer, der Giftanschlag mit Cumarin zuzüglich Erpressung sowie der gewaltsame Tod von Dr. Ruhmann inklusive des Versuchs, das Rezept zu stehlen. Drei Ereignisse, die irgendwie zusammenhingen, doch letztendlich von verschiedenen Personen verursacht worden waren: Für den Ingwer war Julius Braun verantwortlich, für den Totschlag und den versuchten Diebstahl Roger Degen und für das Cumarin und die Erpressung die oder der große Unbekannte.

Zugegeben, ein wenig holprig fuhr es sich schon noch auf dieser Spur. Notfalls würde Helmut weiterfahren, bis die Strecke eben wurde.

49

Auf Lisas Zettel standen die Namen und Adressen des Getränkemarktes in Goslar und der Filiale von Trinkgut in Wolfenbüttel. Sie legte los mit Goslar.

Lisa: Lisa Bertram, Kriminalpolizei Wolfenbüttel hier. Sie erinnern sich vielleicht an unseren Besuch.

Getränkemarktverkäufer: Ungern. Was gibt es denn noch? Da steht ein Kunde an der Kasse.

Lisa: Ich beeile mich. Versprochen. Als wir bei Ihnen waren, kauften gerade zwei Kunden große Mengen an Bier und Cola auf Kommission. Kann man bei Ihnen alle Getränke auf Kommission kaufen? Auch Spirituosen wie Hexenschluck?

Getränkemarktverkäufer: Ja, das gilt für unser gesamtes Sortiment.

Lisa: Kommt es häufiger vor, dass jemand dieses Angebot speziell für Hexenschluck annimmt?

Getränkemarktverkäufer: Eher selten.

Lisa: Würden Sie diese Kunden wiedererkennen?

Getränkemarktverkäufer: Nur, wenn es sich um Stammkunden handelt. Aber von denen macht das niemand.

Lisa: Halten Sie diese Vorgänge irgendwie fest?

Getränkemarktverkäufer: Bei den ganzen Datenschutzverordnungen heutzutage? Nein. Wir bongen die Verkäufe ein, natürlich. Den Bon erhält der Käufer. Wenn er die Ware nicht komplett verbraucht, kommt er mit dem Rest und dem Bon zu uns. Wir nehmen die Ware zurück und zahlen dem Kunden den entsprechenden Betrag aus. Bar auf die Kralle.

Lisa: Und die Ware, die zurückkommt, die überprüfen Sie? Ob die Flaschen ungeöffnet sind zum Beispiel?

Getränkemarktverkäufer: Natürlich.

Lisa: Fällt Ihnen denn vielleicht doch eine Gelegenheit ein, in der jemand Hexenschluckflaschen zurückgebracht hat?

Getränkemarktverkäufer: Ehrlich gesagt, nicht. Ich müsste dann hier auch weitermachen.

Leider verlief nicht nur Lisas Telefonat mit Trinkgut sehr ähnlich, sondern auch die Anrufe von Helmut und Jonas bei Getränke- und Supermärkten. Alle verkauften Spirituosen, darunter Hexenschluck, auf Kommission. Alle fürchteten sich vor der neuen europäischen Datenschutzverordnung, deshalb besaß niemand Unterlagen oder Namen, und niemand erinnerte sich an Gesichter.

»Also verläuft diese Spur direkt wieder im Sand?« Jonas brachte die Stimmungslage auf den Punkt.

»Den Kopf stecke ich jedenfalls noch nicht in denselben«, scherzte Lisa, bevor ihre Gedanken scheinbar ziellos abdrifteten. Sie landeten zunächst bei einem dieser angeblich witzigen Fußballerzitate. Einer der hochbezahlten Kicker verplappert sich vor Aufregung oder aus Unwissenheit. Jedenfalls steckt er den Sand nicht in den Kopf. Er drückt es also genau falsch herum aus. Falsch herum? Es klingelte leise in Lisas Kopf. Andersherum? Umgekehrt? Die Assoziationsmaschinerie kam auf Fahrt und schon saß Lisa wieder im Hörsaal der niedersächsischen Fachhochschule für Verwaltung und Rechtspflege, wie die Schule zu ihrer Studienzeit noch hieß. Vor der Tafel stolzierte der Dozent auf und ab und versuchte, ihnen statistische Grundlagen beizubringen. Eines der Stichworte lautete Gegenprobe. Noch immer kannte Lisa die Definition auswendig: »Überprüfung eines Ergebnisses, einer Behauptung, These oder Ähnliches durch Umkehrung.« Warum eigentlich nicht?

»Alles gut, Lisa?« Helmut klang besorgt.

»Ja. Danke der Nachfrage. Ich war nur gerade gedanklich auf Zeitreise. Wie gesagt: Den Kopf stecke ich noch nicht in den Sand. Ich möchte stattdessen vorher gern etwas ausprobieren. Wir haben bisher ausschließlich die Läden von unserer Liste gegengecheckt und überall dasselbe erfahren. Wie wäre es, wenn wir bei einem Getränkemarkt nachfragen, der nicht auf der Liste steht? Wenn wir also die Gegenprobe machen?«

»Gegenprobe? Was bringt uns das?« Jonas klang nicht überzeugt.

»Das weiß ich noch nicht. Vielleicht gar nichts. Es kostet andererseits nicht viel Zeit, oder? Ich fahre einfach mal bei dem Laden vorbei, wo ich immer meine Wasservorräte hole. Den Betreiber kenne ich ganz gut, und ich brauche ohnehin ein, zwei Kisten Wasser.« Das stimmte zwar nicht, in ihrem Keller stapelten sich mindestens noch drei Kisten, aber mit dieser Ausrede entschärfte Lisa ihre Idee, die sich offenbar zumindest für Jonas ziemlich verrückt anhörte.

»Fährst du direkt hin?«, fragte Helmut.

Lisa sah auf ihre Uhr. »Mit ein wenig Glück schaffe ich es noch, bevor der Laden schließt.«

»Ich komme mit«, beschloss Helmut. »Dann helfe ich dir beim Tragen.«

Der Getränkemarkt an der Hauptstraße war noch geöffnet. Allerdings fuhr der Verkäufer bereits mit einem Hubwagen die Bierkisten, die vor dem Eingang standen, nach drinnen.

»Hallo, Lothar«, begrüßte Lisa den Verkäufer.

»Lisa! Ein bisschen spät dran heute, oder?«

»Nur zwei Kisten Wasser und eine Frage.«

Lothar kratzte sich im Kopf. »Als Käuferin oder als Polizistin?«

»Ha, ertappt. Als Polizistin. Das ist übrigens mein Chef, Helmut Jordan.«

Helmut und Lothar gaben einander die Hand.

»Na, dann schieß mal los. Wenn es geht, bitte nicht mit der Dienstwaffe.« Lothar lachte herzhaft über den eigenen Scherz.

Lisa lachte pflichtschuldig mit. »Verkaufst du auch auf Kommission, Lothar?«

»Natürlich. Das bieten alle an. Da mache ich dann halt mit, um keine Kunden zu verlieren. Es passiert aber nicht so oft.«

»Auch Hexenschluck?«, fragte Helmut.

»Theoretisch ja.«

»Was heißt das?«

»Das kam noch nie vor. Bier ja, auch Cola, Wasser. Schnaps bisher nicht.«

»Nie?«

»Nein, noch nie. Aber wartet mal. Vor ein paar Wochen fragte tatsächlich ein Kunde nach Hexenschluck.«

»Nach Hexenschluck auf Kommission?«

»Ja.«

»Und? Wurde was aus dem Geschäft?«, fragte Lisa.

»Nein. Als ich ihm mitteilte, dass das nur mit namentlicher Rechnung läuft, machte er prompt einen Rückzieher.«

Helmut und Lisa sahen einander an.

»Kannten Sie zufällig diesen Käufer? War es überhaupt ein Mann?«, fragte Helmut, der Lothar weiterhin siezte.

»Nein, der war mir fremd, er war zum ersten Mal hier. Ja, es war ein Mann.«

»Können Sie ihn beschreiben?«

»Nicht wirklich.«

»Versuche es bitte, Lothar! Alt? Jung? Haarfarbe? Kleidung? Irgendeine Besonderheit?« Lisa hasste es, wenn sie selbst komplett unter Strom stand und der Rest der Welt in Lethargie versank.

»Ist ja gut, Lisa. Er war eher jung, um die zwanzig. Auf jeden Fall zu alt für einen Schüler. Eher ein Student. Ich glaube, er trug eine Brille. An Besonderheiten, an Haarfarbe oder Kleidung kann ich mich beim besten Willen nicht erinnern. Er sah nicht ausländisch aus. Es ging auch alles recht schnell. Sobald ich ihm das mit den namentlichen Rechnungen sagte, verschwand er.«

»Mit dem Auto?«, fragte Helmut.

»Mensch, ihr stellt Fragen! War nicht vorhin von einer Frage die Rede? Keine Ahnung, ob er mit dem Auto fuhr. Von der Kasse aus sehe ich den Parkplatz nicht. Tut mir leid.«

»Alles gut, Lothar. Du hast uns auch so schon geholfen, denke ich.«

»Echt?«

»Wenn ich es dir doch sage. Ich hole eben noch schnell das Wasser.«

50

»Dann wissen wir das«, stöhnte Helmut, als er die Wasserkisten in Lisas Auto wuchtete. »Oder ahnen es zumindest: Jemand sucht in Getränkemärkten gezielt nach Möglichkeiten, Hexenschluck auf Kommission zu kaufen. Und zwar ohne namentliche Rechnung, um, na ja, um keine Spuren zu hinterlassen, schätze ich mal. Dein Vorschlag bringt uns möglicherweise auf eine ganz neue Spur.«

»Mein Vorschlag unter tatkräftiger und gütiger Mithilfe vom Kollegen Zufall, würde ich sagen«, relativierte Lisa. »Du gehst also davon aus, dass dieser junge Mann in der Gegend herumfährt und solche Getränkemärkte sucht? Ist es nicht zu früh für diese Schlussfolgerung?«

»Das ergibt doch Sinn. Er kauft dann ausschließlich in den Märkten ein, in denen man ihn nicht namentlich erfasst. Von den anderen Läden, wie Lothars, lässt er die Finger. Und dann geht er genauso vor, wie wir es uns vorhin vorgestellt haben: Flasche auf, Cumarin rein, Flasche wieder zu und ein paar Tage später zurück zum Getränkemarkt. Aber du hast natürlich recht. Es gibt keinen Grund, voreilige Schlüsse zu ziehen. Vielleicht besuchen wir in den kommenden Tagen vorsichtshalber weitere Läden, die nicht auf der Liste stehen, um die Gegenprobe zu bestätigen. Klingt das sinnvoll in deinen Ohren?«

»Das hört sich durchdacht an. Erst mal schauen, was morgen passiert. Da posten die von der Wolfenbütteler Destillerie das Hexenfoto auf Instagram. Ich bin gespannt, ob die Erpresser sich wieder melden und Forderungen stellen und wir das zurückverfolgen können.« Lisa saß längst hinterm Steuer und fuhr. Sie brachte zunächst Helmut zur Dienststelle, wo sein Skoda wartete.

»Falls sie sich nicht melden, vergessen wir meine Theorie ganz schnell wieder und ziehen zurück auf Los, denn das könnte bedeuten, dass doch Roger Degen unser Erpresser ist, und der meldet sich bekanntermaßen nirgendwo mehr.«

»Ich gehe nicht zurück auf Los«, lachte Lisa und parkte direkt neben Helmuts Wagen. »Ich düse zur Schlossallee und kaufe sie. Zuvor mache ich entweder weitere Gegenproben oder rufe nochmals bei allen Händlern von der Liste an und frage sie gezielt nach einem jungen Mann mit Brille.«

Ihre eigenen Worte hallten in Lisas Kopf nach und erzeugten beinahe automatisch Bilder. Schon wieder. Anscheinend feierte Lisa heute ihren ganz persönlichen Welttag der Assoziationen. Helmuts Freundin Schwester Yildiz tauchte in diesen neuen Bildern auf. Nein, Dr. Yildiz Hansen hieß sie nun. Doch Lisas Gedanken drehten sich nicht um die Ärztin, sondern um ihren Arbeitsplatz. Die Bilder bewegten sich und führten Lisa durch die Gänge des Wolfenbütteler Krankenhauses, bis …

Helmut unterbrach die rasante Kamerafahrt. »Ich helfe dir, Lisa, dann geht's schneller. Das können wir aber erst morgen erledigen. Jetzt ist es definitiv zu spät.«

»Das ist lieb von dir, Helmut.« Lisa konzentrierte sich und suchte die Kamera. Ach ja, da steckte sie! Sie sauste geschickt um eine Kurve, flog durch einen weiteren langen Gang und landete schließlich vor einem der Zimmer. Lisa stand nun auch dort und öffnete die Tür. Es war ein Besucherzimmer und dort wartete …

»Ich bin doch immer lieb«, flötete Helmut.

»Andererseits«, Lisa zögerte kurz, bevor sie weitersprach. »Wenn ich an einen jungen Mann mit Brille denke, an einen Studenten, wie Lothar mutmaßt, und an Hexenschluck, dann taucht vor meinen Augen ein bestimmtes Bild auf.« Natürlich das Bild des Besucherzimmers im Krankenhaus.

»Meinst du diesen Paul Taler, den wir im Krankenhaus besucht haben? An den dachte ich vorhin auch.«

»Genau.«

»Im Krankenhaus liegt er zum Glück nicht mehr.«

»Woher weißt du das?«

»Ich habe mit Dr. Hansen telefoniert, um ihr zu gratulieren, weil sie bei der genauen Todesursache von Robin Fiedler richtiglag. Da erwähnte sie das. Sie war sehr froh darüber, Taler endlich entlassen zu dürfen. Sie hat mir nochmals erklärt, wie tückisch diese Zystennieren sind und dass die Diagnose daher für Taler lebenswichtig war. Er wusste bis dato nichts davon, wie er uns damals selbst berichtete.«

Erneut ratterte es in Lisas Kopf. »Moment mal. Das könnte doch ziemlich wichtig sein, dass Taler davon nichts ahnte.«

»Wie meinst du das, Lisa?«

»Zunächst überlege ich nur laut. Wir beide denken bei Lothars Personenbeschreibung automatisch an Taler – und sehen ihn an Lothars Kasse stehen. Und an den Kassen der anderen Märkte. Auch das mag voreilig sein. Wir verhaften ihn auch nicht auf der Stelle. Ich spinne mal weiter: Wenn Taler nichts von den Zystennieren ahnt, dann weiß er logischerweise auch nicht, dass eine erhöhte Cumarin-Dosis eine echte Gefahr für ihn darstellt. Normalerweise verläuft die Vergiftung vergleichsweise harmlos.«

»Lisa, bitte! Das klingt nach einer absurden Idee. Wer vergiftet sich denn selbst? Das ist doch Irrsinn! Darauf zielt doch dein lautes Überlegen ab, oder?«

»Wenn viel Geld im Spiel ist, nimmt man unter Umständen in Kauf, dass man selbst oder jemand anders Kopfweh oder Durchfall bekommt.«

»Lisa!«

»Nein, Helmut. Warte bitte kurz. Ich überlege mal weiter: Taler kauft bei Rewe zwei Flaschen Hexenschluck, mogelt das Cumarin hinein und bringt dann die Flaschen mit zu Robin Fiedler. Dort trinken alle davon und kommen mit Lebensmittelvergiftungen ins Krankenhaus.«

»Du verrennst dich da in irgendwas. Was hat Paul Taler davon?«

»Wie gesagt, Helmut: Es geht möglicherweise um viel Geld. Um Erpressung. Wenn ich ein Unternehmen erpresse, muss ich auch irgendwie beweisen, wie verdammt ernst ich es meine. Und mit sieben Opfern auf einen Streich zeige ich es nachhaltig. Das landet theoretisch sogar in der Zeitung.«

Helmut nickte. »Okay, zugegeben: Ich habe zwischendurch auch an diese Clique gedacht. Das sind die einzigen jungen Leute, die bei unserer Ermittlung in Erscheinung treten. Zu denen würde natürlich passen, dass sie ausgerechnet dieses Instagram auswählen für die Kommunikation mit der Wolfenbütteler Destillerie. Darüber hinaus stand es tatsächlich in der Zeitung, wir beide haben es gelesen. Deine Theorie überzeugt mich trotzdem nicht. Wie verhält es sich beispielsweise mit

Robin Fiedler? Nimmt Taler bewusst dessen Tod in Kauf?«

»Darüber habe ich auch schon nachgedacht. Das mit Fiedler wäre dann einer dieser Kollateralschäden, ein Unfall. Denn Taler weiß nicht, dass Cumarin für Fiedler lebensbedrohlich ist.«

»Hm.« Helmut blieb offenbar skeptisch.

»Ich verstehe, warum du nicht begeistert bist von meiner Theorie. Die kommt ziemlich unvermittelt daher und wirkt vielleicht unausgegoren. Ich will mich auch nicht auf meine weibliche Intuition oder irgend so einen Mist berufen. Aber für mich klingt all das dennoch schlüssig. Vielleicht verfolgen wir diese Spur weiter, und wenn sie ins Nirgendwo führt, suchen wir die nächste Fährte.«

»Schon gut. Irgendwie muss es ja weitergehen. Warum nicht mit deiner Theorie?« Helmut schien nachzudenken. »Auf jeden Fall reden wir mit der Clique. Aber vielleicht bereiten wir uns besser ein wenig darauf vor und unterhalten uns zuerst mit den Eltern von Fiedler. Die können uns von Robins Freunden erzählen und vielleicht auch Fotos von ihnen zeigen.«

»Um herauszufinden, ob noch jemand aus der Clique eine Brille trägt?«

»Ja, auch wenn das zunächst nichts heißt. Eine Brille setzt man schnell auf oder ab. Ich will außerdem herausfinden, ob Taler oder einer der anderen unter akuten Geldsorgen leidet. Du redest ja praktisch nur noch über Geld.« Helmut lachte, sehr herzlich sogar – für seine Verhältnisse.

Lisa atmete auf. Helmut sprang doch auf ihre Idee an. »Verstehe. Ein Punkt fällt mir trotzdem noch ein, der

vielleicht gegen meine Theorie spricht: Es gab vier Flaschen auf der Hexenschluckparty und nur zwei davon
hat Taler mitgebracht. Wie sorgte er dafür, dass alle aus
diesen beiden Flaschen tranken?«

Helmut überlegte kurz. »Mit der genauen Vorgehens-
weise beschäftigen wir uns später. Jetzt versuchen wir,
herauszufinden, ob tatsächlich Taler hinter den Gift-
anschlägen steckt.«

51

Während Robin Fiedler sehr zentral in der Stobenstraße gewohnt hatte, lebten seine Eltern in einem der Vororte von Wolfenbüttel, in Ahlum. Ihr Haus lag direkt gegenüber vom Sportplatz, mit dem Helmut nur Negativerlebnisse verband: Mit allen Fußballmannschaften des TSV Winnigstedt, von der D-Jugend bis zu den alten Herren, konnte er nie beim SV Ahlum gewinnen.

Ähnlich desaströs war die erneute telefonische Abfrage in den Getränkemärkten verlaufen: Niemand erinnerte sich an einen jungen Mann mit Brille, der Hexenschluck auf Kommission gekauft hatte. Die Mitarbeiter des Braunschweiger Getränkemarktes erwähnten zwei Männer in den späten Vierzigern und die Verkäufer in Hannover eine junge Frau. Doch weder in Braunschweig noch in Hannover wusste man, ob Hexenschluckflaschen zurückgebracht worden waren. Dummerweise hatten in beiden Märkten zuletzt Mitarbeiter gekündigt. Glück und Pech wechselten sich (nicht nur) bei dieser Ermittlung munter ab.

Dennoch verfolgten sie weiterhin Lisas Idee, die Helmut trotz des Rückschlags mit den Telefonaten mittlerweile überzeugte. Das lag auch daran, dass am Vormittag der Instagrampost der Destillerie AG prompt kommentiert worden war: »#wirmeldenunswieder.« Damit stand endgültig fest: Roger Degen war nicht der Erpresser.

Zurzeit versuchten IT-Experten aus dem Braunschweiger Präsidium, den Kommentar mithilfe ihrer App zurückzuverfolgen. Soweit Helmut es verstand, schien dies allerdings aussichtslos zu sein ohne die Hilfe von Instagram beziehungsweise Facebook. Auf diese Hilfe zu hoffen, war angeblich noch aussichtsloser.

Nun klammerten sich Helmut und Lisa also an den nächsten Strohhalm: Robin Fiedlers Eltern.

Sie trafen die Mutter daheim an; ihr war deutlich anzusehen, wie sehr sie um ihren verstorbenen Sohn trauerte. Dicke Ringe schimmerten unter ihren Augen und ihr Gesicht wirkte fahl und eingefallen.

»Mein Mann geht seit vorgestern wieder arbeiten, er ist Busfahrer«, flüsterte sie. »Er hat es im Haus nicht mehr ausgehalten. Ich verstehe ihn, aber allein fällt es mir noch schwerer.«

Nachdem sie bereits sehr einfühlsam ihr Beileid bekundet hatte, fand Lisa auch jetzt wieder passende Worte. Helmut bewunderte sie ob dieser Gabe und wünschte sich, in einer derartigen Situation auch einmal die richtigen Worte zu finden. Wobei, viele solcher Gelegenheiten würden sich wohl nicht mehr ergeben.

»Wir ermitteln jetzt offiziell im Todesfall Ihres Sohnes«, dozierte Helmut, einerseits ganz der Bürokrat, andererseits ein Tänzer auf dünnem Eis, denn von einer offiziellen Ermittlung konnte in diesem neuen Fall bisher nicht die Rede sein. Weder Eva Lazarus noch die Braunschweiger Staatsanwaltschaft waren eingeweiht. Die Staatsanwaltschaft ging davon aus, dass der Fall abgeschlossen war. Eva Lazarus war weiterhin unsichtbar. »Deshalb versuchen wir unter anderem, mehr Informationen über Robins Freunde zu sammeln.«

»Das verstehe ich nicht«, wunderte sich Fiedler. »Im Krankenhaus erklärte man, unser Sohn sei an einer Lebensmittelvergiftung gestorben. Außerdem wäre irgendetwas mit Robins Leber gewesen.«

»Das stimmt auch alles soweit, Frau Fiedler«, antwortete Lisa. »Aber wir können noch nicht exakt nachvollziehen, woher die Lebensmittelvergiftung rührt und warum sie ausschließlich bei Ihrem Sohn tödlich verlief. Schuld scheint eher die Vorerkrankung zu sein, er litt unter einer Leberentzündung. Jede neue Information hilft uns jetzt weiter. Zum Beispiel wissen wir, wie bereits erwähnt, recht wenig über die Freunde, mit denen Robin diesen Abend verbrachte.«

»Unser Junge hatte viele Freunde. Schon im Kindergarten. Erst recht in der Schule.«

Lisa nickte. »An diesem Abend war er mit sechs Freunden zusammen, von denen wir bloß die Namen kennen.«

»Aha.«

»Ich lese sie Ihnen nacheinander vor. Leo Meyer.«

»Ach, Leo. Den Leo kennt unser Robin schon seit der Grundschule. Die beiden haben später zusammen Abitur gemacht. Am Gymnasium im Schloss. Leo studiert jetzt, er will Arzt werden. Früher war er oft bei uns, seit ein paar Jahren nicht mehr. Doch Robin wohnte zuletzt in einer eigenen Wohnung in Wolfenbüttel. Warum sollte Leo da zu uns alten Leuten kommen?«

Lisa schaute auf ihre Liste. »Bastian Böhm.«

»Bastian! Na klar, der hat auch mit unserem Robin Abi gemacht. Die beiden kennen sich noch nicht so lange wie Robin und Leo.«

»Was macht Bastian jetzt?«

»Na, der studiert auch. In Braunschweig. Ich weiß leider nicht, was.«

»Ben Vahrenbeck.«

»Den kenne ich nicht. Der gehört bestimmt noch nicht lange zu Robins Gruppe.«

»Nele Kalus.«

»Oh je, die arme Nele.«

»Warum?«

»Neles Schwester ist doch vor ein paar Jahren gestorben.«

Plötzlich klingelte es bei Helmut. Auf der Liste von Schwester Yildiz war ihm der Name Kalus zunächst nicht aufgefallen. Doch nun rief Helmut sich den tragischen Fall ins Gedächtnis, der sich vor drei oder vier Jahren zugetragen hatte. »Neles Schwester ist tödlich verunglückt, oder?«

»Ja, Herr Kommissar. Nadine wurde von einem Zug erfasst. Zwischen Wolfenbüttel und Braunschweig. Niemand weiß, was genau passiert ist. Ob es ein Unfall war. Oder ob sie sich umgebracht hat. Es war schlimm. Auch für Robin, der Nadine sehr mochte. Sie war damals aber mit Leo befreundet.«

»Befreundet?«, hakte Lisa nach.

»Na, sie waren zusammen. Die beiden waren ein Paar. Wie sagt man denn dazu?«

»›Sie waren zusammen‹ trifft es«, bestätigte Lisa. »Mit wem war Ihr Sohn denn zuletzt zusammen?«

»Mit Anna.«

»Anna Behrens?«

»Ja, genau. Steht sie auch auf Ihrer Liste?«

»Ja. Sie arbeitet bei einer Baufirma in Wolfenbüttel, oder?« Helmut klangen noch vage die Aussagen von Paul Taler in den Ohren.

»Das stimmt. Bei Werner & Dorfmann.«

»Als Bauarbeiterin?«

»Nein, nein, im Büro.«

»Ein Name fehlt noch: Paul Taler.«

»Der Paule.« Frau Fiedler lächelte zum ersten Mal. »Er war mir immer der Liebste von Robins Freunden. So ein fröhlicher und netter Junge. Er war Robin noch nicht mal böse, als Robin ihm die Anna ausgespannt hat.«

»Paul Taler war früher mit Anna Behrens liiert? Zusammen, meine ich?«, verbesserte sich Helmut rasch. Und fragte sich gleichzeitig, warum er wieder an den Erzengel Michael dachte. Veränderte sich hier die Spur?

»Ja. Paule und Anna waren sehr lange ein Paar. Auf einmal war Schluss, und dann war Robin mit ihr zusammen. Es kam aber nie ein böses Wort von Paule dazu. Ich glaube, er hat den beiden ihr Glück gegönnt.«

Fast zu schön, um wahr zu sein, fand Helmut. Laut sagte er: »Besitzen Sie zufällig Fotos von Robins Freunden?«

Das Lächeln war längst wieder aus Fiedlers Gesicht gewichen. »Von allen nicht. Aber auf jeden Fall von Leo, Paule, Bastian und Anna.«

Kurz darauf hielten Lisa und Helmut ein Foto in der Hand, das Robin Fiedler zusammen mit einigen Freunden zeigte: Anna Behrens, Leo Meyer, Paul Taler, Bastian Böhm sowie Nele Kalus.

Sie durften das Foto behalten.

Als sie zu dritt im Flur standen, fiel Helmut noch eine Frage ein. »Haben Sie die Wohnung Ihres Sohnes aufgeräumt, Frau Fiedler?«

»Ja, wir waren kurz nach seinem Tod dort. Es sah nicht ganz so schlimm aus wie befürchtet. Wahrscheinlich war schon vorher jemand dort.«

»Wer denn?«

»Vielleicht Anna?«

»Standen denn die Getränke noch auf dem Tisch, ich meine: die Flaschen und die Gläser?«

»Nein, das war alles weg.«

»Hm, seltsam.« Helmut legte eine kunstvolle Pause ein, dachte an Inspector Columbo aus der gleichnamigen Fernsehserie und hob entschuldigend die Hand. »Eine allerletzte Frage: Hat Ihr Sohn jemals davon gesprochen, wie Leo Meyer, Paul Taler, Bastian Böhm und Nele Kalus ihren Lebensunterhalt und ihr Studium finanzieren?«

Fiedler schaute ihn verdutzt an. »Kriegen die Studenten nicht alle dieses Bafög? Wobei Nele das gewiss nicht nötig hat. Ihre Eltern verdienen sehr gut, sie finanzieren garantiert Neles Studium.«

»Und Pauls Eltern?«, fragte Lisa.

»Die sind jedenfalls nicht reich, so viel kann ich Ihnen sagen. Pauls Vater ist früh gestorben und seine Mutter arbeitet bei VW.«

»Und jetzt?«, fragte Lisa. Sie saßen wieder im Wagen.

»Fahren wir schnurstracks zum Getränkehändler deines Vertrauens.«

»Aye, aye!« Lisa ließ den Motor an.

Knapp zehn Minuten später parkte Lisa den Wagen vor dem Eingang zum Getränkemarkt.

»Ihr schon wieder?«, begrüßte Lothar sie.

»Wir kommen noch mal wegen des Studenten, der bei dir Hexenschluck auf Kommission kaufen wollte.« Lisa drückte Lothar das Foto in die Hand. »War es zufällig einer von denen?«

»Hier geht es ja zu wie in einem Krimi!«

»Es ist ein Krimi. Also erkennst du jemanden?«

»Die sehen alle gleich aus.«

»Sie sind auch gleich alt. Aber zwei der Männer sind eher blond und zwei andere eher dunkel.«

»Er trug so eine Mütze. Das fiel mir gestern noch ein. Euer Besuch hat mir keine Ruhe gelassen.«

»Na, super!«

»Tut mir leid, Lisa.«

»Versuche es trotzdem. Bitte!«

Lothar sah sich das Bild genauer an. »Der da vielleicht. Auch wenn er auf dem Foto keine Brille trägt.«

Lothars Finger tippte ausgerechnet auf Robin Fiedler.

»Sind Sie sicher?«, fragte Helmut.

»Es ist ein paar Wochen her. Wisst ihr, wie viele Kunden ich seitdem bedient habe?«

Das wussten weder Helmut noch Lisa.

Lothar dachte nach. »Die beiden hier tragen wenigstens eine Brille auf dem Foto.«

Lothar meinte Bastian Böhm und Paul Taler.

»Und?« Helmut wurde langsam ungeduldig.

»Der hier war es nicht. Der ist zu groß.«

Tatsächlich war Bastian Böhm einen halben Kopf größer als die anderen.

»Von den anderen drei Kerlen könnte es jeder gewesen sein. Oder jemand ganz anders.«

»Komm, Lothar!«

»Nein, Lisa, du verlangst Kunststücke von mir.«

»Und jetzt?«, fragte Lisa erneut; sie saßen im Wagen.

»Ich denke, wir fahren zu Werner & Dorfmann, um mit Anna Behrens zu sprechen.«

52

Der Betrieb von Werner & Dorfmann, einer der kleineren Baufirmen in Wolfenbüttel, lag an der Salzdahlumer Straße, schräg gegenüber der früheren englischen Kaserne, die jetzt als Gewerbegebiet diente.

Helmut und Lisa trafen Anna Behrens allein im Büro an. Sie wirkte erschrocken, als die beiden Beamten ihre Ausweise zeigten.

»Haben Sie kurz Zeit für uns?«, fragte Lisa.

»Ich wollte gerade Mittagspause machen. Wenn es nicht zu lange dauert?«

Mit ihren blonden Locken und dem verträumten Blick sah Anna Behrens ein wenig aus wie Meg Ryan in »Harry und Sally«, fand Helmut. »Wir versuchen, uns zu beeilen«, versprach er. »Es geht um den Abend, als Ihr Freund starb.«

Behrens schloss für einen kurzen Moment die Augen. Sie kämpfte gegen die Tränen an. Nicht ganz erfolgreich. »Muss das sein?«

Helmut schielte auf die beiden Stühle, die vor dem Schreibtisch von Anna Behrens standen. »Leider ja. Wir klären noch ein paar Sachverhalte. Dürfen wir uns setzen?«

»Meinetwegen.«

»Wir haben vor ein paar Tagen mit Paul Taler und Leo Meyer gesprochen.« Helmut setzte sich. »Und vorhin auch mit Frau Fiedler. Demnach scheinen sich die meisten von Ihnen seit der Schulzeit zu kennen?«

»Das stimmt. Auf dem Schloss waren wir eine Clique von etwa zehn Freunden, die sich heute noch regelmäßig trifft. Nicht immer alle, da drei von uns in Süddeutschland studieren und nur selten nach Wolfenbüttel kommen. Manchmal sind wir nur zu viert oder so. Hin und wieder kommt jemand Neues hinzu. Wie kürzlich Ben. Oder wenn einer der Jungs eine neue Freundin hat, dann gehört sie natürlich auch schnell dazu.«

»Es gibt aber auch Pärchen innerhalb der Clique?«, fragte Lisa.

»Ja. Ich war zuletzt mit Robin zusammen. Und davor mit Paul.«

»Und das fand Herr Taler nicht irgendwie komisch, wenn er dann immer Sie und Herrn Fiedler zusammen erlebte bei Ihren Treffen?«, hakte Lisa nach.

»Nein. Das mit Paul und mir hatte sich auf Dauer irgendwie totgelaufen. Letztendlich hat Paul Schluss gemacht. Ich muss jedoch gestehen, dass ich schon länger ein Auge auf Robin geworfen hatte. Allerdings zog es ihn früher mehr zu den N-Sisters.«

»N-Sisters?« Helmut verstand nur Bahnhof.

»Nele und Nadine Kalus. Nele ist die große Schwester, zwei Jahre älter als Nadine.«

»Und Robin war mit beiden zusammen?« Lisa wirkte genauso überrascht wie Helmut.

Behrens schaute sie verwirrt an und schien zu überlegen. »Nein, nein, das nicht. Er stand nur auf sie. Das merkte man ihm damals deutlich an. Mit Nele lief ganz früher auch kurz was, meine ich, das weiß ich nicht so genau. Jedenfalls nicht offiziell. Davon hat Robin auch nie etwas erzählt.«

»Laut unseren Informationen stammt Nele Kalus aus einem wohlhabenden Elternhaus. Wissen Sie zufällig, ob Neles Eltern ihr Studium finanzieren?«

»Das ist ja ein Themenwechsel.«

Helmut hatte das Gefühl, als käme Behrens dieser Themenwechsel ganz recht. »Wir versuchen, uns ein Gesamtbild zu machen.«

»Wenn Sie meinen. Ja, sie steckten Nele eine Menge zu. Sie haben ihr sogar eine Eigentumswohnung in Braunschweig gekauft.«

»Und die anderen Studenten in Ihrer Clique: Wie finanzieren die ihr Studium?«, fragte Helmut.

»Ich glaube, Bens Eltern sind auch ziemlich reich. Ben jobbt jedenfalls nicht, soweit ich weiß. Vielleicht besitzt er sogar eine Eigentumswohnung in Wolfen-büttel? Wir waren da zwar schon zum Feiern, aber es steht ja nicht dran, ob es sich um eine Miet- oder eine Eigentumswohnung handelt. Und so lange gehört Ben noch nicht dazu. Er kommt aus Gütersloh und studiert an der Ostfalia. Dort lernte er Paul kennen. Die anderen erhalten Bafög und jobben zusätzlich. Paul arbeitet als Hilfskraft an der Ostfalia, und Bastian kellnert im Zimmerhof 13. Bei Leo bin ich mir nicht ganz sicher, was er macht. Er studiert in Hannover, da bekommt man das nicht so mit. Eine Zeit lang hat er als Kurier-fahrer gearbeitet, Apotheken mit Medikamenten belie-fert. Vielleicht macht er das noch?«

Helmut zuckte kurz zusammen, als er »Hannover« hörte, doch umgehend fiel ihm der Anruf beim dortigen Getränkemarkt wieder ein, wo man sich ausschließlich an eine junge Frau erinnerte. »Kommen wir auf diesen Abend zurück. Laut Herrn Taler und Herrn Meyer stan-den vier Hexenschluckflaschen auf dem Tisch, von denen nur zwei geöffnet wurden. Haben Sie zufällig gesehen, welche beiden Flaschen: die von Taler oder die von Meyer?«

»Nein, keine Ahnung. Die vier Flaschen standen alle auf einem Haufen. Wahrscheinlich hätte ohnehin eine gereicht, so wenig, wie wir getrunken haben.«

»Auch Ihr Freund nicht?«, unterbrach Lisa.

»Okay, Robin hat, glaube ich, das erste Glas ziemlich heruntergestürzt. Ich wollte gerade was sagen, aber beim zweiten Glas ließ er es sehr langsam angehen. Davon hat er höchstens noch zwei Schlucke getrunken oder drei.«

»Was wollten Sie ihm denn sagen?«, fragte Lisa.

»Dass er vorsichtig sein soll, wegen seines Magens und seiner Leber.«

»Das wussten Sie?«, fragte Helmut.

»Ja, das wussten alle. Es war nichts Lebensbedrohliches oder so. Er vertrug nur ein paar Sachen nicht. Deshalb aß er zum Beispiel keine Chips. Natürlich hätte er vor allem wegen der Leber besser gar keinen Alkohol getrunken. So vernünftig war er leider nicht.« Behrens schüttelte traurig den Kopf.

»Wissen Sie, was mit den Flaschen passierte?« Helmut irritierte vor allem Behrens' Bemerkung zu Fiedlers Trinkverhalten an jenem Abend. Demnach hätte dieser doch nicht so viel Kräuterlikör getrunken, wie Dr. Hansen vermutete. Seltsam. Erstaunlich fand Helmut außerdem, dass Fiedlers Lebererkrankung allgemein bekannt war und deshalb auch Taler davon wusste. Das warf neue Fragen auf, die allerdings nicht Behrens beantworten konnte.

»Nein. Von uns war an diesem Abend niemand mehr imstande, sich darum zu kümmern. Ich war seitdem nicht mehr dort.«

»Also haben Sie dort auch nicht aufgeräumt?«

»Nein. Ich besaß keinen eigenen Schlüssel zu Robins Wohnung.«

»Und jetzt?«, fragte Lisa zum dritten Mal an diesem Tag. Sie fuhren vom Hof der Firma Werner & Dorfmann.

»Setzen wir uns mit Jonas zusammen und überlegen.«

»Was überlegen wir denn?«

»Wie wir die Nuss knacken. Ich bin mittlerweile überzeugt davon, dass wir auf der richtigen Spur sind. Dank deiner Ideen, Lisa, erst mit Lothars Getränkemarkt und dann mit Paul Taler.«

»Glaubst du, er ist unser Giftmischer?«

»Es läuft irgendwie darauf hinaus. Nur mit dem Motiv bin ich mir nicht mehr so sicher.«

»Du meinst, weil er wohl doch von Fiedlers Leberkrankheit wusste?«

»Genau.«

53

Jonas überraschte Lisa und Helmut mit einer spontanen Idee. »Wir machen es wie Hercule Poirot. Der weiß zwar schon vorher, wer es war. Im Gegensatz zu uns. Wir hoffen stattdessen einfach auf die fehlenden Puzzleteile.«

»Du sprichst in Rätseln«, sagte Lisa.

Helmut dachte es ebenfalls, aber Lisa war wie so oft schneller.

»Erinnert ihr euch an ›Mord im Orientexpress‹?«

Lisa und Helmut schüttelten den Kopf.

»Egal.« Jonas ließ sich nicht aus dem Konzept bringen. »Hercule Poirot trommelt die sage und schreibe zwölf Verdächtigen zusammen und konfrontiert sie mit seinen genialen Thesen. Er erzählt dabei die Mordnacht sozusagen nach. In den Gesichtern der Verdächtigen kannst du ablesen, wie nahe er der Wahrheit kommt. Nacktes Entsetzen allenthalben. Panik. Hercule Poirot redet und redet, zerreißt Alibis in der Luft, zaubert Motive aus seiner Melone hervor und schließlich ist allen klar: Das ist keine These, sondern die verdammte Lösung. Hercule Poirot präsentiert uns den Täter. Oder in diesem Fall selbstverständlich: die Täter.«

»Klasse!« Lisa applaudierte ironisch. »Dann besorg uns bitte sofort diesen Hercule Poirot mit seinen genialen Thesen, Jonas. Aber jetzt mal ernsthaft: Was bedeutet all das für unseren Fall?«

»Wir versammeln alle Beteiligten in Fiedlers Wohnung und stellen die Hexenschluckparty nach. Und gucken, was passiert. Vielleicht kommt uns die große Erleuchtung.«

»Du liest zu viele Krimis, Jonas«, frotzelte Lisa. »Ich befürchte, die Sache endet in einem Desaster, da wir höchstens ahnen, wer der Täter sein könnte, aber nichts in der Hand halten.«

Natürlich gab Jonas nicht so schnell klein bei. »Ach, komm, Lisa. So schlecht stehen wir nicht da. Vielleicht treiben wir diesen Paul Taler in die Enge?«

»Wir versuchen es«, bestimmte Helmut. »Und wenn wir uns blamieren, geht die Welt auch nicht unter.«

»Danke, Helmut.«

»Oh je!« Lisa seufzte theatralisch.

»Eins noch, Jonas.«

»Ja, Helmut?«

»Dieser Hercule Poirot, der arbeitet doch als Privatdetektiv. Welche polizeilichen Befugnisse besitzt der denn? Darf er die Täter direkt verhaften? Oder überstellt er sie der Polizei?«

»In den meisten Fällen übergibt er sie tatsächlich der Polizei. Oft steht sowieso irgend so ein blasser Inspektor dekorativ daneben, wenn Poirot seine klugen Reden schwingt.« Jonas lächelte. »Bei ›Mord im Orientexpress‹ verhält es sich allerdings etwas anders, und das dürfte besonders dir gefallen, Helmut, denn diesmal lässt Poirot die Täter einfach laufen.«

»Jonas«, rief Lisa mit gespieltem Entsetzen.

Ohne Probleme und mithilfe der Schlüssel von Fiedlers Eltern gelangten Lisa, Jonas und Helmut noch am selben Nachmittag erstmals in Robin Fiedlers frühere Wohnung. Sie war noch nicht neu vermietet und die Eltern hatten sie noch nicht aufgelöst. Alle Möbel standen noch an ihren angestammten Plätzen.

Es entpuppte sich jedoch als Problem, alle Beteiligten zum Kommen zu motivieren. Leo Meyer weigerte sich strikt, extra von Hannover nach Wolfenbüttel anzureisen. »Knapp zweihundert Kilometer für diesen Unfug«, trieb er die zu fahrende Distanz ein wenig in die Höhe.

Auch vier andere aus der Clique beklagten sich lauthals. Ben Vahrenbeck nannte es »Zeitverschwendung« und Bastian Böhm »puren Wahnsinn«. Nele Kalus wollte ihre Eltern konsultieren und Paul Taler schob dringende Termine an der Ostfalia vor.

Die drei Ermittler nutzten diese Zeit der Unsicherheit, um sich akribisch auf die Veranstaltung, sollte sie denn je stattfinden, vorzubereiten. Sie trugen alles zusammen, was sie über die Clique fanden.

Viel Neues förderten sie dabei nicht zutage. Zwei Fragen klärten sie aber immerhin: Vahrenbeck wohnte tatsächlich in einer Eigentumswohnung und Meyer fuhr noch immer Medikamente durch die Gegend.

Den Tod von Nadine Kalus stuften die seinerzeit ermittelnden Kollegen in Braunschweig offiziell als Unfall ein; im privaten Gespräch räumten sie freilich ein, dass ein Suizid mindestens ebenso wahrscheinlich wäre.

Doch auch ohne neue Fakten lohnte es sich für die Ermittler, sich intensiv mit der Clique zu beschäftigen. Schließlich kamen dadurch alle auf den gleichen, soliden Informationsstand.

Parallel dazu behielten sie das Erpresserschreiben im Auge. Sie tauschten sich regelmäßig mit Dr. Kröger und den Braunschweiger IT-Spezialisten aus. Doch weder von hier noch dort erreichten sie Neuigkeiten. Es trudelten keine Forderungen der Erpresser ein, und der Kommentar »#wirmeldenunswieder« stammte offenbar aus dem Nirwana des Internets. Facebook als Eigentümer von Instagram verweigerte bislang jegliche Kooperation mit den Behörden.

Einzig Anna Behrens signalisierte von Beginn an ihre Bereitschaft, zum Nachstellen der Hexenschluckparty zu kommen. Sie wünschte sich, dass die Polizei den Tod ihres Freundes aufklärte. »Und wenn die Versammlung dabei hilft, komme ich selbstverständlich.«

Taler knickte als Nächstes ein. »Für ein oder zwei Stündchen nehme ich mir dann halt frei«, versprach er.

Kurz darauf stimmte Nele Kalus dem Treffen zu. Sie nannte keine Gründe für ihren Meinungswechsel.

Offenbar inspirierte Kalus mit ihrem Einlenken Bastian Böhm, der nur eine halbe Stunde später zusagte. »Wenn es denn sein muss!«

Einzig Vahrenbeck und Meyer erwiesen sich als sture Böcke. Letztendlich blieb den Beamten nichts anderes übrig, als den beiden mit Verhaftung, sie nannten es »Beugehaft«, zu drohen. Gott sei Dank ahnte niemand aus der Clique, dass die Ermittler sich damit, wie überhaupt mit der gesamten Aktion, weiterhin auf dünnem Eis bewegten. Juristisch betrachtet schwammen sie sogar darunter. Eva Lazarus und die Staatsanwälte durften davon absolut nichts erfahren.

Die Drohung zeigte gleichwohl die erhoffte Wirkung, sodass sich alle sechs Mitglieder der Clique schließlich an einem Donnerstagabend in Robin Fiedlers früherer Wohnung in der Stobenstraße trafen, um die verhängnisvolle Schnapsparty nachzuspielen.

Jede und jeder von ihnen spielte sich in diesem Stück selbst.

Da Robin Fiedler tot war, musste ihn jemand anders darstellen. Jonas meldete sich freiwillig.

Helmut versuchte sich notgedrungen als Hercule Poirot.

Lisa übernahm die Rolle von Poirots Assistentin, die es freilich in den Romanen von Agatha Christie gar nicht gab.

Die Requisiten kannten die Beamten bereits aus der Liste von Dr. Hansen und aus den ersten Gesprächen mit Taler und Meyer. Sie benötigten vier 0,7-Liter-Flaschen Hexenschluck, jeweils drei Flaschen Tonic und Cola, einen großen Beutel mit zerstoßenem Eis, vier Tüten Chips und drei Tüten Erdnussflips sowie diverse Gläser und Schalen.

Endlich stand alles auf dem niedrigen Holztisch in Fiedlers früherem Wohnzimmer, das erstaunlich groß und reich möbliert war für einen Singlehaushalt.

Seine sechs Freunde lungerten missmutig im Raum herum und warteten auf Regieanweisungen. Dann und wann fluchte einer von ihnen. Alle drei Sekunden stöhnte jemand theatralisch. Ständig räusperte sich einer der Freunde. Taler schüttelte zudem regelmäßig den Kopf. Meyer, der mit seinem karierten Sakko etwas affektiert wirkte, starrte entweder Helmut zornig an oder warf sich vielsagende Blicke mit Kalus oder Taler zu.

»Wie haben Sie denn an diesem Abend gesessen?«, eröffnete Helmut alias Hercule Poirot die Veranstaltung. Er befürchtete zwar das Schlimmste, hoffte aber gleichzeitig auf einen halbwegs zivilisierten Ablauf des Theaterabends. Immerhin waren er, Jonas und Lisa gut vorbereitet.

Zunächst reagierte niemand, bis Anna Behrens das Wort ergriff: »Okay, wir saßen auf zwei Sofas und zwei Stühlen, die alle irgendwie Richtung Fernseher standen. Wir haben uns ›Die glorreichen Sieben‹ angesehen und hätten später noch zwei weitere Filme, in deren Titel die Zahl Sieben vorkommt, geguckt.«

»Wie bitte?«, unterbrach Lisa.

»Wir schauen uns immer Filme an, in deren Titel die Anzahl der Anwesenden auftaucht«, erklärte Taler.

»Ah, verstehe. ›Die zwölf Geschworenen‹, ›Apollo 13‹ und solche Filme.« Jonas war in seinem Element.

»So viele kommen allerdings selten zu unseren Treffen«, räumte Taler ein.

Helmut gefiel dieser Nebenschauplatz überhaupt nicht, »Vielleicht kommen wir zur Sitzordnung zurück? Frau Behrens?«

»Genau. Also, Robin saß auf dem größeren Sofa zwischen mir und Paul. Nele saß neben Bastian auf dem kleineren Sofa. Ben und Leo saßen allein auf Stühlen.«

»Bauen wir doch zunächst die Konstellation der Möbel nach«, schlug Jonas vor.

Kurz darauf bildeten die Möbelstücke einen Halbkreis um den Tisch. Zentral dahinter stand das größere Sofa, links davon, leicht versetzt, die beiden Stühle und schließlich rechts daneben, in einem Winkel von etwa fünfundvierzig Grad ans große Sofa angelehnt, das kleinere Sofa.

»Jetzt setzen Sie sich bitte so hin, wie Sie damals saßen«, schlug Helmut vor. »Jonas, du setzt dich am besten direkt in die Mitte des großen Sofas.«

Eine Minute später hockten alle auf ihren Plätzen. Von links nach rechts schauten Lisa und Helmut in die Gesichter von Ben Vahrenbeck, Leo Meyer, Anna Behrens, Jonas alias Robin Fiedler, Paul Taler, Nele Kalus und Bastian Böhm, der wie auf dem Foto alle anderen um mindestens einen Kopf überragte.

»Was passierte dann?«, fragte Helmut.

Robin starrte entgeistert auf Paul und Leo. Beide hielten je zwei 0,7-Liter-Flaschen in den Händen.

»Vier große Flaschen Schnaps erscheinen mir bei sieben Gästen dann doch reichlich übertrieben«, kommentierte Lisa.

»Ein Missverständnis«, räumte Taler ein. »Ich dachte, ich hätte Leo gesagt, dass ich zwei Flaschen mitbringe.«

»Stimmt«, pflichte Meyer bei. »Ich wusste davon nichts. Im Gegenteil: Ich könnte schwören, dass ich Paul gegenüber erwähnt hätte, dass ich zwei Pullen kaufe.«

»Nun gut, und wie ging es dann weiter?«, fragte Helmut.

Bevor Robin den ersten Film lud, öffnete Leo mit lauten Knackgeräuschen zwei Flaschen.

»Wieso gleich zwei?«, fragte Ben.

»Dann geht's schneller«, antwortete Leo und drückte Nele eine der beiden Flaschen in die Hand. »Hier, füll mal ein paar Tassen.«

Leo, der wie üblich ein kariertes Sakko trug, schenkte in die Gläser von Anna, Ben, Bastian, Paul und sich selbst ein; Nele füllte ihr eigenes Glas sowie das Glas von Robin.

»An das Knacken erinnern Sie sich genau?«, fragte Lisa.

»Ja, klar«, rief Meyer.

»Ich habe es auch gehört«, bestätigte Böhm.

»Hast du nicht sogar außerdem ›Knack‹ gerufen beim Öffnen, Leo?«, ergänzte Taler.

»Stimmt. Das rufe ich immer«, lachte Meyer.

»Eines verstehe ich nicht.« Helmut wandte sich an Kalus: »Herr Taler und Herr Böhm saßen Ihnen am nächsten, Sie schenkten jedoch zunächst Herrn Fiedler ein. Warum?«

Kalus, die mit ihrem braven Zopf eher an eine Schülerin als an eine Studentin erinnerte, zögerte kurz. »Das hat sich so ergeben. Ich habe erst Robin was eingeschenkt, um dann mit Paul und Bastian weiterzumachen. Aber Leo war schneller, sodass ich schließlich nur noch mein Glas füllte.«

»Hm«, grunzte Helmut. »Was passierte dann?«

In allen Gläsern wartete bereits zerstoßenes Eis ungeduldig auf die braune Flüssigkeit.

Anna, Nele und Paul verfeinerten ihre Drinks außerdem mit Tonic.

Ben, der passionierte Bodybuilder und Ringer, öffnete mit roher Gewalt die Chips- und Flipstüten und schüttete den Inhalt in die Glasschalen auf dem Tisch.

Sofort griffen alle beherzt zu oder reichten die Knabbereien an diejenigen weiter, die selbst nicht an die Schalen kamen, weil sie zu weit weg saßen.

Leo hielt die Schüssel Anna hin und lächelte sie dabei an.

Robin ignorierte diese plumpe Geste gegenüber seiner Freundin und lehnte gleichzeitig die Chips ab, die Nele ihm reichte.

»In Chips steckt irgendwas, was ich nicht vertrage«, erklärte
er.

»Echt?«, fragte Nele.

*»Ja, keine Ahnung, wie das Zeug heißt. Ich weiß das auch nur
von meinem Doc. Das habe ich euch doch neulich erst erzählt.«*

*»Da war ich nicht da«, verteidigte sich Nele. »Du weißt doch:
Ich konnte wegen des Umzugs meiner Eltern und meiner Prüfungen zuletzt nur recht selten zu unseren Treffen kommen.«*

»Kann sein.«

*»Ist das auch in Flips?«, fragte Ben und hielt Robin eine
Schale vor die Nase.*

»Soweit ich weiß nicht.« Robin lachte und griff zu.

Helmut lag eine Frage auf der Zunge, doch Jonas kam
ihm zuvor: »Zu Beginn haben Sie also beim Knabber-
zeug alle kräftig zugegriffen. Wurde denn auch getrunken?«

*Alle hoben die Gläser. Robin trank sein Glas in fünf Zügen leer.
Nele, sehr aufmerksam, schenkte ihm direkt nach.*

Kurz darauf startete Robin den ersten Film.

Anna rückte noch einen Zentimeter näher an ihn heran.

*Auf dem anderen Sofa rutschte Bastian ein paar Millimeter
näher an Nele.*

Wieder kam Helmut nicht zum Zuge, diesmal rief Lisa
dazwischen: »Ich möchte nicht indiskret sein, Frau
Kalus, aber bedeutet das irgendwas mit Ihnen und
Herrn Böhm, wenn das hier so explizit zur Sprache
kommt?«

Während Böhms Gesicht sich tiefrot färbte, schüttelte Nele Kalus vehement den Kopf. »Absolut nicht.«

»Okay, Sie tranken jetzt also den Kräuterschnaps«, stellte Jonas fest. »Wann bemerkten Sie denn, dass irgendetwas nicht stimmte?«

Die nächsten Gläser wurden geleert.

Bastian und Ben. Leo füllte nach.

Robins zweites Glas hingegen war noch mehr als halb voll.

»Was ist los mit dir? Schmeckt es dir nicht?« Leo deutete auf Robins Glas.

»Ich lasse es langsam angehen«, sagte Robin.

Erstaunlicherweise leerten sich auch die Gläser von Leo und Nele kaum. Und bei niemandem stand wie sonst üblich eine Schüssel mit Chips oder Erdnussflips auf dem Schoß. Tatsächlich aß niemand mehr. Auch Anna, Ben, Bastian und Paul nicht. Die vier tranken zwar von Zeit zu Zeit aus ihren Gläsern, aber das reichte nicht ansatzweise an das Tempo heran, das vor allem Bastian für gewöhnlich an den Tag legte.

Irgendetwas stimmte nicht.

Robin drückte Annas Hand und erhob sich. Er wollte zum Klo gehen. Doch kaum stand er, sackten ihm die Beine weg.

»Er lag am Boden und bewegte sich nicht mehr.« Behrens schlug die Hände vors Gesicht.

»Was geschah dann«, fragte Lisa mitfühlend.

»Ich rannte im selben Moment zur Toilette«, gab Vahrenbeck zu. »Kurz danach folgten die anderen.«

»Bei mir dauerte es mit der Wirkung etwas länger«, ergänzte Böhm. »Deswegen konnte ich zum Glück noch einen Krankenwagen rufen.«

»Für Robin kam die Hilfe zu spät«, flüsterte Anna Behrens. Sie saß gebeugt auf dem Sofa und ihre blonden Locken fielen ihr ins Gesicht.

»Weiß jemand, was mit Herrn Fiedlers Magen nicht stimmte?« Endlich stellte Helmut die Frage, die ihm seit zehn Minuten unter den Nägeln brannte.

»Ich weiß nur, dass es nichts Lebensbedrohliches war«, antwortete Behrens wieder etwas gefasster. »Ich glaube, die Sache mit der Leber war schlimmer.«

»Leber?«, rief Böhm.

»Ja, das hat Robin uns irgendwann mal erzählt und direkt bereut, schätze ich. Denn es hagelte viele, in Anführungszeichen, schlaue Ratschläge von euch. Vor allem von dir, Leo.« Böhm grinste Meyer an.

»Echt? Kann ich mich gar nicht mehr dran erinnern«, wunderte sich Meyer. Er blickte nach unten und knetete seine Hände. Die rechte ballte er zwischendurch immer wieder zur Faust.

»Na, klar«, rief Taler und schob die Brille nach oben, was er etwa alle zwei Minuten tat. »Ich weiß das auch noch. Da kam der künftige Onkel Doktor in dir durch, Leo. Keinen Alkohol mehr und so. Und Nele, unsere tüchtige Chemikerin, hat dich kräftig unterstützt.«

»Sie sind Chemikerin, Frau Kalus?« Helmut versuchte, sich an die Worte von Schwester Yildiz zu erinnern. Oder stammte die Aussage von Corinna Sandmann? Auf jeden Fall waren Chemiekenntnisse notwendig, um das Cumarin aus Pflanzen zu isolieren.

Kalus schluckte und wich Helmuts Blick aus. »Noch nicht. Noch studiere ich es, also Chemie.«

»In Braunschweig?«, schaltete sich Jonas ein.

»Ja.«

»Sind Sie nach Braunschweig gezogen? Eben war von einem Umzug die Rede.«

»Der betraf nicht mich, sondern meine Eltern.«

»Stimmt. Sie haben bei diesem Umzug geholfen?«

»Ja.« Bei jeder Antwort wurde die Stimme von Nele Kalus leiser.

»Wohin ziehen denn Ihre Eltern?«

»Sie sind nur innerhalb von Wolfenbüttel umgezogen. Sie wollten einfach endlich …«.

Mitten im Satz brach Nele Kalus ab. Sie schielte zu Leo Meyer, der sich allerdings weiterhin mit seinen Händen beschäftigte und offenbar gar nicht wahrnahm, was um ihn herum geschah.

»Hat der Umzug mit dem Tod Ihrer Schwester zu tun?«, fragte Lisa vorsichtig.

Nele Kalus starrte Lisa an, in ihren Augen standen Tränen. »Ja.«

»Das muss schrecklich für Sie alle gewesen sein«, fuhr Lisa fort. »Für die Familie natürlich, auch für die Clique. Besonders für Sie, Herr Meyer.«

Meyer nickte stumm, ohne aufzusehen. Er atmete so heftig, dass sich seine Nase bewegte.

Helmut vermochte nicht abschließend zu sagen, ob Lisa sich bewusst der Lösung des Falles näherte. Einer Lösung, die sich von Helmuts aktueller Mutmaßung gravierend unterschied. Nachdem er zunächst Taler unterstellt hatte, dieser hätte aus Geldgier gehandelt, überlegte er zuletzt ernsthaft, ob sich hinter der ganzen Geschichte eventuell ein Eifersuchtsdrama verbarg? In diesem Fall hätte Taler Fiedler mit voller Absicht tödlich vergiftet. Wegen Anna Behrens.

Nun ließen sich ganz andere Schlüsse ziehen. Ausgerechnet eine Chemikerin und ein Mediziner waren für das Ausschenken des Kräuterlikörs verantwortlich. Ausgerechnet zwei Menschen, die beide einen schweren und

274

zudem denselben Verlust erlitten hatten. Darüber hinaus wussten beide offensichtlich, wie anfällig Fiedlers Leber war und möglicherweise auch, wie gefährlich eine erhöhte Dosis Cumarin für diesen wäre. Doch das wichtigste Puzzleteil fehlte noch: ein Motiv.

In diesem Moment fiel Helmut wieder ein, was Frau Fiedler ausgesagt hatte.

»Der Leo studiert jetzt in Hannover, der will Arzt werden. Früher war er oft bei uns, seit ein paar Jahren nicht mehr.«

»Nadine wurde von einem Zug erfasst. Zwischen Wolfenbüttel und Braunschweig. Niemand weiß, was genau passiert ist. Ob es ein Unfall war. Oder ob Nadine sich umgebracht hat. Es war schlimm. Auch für Robin, der Nadine sehr mochte. Sie war damals aber mit Leo befreundet.«

»Der Paule. Er war mir immer der Liebste von Robins Freunden. So ein fröhlicher und netter Junge. Er war Robin noch nicht einmal böse, als Robin ihm die Anna ausgespannt hat.«

Auch Anna Behrens hatte Begebenheiten erwähnt, die Helmut nun in einem ganz anderen Licht erschienen:

»Allerdings zog es Robin früher mehr zu den N-Sisters.«

»Nele und Nadine Kalus. Nele ist die große Schwester, zwei Jahre älter als Nadine.«

»Er stand auf sie. Das merkte man ihm deutlich an. Mit Nele lief früher mal auch kurz was, meine ich, das weiß ich nicht so genau. Jedenfalls nicht offiziell.«

Offensichtlich hatte Fiedler es nicht immer so genau genommen mit seinen Liebschaften und auch nicht immer Rücksicht auf Freunde. Und häufig drehte es sich dabei anscheinend um Nele und Nadine Kalus. Daraus ließ sich durchaus eine Frage ableiten, fand Helmut. »Wie eng war Herr Fiedler eigentlich mit Nadine Kalus befreundet?«

Betretenes Schweigen schlug Helmut entgegen. Zu hören war nur das auffällige Ein- und Ausatmen von Leo Meyer, das an ein Brodeln erinnerte. Wie ein Vulkan, der kurz vor dem Ausbruch steht, schoss es Helmut durch den Kopf.

Wieder war es Anna Behrens, die das Schweigen brach. »Etwas zu eng, befürchte ich.«

»Wie meinen Sie das?«

»Robin erzählte mir, dass er sich eine Zeit lang heimlich mit Nadine traf, zu der Zeit, als sie eigentlich mit Leo …«.

»Halt deine Schnauze!«

Der Vulkan brach aus.

Leo Meyer sprang wie von der Tarantel gestochen vom Stuhl auf und stürzte sich auf Anna Behrens. Geistesgegenwärtig warf Jonas sich dazwischen. Dafür steckte er direkt einen kräftigen Fausthieb auf die Schläfe ein. Jonas sackte zusammen. Meyer holte bereits aus, um auch Behrens einen Schlag zu verpassen. Im letzten Moment verhinderte der muskulöse Vahrenbeck diese Attacke. Er schmiss sich auf Meyer. Beide fielen auf das Sofa. Behrens rollte sich im allerletzten Moment zur Seite, um nicht unter die Kontrahenten zu geraten.

Auch Lisa stürzte sich ins Getümmel, doch Nele Kalus stellte ihr geschickt ein Bein, bevor sie Vahrenbeck und Meyer erreichte. Lisa fiel krachend auf den Tisch. Sie lag keuchend da. Nele Kalus griff nach einer Hexenschluckflasche und ließ sie auf Lisa niedersausen.

Zum Glück beteiligte sich nun auch Paul Taler an der Schlägerei. Er schnappte sich im buchstäblich letzten Moment die Hand von Nele Kalus und bog sie zurück. Dummerweise schlug Kalus sofort mit ihrer freien Hand zu und traf Taler an der Nase. Blut floss.

Der Ringkampf zwischen Vahrenbeck und Meyer wogte derweil hin und her, noch zeichnete sich kein Sieger ab. Aber Jonas war wieder auf den Beinen und näherte sich den Kämpfern. Im Zweifelsfall würde er für den richtigen Sieger sorgen.

Anna Behrens und Bastian Böhm hielten sich komplett heraus. Helmut war von der Schlägerei vollkommen überrascht und zugleich fasziniert davon, wie rasch und vehement sich hier möglicherweise seit Langem aufgestaute Wut entlud. Er zögerte aber noch, ob er mit der Dienstwaffe in die Decke schießen oder sich mit Nele Kalus anlegen sollte.

Dafür war Lisa zurück im Spiel, auch sie mit blutiger Nase. Sie versetzte Kalus einen gezielten Tritt in die Seite und fixierte nur wenige Sekunden später deren Arme mit Handschellen.

Vahrenbeck beendete praktisch zeitgleich mit einem Würgegriff gegen Meyer, den er wohl beim Ringen oder beim Judo gelernt hatte, das letzte Gefecht. Gleich darauf legte Jonas Meyer Handschellen an.

54

»So, und jetzt mal ganz in Ruhe.« Helmut blickte in die Runde. Alle saßen wieder auf ihren angestammten Plätzen. Hier und da versuchte jemand, mit Taschentüchern gegen blutende Nasen vorzugehen. Andere stöhnten und rieben sich mit schmerzverzerrtem Gesicht die Hände. Entweder, weil damit zugeschlagen worden war, oder, weil die Arme in Handschellen steckten. »Ich denke, es gibt allerhand aufzuarbeiten. Zunächst eine Frage an Sie, Frau Behrens: Herr Fiedler hat Ihnen gegenüber also zugegeben, dass er heimlich mit Nadine Kalus schlief, obwohl diese zeitgleich mit Leo Meyer … äh … zusammen war?«

»Ja«, schluchzte Behrens.

»Wann war das, ich meine: Wann hat er Ihnen das gestanden?«

»Ziemlich zu Beginn, also nachdem wir ein Paar geworden sind.«

»Schlief er denn zu diesem Zeitpunkt noch mit Nadine?« Lisas Zwischenfrage zeichnete sich nicht gerade durch große Sensibilität aus. Immerhin hörte der damals betrogene Leo Meyer mit.

»Nein, Nadine war da längst tot.«

Behrens schielte ängstlich zu Kalus. Diese hing scheinbar ihren Gedanken nach. Sie starrte apathisch auf die Tischplatte. Auch Meyer mischte sich nicht ein. Hin und wieder warf er zwar Lisa oder Behrens einen bösen Blick zu, doch der Vulkan war wohl erloschen.

»Und warum erzählte Herr Fiedler Ihnen davon?« Helmut versuchte, sich behutsam der immer offensichtlicher werdenden Lösung zu nähern.

»Ich denke, er versuchte, ehrlich zu mir zu sein.«

»Angeben wollte der, nichts weiter!« Das kam von Meyer, allerdings eher emotionslos.

»Unsinn, Leo«, schrie Behrens. »Robin hat sich noch immer schlecht gefühlt wegen Nadines Tod.«

»Hat Herr Fiedler Ihnen erzählt, wann und warum die Beziehung zu Nadine Kalus aufhörte?«, fragte Helmut.

»Robin hat Schluss gemacht, weil er Leo nicht länger hintergehen wollte.«

»Und wann war das, Frau Behrens?«

»Kurz vor Nadines Tod.«

»Und darum hat sie sich umgebracht. Robin hat meine Schwester auf dem Gewissen.«

Entsetzt wandten alle ihre Blicke auf Nele Kalus, die gleichzeitig wütend und den Tränen nahe schien. »Sie hat sich in Robin verliebt, und er serviert sie eiskalt ab. Dieses Schwein!«

»Musste er deswegen sterben?«, fragte Helmut.

»Ja!« Die Stimme von Kalus klang diesmal sehr fest.

»Warum erst jetzt? Der Selbstmord Ihrer Schwester liegt doch über drei Jahre zurück.«

Jonas' Nachfrage kam wie aus der Pistole geschossen. Helmut suchte da noch nach der passenden Formulierung. Er hätte wohl außerdem einen anderen Aspekt angesprochen und wahrscheinlich gefragt: »Woher wissen Sie das alles so genau?«

Doch letztendlich lieferte Kalus Antworten auf beide Fragen: »Weil ich bis vor ein paar Wochen nichts davon wusste. Dann kam der Umzug meiner Eltern. Ich räumte Nadines Zimmer aus. Versteckt hinter Schulbüchern fand ich ihr Tagebuch. Ich hätte es beinahe wieder zur Seite gelegt, weil es mich nichts angeht. Dann fiel ein Zettel raus. Mit einer Nachricht von Robin an Nadine. Er schlug ein Treffen vor. Das klang so komisch. Deshalb habe ich das Tagebuch doch gelesen. Ich traute meinen Augen nicht, als Nadine von ihren Gefühlen für Robin schrieb. Sie war verliebt, wollte aber Leo nicht wehtun. Sie beschrieb die Treffen mit Robin ausführlich und sehr intim. Ich erkannte meine kleine Schwester gar nicht wieder. Später deutete sie an, sich doch von Leo zu trennen, um mit Robin zusammen zu sein. Sie erzählte Robin davon, der sehr zurückhaltend reagierte. Und um dieses Treffen bat. Dort machte er mit Nadine Schluss. Für meine Schwester brach eine Welt zusammen. Sie war derart verliebt in Robin. Sie versuchte, um ihn zu kämpfen, aber er reagierte nicht mehr auf ihre Nachrichten. Bis Nadine keinen Ausweg mehr sah. Sie schrieb: ›Ich kann nicht mehr, ich will nicht mehr leben.‹ Dieser Eintrag stammt von dem Tag vor ihrem Tod.«

Kalus schlug die Hände vor das Gesicht.

Behrens erhob sich vom Sofa. Sie wollte offenbar Kalus trösten, doch diese schnauzte sie an: »Bleib mir bloß vom Leib, du Schlampe!«

»Was habe ich dir denn angetan?«, wimmerte Behrens.

»Du hast all die Jahre Bescheid gewusst und kein Wort gesagt.«

»Woher sollte ich denn wissen, dass Robin für Nadines Tod verantwortlich ist?«

»Das ist er auch nicht«, schaltete sich Lisa ein.

»Wie bitte?«, keifte Kalus. »Meine Schwester hat sich seinetwegen umgebracht!«

Helmut wusste, wie Lisa es meinte. Natürlich hatte Robin Fiedler nicht mit Nadine Kalus Schluss gemacht, um sie in den Tod zu treiben. Wahrscheinlich war ihm gar nicht bewusst, was sein Handeln auslösen könnte. Sich umzubringen, das war ganz allein die Entscheidung von Nadine. Andererseits verstand Helmut auch Nele. Doch diese Diskussion wollte er nicht führen, er zog es vor, sachlich die weiterhin fehlenden Puzzleteile zu sammeln. »Was passierte dann?«

Kalus starrte Helmut zunächst drei, vier Sekunden lang verständnislos an, bis sie endlich antwortete: »Den restlichen Nachmittag habe ich einfach nur geweint. Irgendwann schlug meine Trauer in Wut um. Schließlich habe ich mir all die Jahre vorgeworfen, nicht gut genug auf meine kleine Schwester aufgepasst zu haben. Ich fühlte mich schuldig. Und nun stand auf einmal fest, dass jemand anders die Schuld an Nadines Tod trug. Robin. Ich hätte ihn am liebsten sofort umgebracht. Dann fiel mir ein, wie es Leo ergangen war. Nämlich genauso wie mir. Auch er fühlte sich seit über drei Jahren schuldig und sprach oft mit mir darüber: Was haben wir übersehen? Welche Signale hat Nadine uns gesendet, die wir nicht wahrnahmen? Ich fuhr zu Leo und zeigte ihm das Tagebuch. Leo war nicht traurig, er war von Anfang an wütend. Richtig wütend. Er tobte beinahe. Ständig rief er: ›Ich bringe den Kerl um. Ich mache das Schwein fertig.‹ Er wäre am liebsten direkt zu Robin gefahren, um dann so lange auf ihn einzuprügeln, bis er tot war. Ich rief ihm zu: ›Und dann landest du im Gefängnis, und dein Leben ist komplett im Eimer. Es gibt garantiert einen anderen Weg, es ihm heimzuzahlen.‹ Ab diesem Zeitpunkt suchten wir nach einer

Lösung. Um Robin möglichst selten zu begegnen, zogen wir uns eine Weile aus der Clique zurück. Ich schob den Umzug vor und Klausuren, Leo ein kaputtes Auto und ebenfalls Klausuren. Irgendwann fiel uns die Geschichte mit Robins Leber ein. Leo hat in einem Medizinbuch zufällig gelesen, wie schädlich Cumarin in solchen Fällen wirkt und dass eine sehr hohe Dosis sogar zum Tod führen kann. Natürlich wussten wir beide, dass Zimt Cumarin enthält und zu den üblichen Zutaten von Kräuterlikören gehört. Da wir in der Clique regelmäßig Hexenschluckpartys veranstalten, wollten wir es damit versuchen. Für mich war es kein Problem, Cumarin aus Steinklee und Waldmeister zu extrahieren und es in Alkohol zu lösen. Jetzt musste die Lösung nur noch in die Flasche gelangen, aus der Robin trinken sollte, und zwar ausschließlich er. Und eine wesentlich schwächere, harmlose Lösung in eine andere Flasche; aus dieser Flasche sollte der Rest der Clique trinken, damit es so aussieht, als wären wir alle Opfer und nicht nur Robin. Darum hat sich Leo gekümmert.«

»Deshalb auch diese Inszenierung beim Eingießen?«, fragte Jonas.

»Genau. Das war so abgesprochen. Ich sollte nur in Robins und in mein Glas Hexenschluck gießen. Ich selbst habe dann keinen einzigen Schluck aus meinem Glas getrunken, was zum Glück niemand gemerkt hat. Ich trank später unbemerkt einen kräftigen Schluck aus Leos Glas, damit man auch bei mir einen erhöhten Cumarin-Wert feststellt. Sonst hätte es seltsam ausgesehen.«

»Es gab also zwei unterschiedlich stark manipulierte Flaschen?«, hakte Jonas nach.

»Ja, die für Robin enthielt eine Riesenmenge Cuma-rin, die andere Flasche nur eine ganz geringe Dosis. Genau wie die Flaschen, die wir zwecks Ablenkung in Umlauf brachten. Dass es Paul etwas schlimmer erwi-schen würde, ahnten wir nicht, da wir nichts von seinen Nierenproblemen wussten.«

Taler schüttelte den Kopf. »Ihr seid so krank.«

»Das mit dir tut mir leid«, flüsterte Meyer.

Taler winkte wortlos ab.

»Noch mal zu meinem Verständnis, Herr Meyer«, begann Lisa. »Sie haben die beiden Flaschen, die Sie zur Party mitnahmen, vorher geöffnet, einen Schluck daraus weggegossen und stattdessen etwas von der Lösung hinzugefügt, die Frau Kalus hergestellt hat? Und hinter-her die Flaschen wieder so fest wie möglich zugedreht?«

»So in etwa.«

»Wie haben Sie das mit dem Verschluss hingekriegt, damit es dennoch knackt?«, fragte Helmut. Zeitgleich tippte er in sein Smartphone eine Suchanfrage.

»Gar nicht. Ich habe beim Öffnen ›Knack‹ gerufen, wie Paul vorhin schon sagte. Dann fällt es niemandem auf, wenn es nicht am Verschluss knackt.«

Manchmal war es zu einfach, dachte Helmut. »Und wie funktionierte es bei den anderen Flaschen, die Sie in verschiedenen Getränkemärkten auf Kommission gekauft und, ich schätze mal, zum Teil wieder zurückge-bracht haben?«

Meyer nickte anerkennend. »So viel haben Sie schon herausgefunden? Oh. Bei diesen Flaschen ließ ich es drauf ankommen. Ich habe in den Läden immer so fünfzehn bis zwanzig Flaschen geholt. Davon brachte ich sechs oder sieben zurück, von denen genau eine manipuliert war. Wenn die im Markt gemerkt hätten, dass sie schon geöffnet war, hätte ich einfach behauptet, das sei ein Versehen. Alle anderen Flaschen waren wirklich ungeöffnet. Es hat aber nie jemand was bemerkt, offensichtlich auch nicht die späteren Käufer. Nicht alle achten darauf, ob es knackt oder nicht.«

»Und der Getränkemarkt in Hannover? Besuchte Frau Kalus diesen Laden?« Helmut warf einen kurzen Blick auf das Ergebnis seiner Google-Suche.

Meyer nickte. »Ja, den Laden dort und einen der Wolfenbütteler Getränkemärkte. Wir wollten so unauffällig wie möglich vorgehen und sicherten uns quasi in alle Richtungen ab. Ich trug hin und wieder eine Brille und eine Baskenmütze, um anders auszusehen. Es gibt auch Läden, wo man unsere Namen speichern wollte. Von denen ließen wir komplett die Finger.«

»Ich befürchte, Sie wären mit all dem sogar durchgekommen, wenn es nicht parallel den Mord an einem Mitarbeiter der Wolfenbütteler Destillerie AG gegeben hätte und wir dadurch etwas genauer auf die Vergiftungen geschaut hätten, da wir dachten, es gäbe einen Zusammenhang.« Anders ausgedrückt, fügte Helmut im Stillen hinzu, hatte ihnen Kollege Zufall helfend unter die Arme gegriffen. So auch auf dem Friedhof von Winnigstedt, als ein einzelner Sonnenstrahl sich auf Mariannes Grab verirrt und ausgerechnet ihr Geburtsdatum beleuchtet hatte: den 29. September, den Tag der Erzengel, aber vor allem doch speziell den Tag des Erzengels Michael. Deswegen auch der altertümliche Name dieses Tages: Michaeli oder Michaelis.

Der Erzengel Michael stand für Gerechtigkeit, sogar für die Apokalypse. Er galt deshalb als eine Art Racheengel. Und nichts anderes als Rache hatten Leo Meyer und Nele Kalus verübt.

Genau dieses, vor zehn Sekunden durch Google bestätigte Bild des Erzengels Michael war Helmut in den letzten Tagen immer wieder aus den Fingern geflutscht. Doch allein die Ahnung, es könnte sich hinter den Vergiftungen irgendetwas anderes als die Jagd nach dem Geheimrezept verbergen, hatte ihn bis zu diesem Zeitpunkt angetrieben, weiterzumachen und sich nicht mit Roger Degen als Giftmischer zufriedenzugeben.

»Wir haben davon in der Zeitung gelesen«, sagte Meyer. »Wir hätten niemals gedacht, dass dieser Mord unser Vorhaben beeinflusst.«

»Wie viele manipulierte Flaschen sind denn noch unterwegs?« Helmut steckte sein Smartphone zurück in die Sakkotasche.

Leo Meyer hob die Hände, die noch in Handschellen steckten. »Ich weiß es nicht genau. Es waren insgesamt nur sieben. Ich bewahre die genauen Daten zuhause auf.«

Helmut atmete erleichtert auf. Denn damit waren alle manipulierten Flaschen aus dem Verkehr gezogen. Diese Nachricht hörte man gewiss auch bei der Wolfenbütteler Destillerie gerne. »Und was haben Sie mit den ganzen Flaschen angestellt, die Sie nicht zurückgegeben haben?«

»Zu Partys mitgenommen, verschenkt, daraus getrunken. Viele Flaschen stehen noch ungeöffnet in meiner Wohnung in Hannover.«

»Das war demnach auch eine teure Angelegenheit«, stellte Lisa fest.

»Das war uns die Sache wert«, erwiderte Nele Kalus.

»Und woher wussten Sie an dem Abend, welche Flaschen Sie öffnen müssen?«, fragte Jonas. »Es standen vier auf dem Tisch.«

»Der gelbe Besenstiel, auf dem die grüne Hexe angeblich Richtung Brocken fliegt.«

»Hm?«

»Da achtet niemand drauf, wenn der Besenstiel mal rot ist oder schwarz. Schwarz war er auf der Flasche für Robin, rot auf der für den Rest von uns. Und natürlich war der Besenstiel weiterhin gelb auf den beiden Flaschen von Paul. Wegen der Markierung musste ich hinterher alle Flaschen verschwinden lassen. Zu diesem Zweck borgte ich mir einen der Schlüssel von Robin aus und hing ihn hinterher wieder an den Haken neben der Tür.« Notgedrungen mit beiden Händen zeigte Meyer Richtung Wohnungstür.

Helmut entdeckte dort in der Tat verschiedene Schlüsselbunde. »Und warum haben Sie die Wolfenbütteler Destillerie zusätzlich erpresst?«

Kalus winkte ab. »Das war so eine Spinnerei, um noch mehr abzulenken und der Nummer mit den vergifteten Flaschen irgendeinen Sinn zu verleihen. Wenn es weitergegangen wäre, hätten wir von der Firma gefordert, dass die ein paar Millionen Euro an eine gemeinnützige Organisation überweisen oder so. Wir wollten damit kein Geld verdienen.«

»Ihr seid echt krank«, wiederholte Paul Taler.

Helmut stimmte ihm zu. Er verstand und akzeptierte zwar das Motiv einer begründeten Rache eher als andere klassische Mordmotive wie Habgier, Neid, Geschlechtstrieb, Rassenhass, Hass, Imponiergehabe oder Mordlust. Doch war diese Rache wirklich begründet? Objektiv betrachtet war vor drei Jahren etwas (nicht nur) unter Heranwachsenden vollkommen Normales geschehen: Jemand beendet eine Affäre, in diesem Fall Robin Fiedler. Für das, was dann passiert, trägt er direkt keine Schuld: weder dafür, dass sich Nadine Kalus vor einen fahrenden Zug wirft, noch dafür, dass sich Nele Kalus und Leo Meyer deswegen schuldig fühlen. Fiedler muss sich nur eines vorwerfen lassen: Er betrügt einen seiner besten Freunde.

»Und, Monsieur Poirot«, flüstert Jonas ihm ins Ohr. »Halten Sie es wie damals im Orientexpress und lassen die Täter mit dem Schrecken davonkommen?«

»Nein, Jonas.«

Zum Abschied schenkten Lisa und Jonas ihm eine Flasche Hexenschluck. Ein Andenken an Helmuts letzten Fall. Und in Gedenken an Karl Breimer, einen großen Freund des Wolfenbütteler Kräuterlikörs. Am liebsten eiskalt, und pur.

Zufällig brachte am selben Tag auch Corinna Sandmann eine Flasche vorbei, um sich zu bedanken. Immerhin hatte Helmut sie vor dem Höllenhund Boris bewahrt und ihr das Leben gerettet. Augenzwinkernd überreichte sie ihm die Sorte Hexenschuss.

Sandmann war erfreulicherweise an ihren Arbeitsplatz zurückgekehrt und leitete kommissarisch die Destillation. Der Personalvorstand der Wolfenbütteler Destillerie AG hatte sich zuvor in aller Form bei ihr entschuldigt.

»Das war für mich der schönste Moment«, raunte Sandmann Helmut zu, bevor sie ihm für den weiteren Lebensweg viel Glück wünschte.

Nun standen beide Flaschen einträchtig nebeneinander auf seinem Schreibtisch. Sie sahen nicht ganz so imposant aus wie die aztekische Figur auf Dr. Ruhmanns Tisch, waren aber auch nicht so gefährlich.

Helmut holte die letzten Stifte und Zettel aus den Schubladen und verstaute sie in einem Karton. Darin lagen bereits die Ansichtskarten, die Helmut im Laufe seiner Dienstjahre erhalten hatte. Urlaubsgrüße von Freunden und Kollegen – und selbstverständlich auch von Freundinnen und Kolleginnen – aus allen Teilen der Welt.

In diesem Augenblick entdeckte Helmut die Gruß-karte von Marina, die irgendwie zwischen zwei Schubladen gerutscht war. Er schüttelte lächelnd den Kopf und warf sie in die Pappkiste.

Daneben, in einem zweiten, größeren Karton, stapelten sich über hundert Ausgaben der Zeitschrift »Die Kriminalpolizei«, die viermal im Jahr erschien und die Helmut seit Ende der Achtzigerjahre sammelte, meist ohne darin zu lesen. Dieser Karton war für das Altpapier bestimmt. Nur die Ausgabe 2 aus dem Jahre 1992 nahm Helmut mit; eine Erinnerung an seinen ersten bedeutenden Fall, das sogenannte Massaker von Wittmar.

Helmut hörte Schritte, die sich dem Büro näherten. Jonas oder Lisa? Eher nicht. Mit den beiden war er für den Abend verabredet. Er drehte sich um. Im Türrahmen stand David, eine dicke Reisetasche lässig über die Schulter geworfen.

Womöglich kam er direkt von Interpol, um einen Blick auf das zu werfen, was er für sein zukünftiges Büro hielt. Jedenfalls deutete Davids überhebliches Gehabe an, dass er noch nicht Bescheid wusste.

Die beiden starrten einander an.

»Ein Abschiedsgeschenk von Lisa und Jonas.« Helmut winkte mit der Hexenschluckflasche.

»Wie reizend! So nette Kollegen. Schade, dass es Lisa nach Bochum zieht zu diesem Schmitt. Was passiert eigentlich mit Jonas? Hat er dir was erzählt?« David betrat das Büro.

»Oh, das brauchte er gar nicht. Das ergibt sich von allein. Man befördert ihn zum Kriminalhauptkommissar, vermute ich, damit Jonas dann, wohl zunächst kommissarisch, die Dienststelle leiten kann.«

»Guter Witz, Helmut! So humorvoll kenne ich dich gar nicht.« David stellte die Tasche ab.

Helmut lächelte. »Du kommst wohl gerade aus Brüssel zurück, was? Dann hast du es noch gar nicht mitbekommen, schätze ich.«

»Was mitbekommen?«

»Das vom abrupten Karriereende der Eva Lazarus. Und damit auch dem vorläufigen Ende deines Aufstiegs.«

»Helmut, ich bitte dich. Hast du schon eine Pulle intus?«

»Nein, die hebe ich mir für die Abschiedsfeier mit Jonas, Lisa, Hans-Werner und Dr. Rösner heute Abend auf. Jutta und ich fahren morgen für ein paar Wochen an die Nordsee und überlegen dort in Ruhe, wie es weitergeht. Und wo. Vielleicht begleiten wir Lisa nach Bochum? Oder wir bleiben direkt an der Nordsee? Jutta liegt ein interessantes Angebot vor. Ein Restaurant auf Norderney sucht kurzfristig eine Köchin. Falls Jutta ja sagt, stellt man sie sofort ein. Mich reizen allerdings auch die Berge. Ganz besonders gefällt mir das Allgäu.« Natürlich hatte Helmut auch eine Weile mit dem Gedanken gespielt, die neue Lage auszunutzen und Wolfenbüttel nicht zu verlassen. Er hatte sich dagegen entschieden. Eva Lazarus wäre zwar weg vom Fenster, aber alle Kolleginnen und Kollegen aus ihrem unmittelbaren Umfeld, zuzüglich der Staatsanwaltschaft, nicht. Niemand von denen hatte sich auch nur ansatzweise für ihn eingesetzt. Helmut spürte keinerlei Vertrauen mehr in diese Menschen. Darüber hinaus erschien es fraglich, ob Staatsanwaltschaft und Innenministerium überhaupt ihr Urteil zurückgenommen und den Paragrafen 55 vergessen hätten.

David stöhnte theatralisch. »Das klingt echt aufregend, Helmut. Ich würde es aber nicht als eine adäquate Antwort auf meine Frage bezeichnen.«

»Das stimmt. Okay, nächster Versuch: Sowohl Staatsanwaltschaft als auch Innenministerium halten es für eine schlimme Verfehlung von Eva Lazarus, eine Affäre mit ihrem Untergebenen einzugehen und diesen dann direkt zum Dienststellenleiter zu befördern. Das zieht harte Sanktionen nach sich, wie es der Oberstaatsanwalt ausdrückt.«

»Was?« David entglitten die Gesichtszüge.

»Es war halt keine geniale Idee von dir mit der Kamera in deinem Schlafzimmer. Ich wette, das kam auch bei Frau Lazarus, also bei Eva, nicht so gut an und dürfte gleichzeitig der Grund dafür sein, dass sie dich nicht benachrichtigt hat.«

»Wer war in meinem Schlafzimmer?« David spie die Worte regelrecht aus. Gleichzeitig näherte er sich Helmut.

»Zu guter Letzt schnüffelten dort die Kollegen aus der internen Ermittlung herum, begleitet vom Oberstaatsanwalt. Mag sein, dass sie zuvor einen Tipp erhalten haben.«

Dieser Tipp stammte von Mike Müller, einem Freund von Henning, der in Bochum als Privatdetektiv arbeitete und Henning noch einen Gefallen schuldete. Henning hatte ihn gebeten, heimlich in Davids Haus einzudringen und dort die Akten zu suchen, die David aus Helmuts Schreibtisch hatte verschwinden lassen.

Diese Akten fand der Detektiv zwar nicht, dafür entdeckte er im Schlafzimmer eine gut, gleichwohl nicht perfekt versteckte Kamera inklusive der dazugehörigen Filme. Sie zeigten David und Eva Lazarus in einerseits verschiedenen, andererseits stets eindeutigen Aktionen.

Das ganze Kommando hatte sich hinter Helmuts Rücken abgespielt, inszeniert von Henning und Lisa und gedacht als weiteres Abschiedsgeschenk – und, um Helmut zu rehabilitieren sowie, um David und Lazarus abzuschießen. Helmut erfuhr erst nach dem Einbruch davon, damit er diesen nicht verhinderte, wie Lisa es ausdrückte. Mit Recht.

»Warum hast du diese Kamera überhaupt angebracht, David? Wolltest du etwas in der Hinterhand halten, falls Eva versucht, dich über den Tisch zu ziehen? Ganz schön clever. Und ganz schön mies.«

David setzte zu einer Antwort an, aber offenbar fehlten ihm die Worte. Also redete Helmut weiter. »Hinzukommt eine schöne Stümperei von dir. Du hast scheinbar völlig vergessen, dass es für jeden Empfänger einer E-Mail oder eines sonstigen Schreibens auch einen Absender gibt. Ich konnte die Papiere, die du mir geklaut hast, problemlos wiederbeschaffen und je eine Kopie davon an den Oberstaatsanwalt und ans Innenministerium weiterleiten. Mit diesen Unterlagen, zuzüglich meiner Anmerkungen, hätte man deine Lage auch ohne die schönen Bilder aus deinem Schlafzimmer anders beurteilt. Ich schätze, das war es dann für dich.«

David hob die Fäuste und sah Helmut zornig an. »Und damit schießt du zugleich einen richtig guten Kriminalisten ab. Ist dir das deine miese kleine Rache wert?«

Helmut lächelte. Da sprach David doch tatsächlich das Rachemotiv an. Ob nun zu Recht oder nicht, blieb dahingestellt. Helmut empfand sein, ohnehin von Dritten fremdgesteuertes, Handeln nicht als Rache. Und falls doch, wäre es bestimmt eine akzeptable Art der Rache. Doch mit pseudophilosophischen Überlegungen behelligte man jemanden wie David besser nicht. Der verstand nur klare Botschaften: »In einem richtig guten Kriminalisten steckt meiner Meinung nach auch stets ein richtig guter Mensch, David.«

ENDE

Für alle, die »Bauernjäger« gelesen haben und erfahren möchten, was sozusagen nach dem Ende dieses Buches geschah, hier der Brief von Fritz Tiedemann an Helmut Jordan in voller Länge:

»Corps, 18. Juli 2014

Lieber Helmut,

wahrscheinlich hast du längst deine Schlüsse gezogen. Ob du alles herausgefunden hast, vermag ich nicht zu beurteilen. Ich gehe davon aus, dass du nahe dran bist.

Falls du Jochen suchst – vergiss es!

Falls du mich suchst – lass es bleiben!

Ich bin am Montag nicht nach Göttingen gefahren. Ich hatte es niemals vor. Göttingen fiel mir spontan ein. Ich kenne dort niemanden. Ich kehrte allerdings ebenso wenig nach Berlin zurück.

Stattdessen fuhr ich einfach Richtung Süden, über Tübingen, wo ich eine Nacht verbrachte, vorbei am Bodensee, quer durch die Schweiz, bis kurz hinter Mailand, wo ich erneut übernachtete. Am nächsten Tag schaffte ich es bis ans Meer. Ich fuhr eine Weile an der Küste entlang, verließ Italien und landete in Nizza. Ein wundervoller Ort. Ich war häufig dort und muss sagen: Die Stadt wird von Mal zu Mal schöner. Am Strand darf man allerdings nicht mehr rauchen. Das finde ich unerhört. Deshalb verbrachte ich demonstrativ nur eine halbe Stunde dort, einmal ins Wasser und wieder weg. Es war ohnehin brütend heiß.

Ich verließ die Küste, bewegte mich landeinwärts, das bedeutet hier übrigens automatisch: Richtung Berge. Ich fuhr über Saint-Paul-de-Vence und Vence, den steilen Col de Vence hinauf und wieder hinunter und dann Richtung Norden: immer auf der sogenannten Route Napoleon.

Es ist eine atemberaubende Strecke, zum Teil durch die Alpen, oft unwirtlich und menschenleer. Erst später folgen größere Orte wie Gap oder Grenoble. Zwei Städte, die man von der Tour de France her kennt. Eine andere alte Leidenschaft von mir, wie du vielleicht noch weißt. Zufällig fuhr ich der diesjährigen Tour sozusagen entgegen. Wir trafen uns aber nicht mehr.

Jedenfalls wollte ich einen Teil dieser Route Napoleon abfahren. Bis ... Ja, bis ich einen geeigneten Platz finde.

Ich fand ihn genau hier, in Corps, einem Nest, das aus einer langen Durchfahrtstraße und ein paar Nebenstraßen besteht. An der Straße liegen Restaurants, Hotels, Cafés, das Rathaus und drei überraschend große Autowerkstätten.

Ich quartierte mich im Hotel de la Poste mitten im Ort ein. Zwei Nächte. Die erste Nacht liegt hinter mir, die zweite folgt nun. Vorher will ich gern noch ein paar Dinge erledigen. Dazu gehört unter anderem, Briefe zu schreiben. Zum Beispiel diesen Brief an dich.

In einer der drei Autowerkstätten habe ich vorhin mein Auto verkauft. Da der Besitzer ein unglaubliches Schnäppchen schlagen konnte, stellte er kaum Fragen.

Bereits auf der Hinfahrt hatte ich einen kleinen, unterhalb von Corps gelegenen See entdeckt. Man erreicht ihn vom Ort aus gut über Wanderwege, allerdings ist der Rückweg (bergauf) ziemlich anstrengend.

Den See benutzen die Einheimischen zum Baden und er dient darüber hinaus Wanderern als Ziel. Er ist kaum touristisch erschlossen. Er liegt dort sehr ruhig, umgeben von Wäldern.

Von der Dame an der Hotelrezeption erfuhr ich, dass der See bis zu zwanzig Meter tief sein soll.

Mein Französisch reicht aus, um solche Gespräche zu führen. Für politische Grundsatzdiskussionen reicht es hingegen kaum. Aber warum sollte ich solche Diskussionen führen?

Du denkst dir längst, was ich vorhabe – beziehungsweise, was ich erledigt haben werde, wenn du diese Zeilen liest. Nicht wahr?

Ich schätze, du möchtest gern alle Details erfahren. Oder?

Na ja, ich bemühe mich.

Mein Auto bin ich also erfolgreich losgeworden. Auch mein Gepäck werde ich irgendwo entsorgen. Steine liegen unten am See bereit. In allen Größen. Diverse Seile sowie zwei Säcke nehme ich mit, wenn ich zum See hinuntersteige. Irgendwie wird es funktionieren.

Ich verschwinde im See und niemand in Corps vermisst mich und deshalb sucht mich auch niemand.

Mein letzter Wunsch an dich lautet: Lass auch du es sein!

Ich weiß, du bist mir nichts schuldig. Im Gegenteil. Gleichwohl, lieber Helmut, erneut meine Bitte: Lass mich dort unten am Grund des Sees in Ruhe und Frieden – verrotten!

Bin ich es denn wert, dass man mich wiederfindet?

An meinen Händen klebt Blut.

Natürlich Jochens Blut.

Wie gesagt: Es hat keinen Zweck, ihn zu suchen, er ist definitiv für alle Zeiten verschwunden.

Glaub es mir bitte.

Ich weiß natürlich: Du brauchst Beweise. Du willst Jochens Leiche finden und sie präsentieren. Du wirst sie jedoch niemals entdecken.

Natürlich denkst du jetzt, du könntest mithilfe der französischen Polizei zumindest meine Leiche relativ problemlos finden. Ein paar Taucher in den See und fertig. Hierzu erneut eine Bitte: Lass mich dort ruhen! Was nützt dir denn meine Leiche?

Leb wohl und verzeih mir – du weißt, was ich damit meine.

Dein Fritz«

Danksagung

Ganz lieben Dank:

an die Testleserinnen und Testleser Anja Behn, Beate Caspary, Sandra Cronauer, Claudia Giesdorf, Jörg Häusler, Denise Heyking, Ela Matzke, Jenny Schulz und Verena Stellmann für das perfekte Lektorat/Korrektorat und die vielen guten Ratschläge,

an Jan Brackmann für das tolle Foto und an Monika für das schöne Cover,

und an Tini.